愚か者の島

乾緑郎

祥伝社

愚か者《フリムン》の島

装幀
bookwall

カバーイラスト
嶽 まいこ

一章

■北郷咲良《きたざとさくら》によるフリムン島事件に関する『独占手記』からの抜粋①

※「週刊ＮＯＮ」（祥伝社発行）二〇××年×月××日号に掲載された記事から

今回、事件の顛末《てんまつ》について語る機会を得て、私が知っている限り、覚えている限りのことを手記としてお伝えさせていただこうと思います。

（中略）

私たちが入植生活を始めたこの島は、地元のＫ島などでは、「フリムン島」と呼ばれていました。フリムンというのは、愚《おろ》か者、馬鹿、狂人などを示すこちらの方言です。

そう呼ばれているのは、遠い昔……それも琉球《りゅうきゅう》王朝時代にこの島で起こったという島民同士の殺し合いの言い伝えからだということなのですが、今思うと、それは今回の事件を象徴し暗示していたかのようで、背筋に冷たいものを感じます。この島には、人を狂わせる何かがあるのかもしれません。もちろん、事件後に島で発見された、これを読んでいる皆さんがご存じの例のものとは無関係にです。

この不吉な名前を持つ島に、私と土岐《とき》周一郎《しゅういちろう》氏が上陸したのは、台風の近づく一昨年の十月のことでした。

すでに報道やネットなどで広く知られていることですから隠しませんが、私と土岐氏は、元々は不倫の関係にありました。それについては、事件後に世間からたくさんのご批判やバッシングを受けましたが、誓って言えるのは、私と土岐氏は、心からお互いに愛し合っていたということです。

今思い返すと、自分の幼稚な考えに赤面するばかりなのですが、その時の私たちは真剣でした。

私たちは、この島でアダムとイヴのような楽園生活を送るつもりだったのです。

1

何をやっているんだ、あいつらは？

手に持ったサトウキビの茎の端を齧《かじ》りながら、苅部《かるべ》公則《きみのり》は断崖《だんがい》の上から、遠く離れた島の桟橋《さんばし》を見下ろしていた。

双眼鏡などは持っていなかったので、じっと目を凝《こ》らすしかなかったが、桟橋に着いた漁船から、次々と荷物が砂浜に降ろされている。

見たところ、上陸してきたのは男が二人に女が一人のようだったが、男のうちの一人は、荷物を降ろし終えると再び漁船に乗って島から遠ざかって行った。おそらく、この「フリムン島」への渡しに雇われた漁師だろう。

ここは無人島だが、それでも稀《まれ》に、物好きなキャンパーや、島の西側にある磯《いそ》での釣りを目当てに訪れる者も、いるにはいる。

だが、砂浜に降ろされた荷物の量は、数日のバカンスにしては多すぎる気がした。材木やトタン板のような資材や、何が入っているのかはわからないが、いくつもの袋詰めの荷物や一斗缶なども置かれている。

まさか、この島に住み着くつもりじゃないだろうな。

そんな懸念が頭を過《よぎ》り、ふっと公則は口元に笑みを浮かべた。

こんな何もない島でわざわざ暮らそうなんていう奇特な人間など、そうはいないだろう。

いるとすれば、人でも殺して逃亡中の人間くらいか。

公則のような。

唾液と混ざり合った、草の香りがする甘い汁を飲み下《くだ》すと、公則は口の中に残っている茎の繊維のカスを足下《あしもと》に吐き捨てた。

暫《しばら》くの間、観察していたが、女は黄色いビキニに着替えて波打ち際で水浴びを始め、男の方は暢気《のんき》にそれをカメラで撮影し始めた。

興味を失い、公則は断崖から離れると、ねぐらにしているガマへと向かった。ガマとは、こちらの方言で洞穴を意味する言葉だ。

本土ではあまり見かけない、背の高い羊歯《しだ》植物が繁っている道を手で掻《か》き分けながら、公則は歩いて行く。

上はタンクトップ、下は短パン一枚という格好で、素足に直接スニーカーを履いていた。全身が日に焼けており、髪と髭《ひげ》はもう何か月も伸ばしっ放《ぱな》しだ。最後に体を洗ったのがいつだったかも思い出せない。

そんな公則が、サトウキビの茎を口に咥《くわ》え、チューチューと音を立てて汁を吸いながら歩いて行く姿は原始人さながらで、さぞや奇妙に映るだろう。見る人がいればの話だが。

このフリムン島にも二十数年前までは入植者がいたらしい。かつてはサトウキビの栽培も行われていたようで、元々は畑だったと思われる密生した場所があり、甘味の乏《とぼ》しい島での生活では重宝《ちょうほう》していた。

ちなみに、「フリムン」とは、こちらでは馬鹿とか愚か者を指す言葉らしいが、何故、この島がそう呼ばれているのか公則は知らない。

断崖の端から、ほんの数分歩くと、ガマの前に出た。

公則がねぐらにしているガマの上には、大きなガジュマルの木が生えていた。入口は横に細長く、高さは一メートルほどしかない。入口というよりは裂け目といった感じで、苔《こけ》むした岩の間にあるので、ぱっと見では、その奥に広い空間があるとはわからない。ガジュマルの木からは岩肌に沿って気根《きこん》が伸びており、ちょうど簾《すだれ》のように入口を隠していた。この場所を見つけたのは偶然だったが、隠れ住むには持ってこいの場所だった。

四《よ》つん這《ば》いになって屈《かが》むような体勢になり、公則はその奥に入る。

外の暑さに比べると、ガマの中の空気はひんやりとしていた。天井から落ちてくる水滴を凌《しの》ぐためのシートが天蓋《てんがい》のように張られており、その下に枯れ草を敷き詰めてマット状にした寝床があった。

寝床には公則が持ち込んだ銀マットと寝袋が敷いてあり、その周りには鍋などの生活用品が整理整頓されて置いてあった。傍らにある防水バッグの中には、薬や、島での生活に必要な知識を得るための書籍など、重要な品物が入っている。

ガマの中は日中でも薄暗かったが、もう慣れてしまった。わざわざ明かりを点《とも》す必要もない。ランタンと燃料の灯油は少しだけ持っていたが、貴重なのであまり使わないようにしている。

この島に住み着いて半年余り。やっと生活も安定してきたところだが、やはり外部からの干渉は避けられないようだ。無人島とはいっても、まったく人が立ち寄らないというわけではない。

公則はラジオの電源を入れ、床に敷かれた寝袋の上に横になった。

かなりノイズが入っているが、天気予報が熱帯低気圧の発生を知らせていた。二十四時間以内に台風に発達する恐れがあるらしく、パーソナリティが十分な備えをと訴えている。ラジオはソーラーと手回しで充電することができる防災用のものだ。

そのラジオの音と重なるように、頭上に吊《つる》してあるシートに、ぽたぽたと水滴が落ちる音が耳に入ってくる。水はシートの上を流れて、浜辺で拾ったポリ容器の中に上手く溜《た》まるよう工夫してある。最初のうちはこの水滴が鬱陶《うっとう》しかったが、雨が降らなくても容易に真水を溜めることができるので、今はありがたく感じていた。

暗闇《くらやみ》を凝視しながら、公則はさほど遠い昔でもない過去を思い出す。

東京《とうきょう》都内、小田急《おだきゅう》線の沿線で新宿《しんじゅく》から数駅の、どちらかというと富裕層が多く住む町の一角にあるマンションに、かつて公則は住んでいた。

魔が差す、という言葉がある。

その時のことを思い返すと、公則はそれ以外にしっくりとくる言い回しが浮かばない。

公則は大学の建築学科で都市工学を学んでおり、将来は東京ディズニーリゾートやＵＳＪのような巨大テーマパークの街路設計をするのが夢だった。

卒業論文の制作に忙しく、公則は論文にデータを添えるため、自宅のパソコンにインストールしたＣＡＤを使って３Ｄモデルを作っている最中だった。

荻野雅美《おぎのまさみ》が訪ねて来たのは、公則が忙しくしていた一月の寒い日、夜もだいぶ更《ふ》けた時刻だった。

雅美は同じゼミに所属していて、公則にとっては初めて付き合った女性だった。初めてのキスも、初めてのセックスも雅美とだった。雅美もそうだったのかどうかは知らない。だが公則は、いずれ自分は雅美と結婚するものだと考えていた。

その雅美が、マンションを訪ねて来たのは、別れ話のためだった。

ただの別れ話なら公則も冷静に話を聞いたり、応じたりできていたかもしれない。だが雅美は、ゼミの指導教授と不倫関係にあると告白した。相手は妻子ある身だったが、雅美と公則が付き合っていることを知った上で言い寄り、立場を利用して無理に雅美を飲みに誘い、酔わせた上で関係を持ったらしい。

完全にアカハラかつセクハラの案件だったが、公則を逆上させたのは、雅美がそれを受け入れていることだった。教授はまだ四十代で若く、才能があり、いくつもの都市開発や公共建築物のデザインなどのプロジェクトに責任ある立場で関わっており、学生である公則とは比べものにならないほどの金や地位や力を持っていた。愛人のような関係であっても、雅美はそこにメリットを見出したのだろう。その雅美の強《したた》かさの方が、公則を余計に絶望させた。

だが、雅美の話によると、教授の方が公則に嫉妬《しっと》し始め、雅美は教授の言い付けで別れ話をしに来たのだという。公則が応じないようなら、卒論は通さないとまで言っているらしい。

公則は、大学の当局に訴えるべきだと雅美を説得しようとしたが、話は平行線になった。雅美が教授の立場の方を擁護《ようご》したからだ。

最終的には、激しい口論になった。公則が思わず雅美の手首を摑《つか》み、声を荒らげると、雅美はDVだと声を上げて騒ぎ始め、警察を呼ぶと言い出した。

そこからはよく覚えていない。

言い訳めいているが、本当に覚えていないのだ。

気がつくと、フローリングの床の上には、顔を腫《は》らし、鼻と口から血を流して倒れている雅美の姿があり、握られた公則の拳《こぶし》も傷だらけになっていた。

小さい頃から公則は大人しく、喧嘩《けんか》をしたこともなければ、人を殴ったこともなかった。だからこそ振り切った怒りの感情を抑えることができず、完全に己《おのれ》を見失い、加減することができなかったのかもしれない。

最初、てっきり公則は、雅美は意識を失っているだけなのだと思った。

取り返しのつかないことをしてしまった。そんな後悔の念が湧き上がってくる。

おそらく自分は雅美に傷害で訴えられ、大学も退学になるだろう。いや、それ以前に教授への怒りで気が狂いそうだったが、こうなってはもう正当なやり方で告発することもできない。

少し迷ったが、公則は観念し、救急車を呼ぶことにした。電話をする前に、怪我の様子を確認しようとして、雅美が息をしていないことに気づいた。

胸に耳を当て、鼓動《こどう》を確認したが、何も聞こえてこなかった。

声を掛けてみても反応はなく、慌てて公則は、うろ覚えの心臓マッサージなどの救命措置《そち》を施《ほどこ》してみたりもしたが、無駄だった。

床に仰向《あおむ》けになったままぴくりとも動かない雅美を眺めながら、一時間か二時間か、果たしてどれくらいの時間、放心して過ごしていたのだろうか。

警察を呼ぼうかとスマホを手に何度も迷ったが、結局、自ら一一〇番する勇気は出なかった。

もはや、訴えられるかもしれないとか、大学を辞めなければならないとか、そういうレベルの事態ではなくなっていた。次に公則が考えたのは、死体をいかにして隠すかということだった。

雅美の死体の両脇に腕を差し込み、バスルームまで引き摺《ず》って行くと、そこで服を全て脱がした。雅美が穿《は》いていたタイトなスキニージーンズは脱がせるのに苦労を要し、下着は失禁によって濡れていた。

ひと先《ま》ず、脱がせた服を一纏《ひとまと》めにゴミ袋に放り込む。これはこれで後でどう処分するか考えなければならない。

すぐに何か始めるような気にはなれず、バスルームの扉を閉めると公則は寝室に向かった。体中にびっしょりと汗を掻いていたが、死体のあるバスルームでシャワーを浴びる気にはなれなかった。

時計を見ると、いつの間にか時間は深夜零時を回っていた。

公則はベッドに仰向けに体を放り出す。何も考えたくない。

そのまま目を閉じて、朝まで眠ることにした。死体を解体するにしても、道具もない。明日は朝から忙しくなる――。

遅れ気味だった卒論のことがふと頭を過ったが、もうそんなことを考えている場合ではないと思い直した。

あまり深く眠ることもできないまま翌朝に目を覚ますと、昨晩あったことは全て夢の中の出来事か幻であったことを祈りながら再びバスルームの扉を開いたが、やはりそこには雅美の死体が、依然として全裸で横たわっていた。

外は良い天気らしく、バスルームの中にはスモークガラス越しに強い日射しが入り込んでいた。近くにある小学校の方から、登校する子供たちの声が聞こえてくる。

部屋に戻り、手に負った怪我に絆創膏《ばんそうこう》を貼って簡単に処置すると、パソコンをインターネットに繋《つな》いで「死体」「処理方法」などといくつかキーワードを組み合わせて検索した。それから着替えるとマンションを出て、自転車で近所にあるホームセンターへと向かった。通りに出たところで、一度、マンションの五階にある自分の部屋のベランダを見上げたが、外から見ても、そこに死体が転がっているなどとは思えなかった。それが何故か不思議に思えた。

自転車のペダルを漕《こ》ぎながら、死体は内臓から腐敗が始まると何かで読んだのを公則は思い出した。

季節は冬で、年が明けてまだ十日ほどしか経っていなかった。赤信号で停まった時に、スマホを取り出して今日の気温を確認した。最高気温は摂氏九度。

夏場でないのが幸いだったが、すぐに死体は異臭を放ち始めるだろう。それが元で近隣から通報を受けたら終わりだ。

とりあえず、内臓とそれ以外の部分に死体を分けるべきだと公則は考えた。内臓はよく洗って、大きな鍋か何かで煮て溶かし、トイレに流してしまおう。

手脚や頭、胴体はどうしようか。腐敗を遅らせるために冷蔵庫に入れるにしても、マンションの部屋にあるのは、ごく普通のファミリー向けのサイズのものだ。いかに雅美が小柄だとはいっても、容量的に入りきるとは思えない。

先ほど簡単にネットで調べたところでは、唯一、八王子《はちおうじ》で起きた殺人事件での死体処理方法が参考になりそうだった。ホスト三人が共謀し、自分たちの勤めていた店の経営者を殺害したが、死体が発見されなかったため、事件が発覚するまで三年もの間、被害者は行方《ゆくえ》不明とされていた事件だ。

実行犯だった男は、死体を寸胴鍋《ずんどうなべ》に入れ、大量のパイプ洗浄液で何日も掛けて煮込んで溶かし、下水に流したらしい。

排水口掃除用のパイプ洗浄液ということは、おそらく苛性《かせい》ソーダか何かだろう。それでも骨以外は綺麗《きれい》に溶けてなくなったらしい。骨はその後、浴室で細かく砕《くだ》き、バーベキューのゴミを装って河原《かわら》に捨てたということだった。

まったく不思議なことだが、その時の公則は、死体を如何《いか》にして処理し、隠すかで頭が一杯で、雅美の行方がわからなくなれば、真っ先に自分に疑いの目が向けられ、マンションに警察が訪ねてくるに違いないという考えが抜け落ちていた。

必要なものは何と何だ。

ホームセンターでカートを押しながら公則は考える。

棚にあった、ありったけのパイプ洗浄液と、店で一番大きな出刃《でば》包丁、大工仕事用の鋸《のこぎり》、骨を砕くためのハンマーと作業用のゴム手袋、そしてラーメン屋が使うような業務用の寸胴鍋を大きなカートに入れ、レジに向かう。

これから死体を処理しますよと言っているような組み合わせの買い物だったが、明るいBGMが流れている店内では、そんな考えの方が場違いに思えた。公則のすぐ脇を、三歳くらいの小さな女の子を連れた夫婦が擦《す》れ違って行く。まるで違う時間の流れの中を生きているような、妙な感覚。

レジでの支払いをどうするか少し迷ったが、死体を上手く処理できれば疑われることもないのだからと自分に言い聞かせ、カードで払った。

寸胴鍋の中に買った品物を詰めて、自転車の後部の荷台に無理やりロープで括《くく》り付け、前カゴにも荷物を入れる。バランスが不安定で漕ぐことができず、ふらふらとマンションまで自転車を手で押して帰る。そんな自分の様子が、とてつもなく滑稽《こっけい》なものに感じられた。

部屋に戻ると、公則は頭にタオルを巻き、家にあった不織布《ふしょくふ》マスクを着け、バスルームに入った。雅美の死体はまだそこにあったが、だんだんとこの光景にも慣れてきた。

ゴム手袋を嵌《は》め、パッケージから出したばかりの出刃包丁を握る。

ほんの少しの躊躇《ちゅうちょ》の後、刃先を鳩尾《みぞおち》に突き立てた。切れ目から、じんわりと血が溢《あふ》れてくる。心なしか少し黒っぽく変色しているように見えた。

そのまま刃を前後に動かすようにして、腹の正中線《せいちゅうせん》上を切っていく。溢れた血液が脇腹へと流れ落ち、バスルームの床に広がる。やがて陰毛の生え際に至る辺りで、刃先が硬いものに当たって止まった。骨盤だろう。

必死になってそこまで終え、ふと顔を上げると、雅美の瞳と目が合った。

いや、後ろめたさから、そんな気がしただけだろうか。

少しばかり狼狽《うろた》え、公則は死体の顔にバスタオルを掛けて隠すことにした。不思議と、たったそれだけのことで格段に作業がしやすくなった。

黄色い皮下脂肪の層の下に、ひとかたまりで小腸があった。それを手で摑んで引き摺り出し、引っ掛かる度《たび》に名称も知らないその部分を包丁で切る。

包丁はあっという間に切れ味が悪くなってきた。刃の部分についた脂肪のせいだろう。

公則は夢中だった。ゴム手袋を真っ赤に染めながら、内臓を洗いざらい取り出し、栓をした浴槽に移す。二時間かかったのか、それとも三時間か。死体を解体する作業は、集中してしまえば、余計なことを忘れて没頭するにはちょうどよかった。

シャワーを開いて、バスルームの床に広がった血を排水口に流して綺麗にすると、公則は少し休憩することにした。

重労働で、体中、汗だくになっていた。昨日から風呂に入っていないので、とてつもなく気持ち悪い。

そういえばホームセンターに行く途中に銭湯があった。今までは存在を意識したこともなかったし、公則は銭湯など入ったこともなかったが、少しさっぱりして来よう。

そう考え、少し風にも当たりたかったので歩いて行くことにした。バックパックに着替えや簡単な洗面道具などを詰めると、ニットキャップを被《かぶ》ってダウンジャケットを羽織《はお》り、財布とスマホを手に家を出る。

ゆっくりと湯船に浸《つ》かり、食事をしてマンションに戻ってくると、エントランスの前の通りにはパトカーが停まっていた。音は消しているが、赤いパトランプがゆっくりと回転している。

昨晩は大声で雅美と口論したし、近隣では争う音も聞こえただろう。雅美が帰って来ないと家族などから通報があれば、公則のところに警察が調べにやってくるのは必然だった。

部屋の中には、処理している真っ最中の雅美の死体がある。警官に部屋の中を見せるように言われたら、一巻の終わりだ。

大騒ぎにはなっていないようだから、まだ死体は見つかっていないのだろう。

そう思い、公則はそっとマンションの前から離れた。

それが、公則の逃亡生活の始まりだった。

2

「まず最初に、僕たちの住処《すみか》となる場所を決めよう」

砂浜から長く突き出た桟橋から漁船が離れて行くのを見送ると、土岐周一郎が満面に笑みを浮かべてそう口にした。

桟橋に膝《ひざ》を突いて、杭《くい》周りに集まっている色鮮やかな小魚の姿を眺めていた北郷咲良は、顔を上げて土岐の方を見た。

「私たちの新たな生活が始まるのね」

そう思うと、咲良の胸は高鳴った。

これは何年もの間、土岐が温めていた計画であり、人生最大の夢だった。

咲良にとっても、それは念願となっていた。本当はもっと先になる筈《はず》だったが、実行が早まったのには、諸々の事情がある。

エンジン音が届かないほど漁船が遠ざかると、聞こえるのは白い砂浜に静かに打ち寄せる波の音だけとなった。

水平線の向こうに見える影は、このフリムン島の親島ともいえるK島だ。こうやって見ると近く思えるが、実際には、先ほど乗ってきた総トン数五トン未満程度の小型漁船だと三十分近くかかる。

「僕たちはこの島のアダムとイヴになるんだ」

土岐がそう言って差し伸《の》べてきた手を握り、咲良は立ち上がる。歯の浮くような科白《せりふ》だったが、不思議とこの楽園めいた風景の中では、気恥ずかしさも感じなかった。

その場で何度か唇を重ね、強く抱擁《ほうよう》し合った後、手を繋いで桟橋を歩いて行き、白い砂浜の上に降り立った。日射しで熱せられた砂の温度が、靴底を通して足の裏に伝わってくる。

砂浜には、先ほどの漁船を操縦していた照屋《てるや》という年輩のK島の漁師にも手伝ってもらって荷降ろしした大量の資材が、青いシートの上に並べられていた。

島での拠点を築くためのベニヤやトタン板、セメント袋などの資材や、土や石などを運ぶ工事用の手押し一輪車、スコップや鍬《くわ》、各種工具など。

他には小麦粉や玄米などの食料が入った袋や、調味料が入った一斗缶、ポリタンクに入った灯油などの燃料類。それに、当面の間、仮の住まいとして使うためのテントやタープ、寝袋やアウトドア用の椅子《いす》にテーブルなどもあった。どれも咲良と土岐の二人で、じっくりと時間をかけ、こだわり抜いて選んだ品々ばかりだった。

「杉本《すぎもと》のやつに用意してもらった地図があるんだ」

土岐はそう言うと、荷物の山の中からそれを引っ張り出してきた。

杉本というのは、K島で僻地《へきち》医療に従事している土岐の学生時代からの親友だ。この島の存在を土岐に教えたのも、地主が誰なのかを調べてくれたのも、その杉本という男だった。

このフリムン島の地主との借地権の交渉の際には、同席するためにわざわざ上京までしてくれたという。K島からの定期便を出してくれることになった漁師の照屋を紹介してくれたのも、この杉本という医師だった。

この数日間はK島にある杉本の診療所兼住居に、土岐と二人で宿泊し、島に渡る前の最後の準備をしたが、結局、あまり打ち解けることができなかった。杉本は、土岐の元妻とも学生時代からの知り合いというから、何か遠慮でもあったのかもしれない。

「ねえ、私にも見せて」

気を取り直して、咲良は土岐が砂の上に広げた大きな地図を一緒になって覗き込んだ。

島全体をカヴァーする詳細なもので、何か所か鉛筆で印がつけてあった。杉本や照屋から聞き取って、土岐が書き込んだものだという。

「この島は、今は誰も住んでいないけど、二十数年前までは入植者がいたらしい」

そう言いながら、土岐は地図を指で示す。

咲良たちが今いる場所は、「郵便桟橋」と記されていた。

この島は、ほぼぐるりと一周、断崖や磯《いそ》で囲まれており、砂浜はここだけで、エンジン付きの船を着けられるのもここしかない。

郵便桟橋と呼ばれている理由は、かつてはここにポストが設置されていて、島に住んでいた人がそれを介してK島や本土との手紙のやり取りや、資材などの受け渡しを行っていたからだという。今はポストはなく、名前だけが残っているという按配《あんばい》だった。

「照屋さんの話だと、昔、住居として使われていた小屋が残っているそうだ。この辺りの筈だ」

地図に書き込まれた印に指先で触れながら土岐が言う。

「だいぶ奥に入ったところにあるのね」

「ああ。だが、近くに湧き水があるらしくて、生活のことを考えるなら、海辺に住むよりも、こちらの方が便利だと……」

印は、島中央部からやや東寄りのところにあった。

島全体の大きさは、地図からではあまり想像がつかなかった。面積は〇・四平方キロメートル、島内の最高標高は六十メートルほどで、神奈川《かながわ》県にある江《え》の島《しま》とほぼ同じくらいの大きさだと土岐が説明してくれたが、咲良は江の島に行ったことがないので、あまりぴんとこなかった。

咲良は地図の印がある方向を見上げる。比較するものがないのでどのくらいの高さなのかわからないが、島は中央に向かって隆起しており、樹木の生《お》い茂《しげ》った小山があって、登るのはだいぶ大変そうに思えた。

「おそらく廃墟になっていると思うが、基礎がしっかり残っているようなら、そこを修繕して拠点にしようと思っているんだ」

「おそらく……？」

咲良は眉をひそめる。

「ここには一度も下見に来ていないの？」

「仕事が忙しかったんだ。辞める前に、いろいろと引き継ぎもあったし……」

土岐は一瞬、言葉を詰まらせてからそう答えた。

「仕方なかったんだ。君だって僕のことは責められないだろう。代わりに君がここに下見に来たって構わなかったんだ」

少し不安に駆られたが、咲良は言い返さなかった。折角《せっかく》の二人の門出の日を、言い争いなどで台無しにしたくない。

「ねえ、今日はもう、砂浜にタープかテントを張って過ごさない？　ワインを開けて、新しい生活の始まりをお祝いしましょうよ。その小屋を探しに行くのは、明日の朝からでいいんじゃないかしら」

「うん……そうか。そうだな。焦《あせ》らなくても時間はいくらでもある」

気を取り直したように土岐は咳払《せきばら》いをする。

「暑いし、少し泳ぎたいわ。着替えてくる」

深刻そうな表情を浮かべている土岐に向かって明るい声でそう言うと、咲良はバッグを手に桟橋から少し離れた岩陰へと向かった。

そこで服を脱ぎ、黄色いビキニに着替える。もう三十を過ぎているが、スタイルには自信があった。どうせ自分の他には土岐しかいないのだから、開放的に全裸で水と戯《たわむ》れてもよかったが、さすがにまだ気恥ずかしさがある。

岩陰から戻ると、土岐が四苦八苦しながら砂浜に日除《ひよ》けのタープを立てようとしているのが見えた。

付属の杭《ペグ》では、短く細すぎて簡単に砂から抜けてしまうらしく、上手く幕を張れずに何度もやり直している。

邪魔をしないように咲良は波打ち際に向かい、膝の辺りまで水に浸かってみた。透明度は高く、その深さでも、足先の爪までよく見える。

荷降ろしの時に少し汗を掻いていたから、水は冷たくて気持ち良かった。

浅瀬で少し泳ぎ、ふと砂浜の方を見ると、土岐が一眼レフカメラを構え、望遠レンズをこちらに向けてシャッターを切っていた。

少し照れながらも、咲良はそちらに向かって手を振ってみる。

カメラを島に持ち込んだのは、土岐が島での生活を記録し、日記か手記のような形で出版することを目論《もくろ》んでいるからだ。

そのため、充電不要で小さなボタン電池があれば動くフィルムカメラを選んだのだ。もちろん、フィルムを現像するには、照屋を介して杉本に託さなければならないわけだが。

タープの方はまだ立っていなかった。思い通りいかず、もう諦めたらしい。

結局その日は、屋根として張る筈だったタープを敷布代わりにして、青天井で砂浜に横になって寝ることにした。風もなく、夜になっても空は晴れ渡っており、月明かりと星屑《ほしくず》が眩《まぶ》しく感じられるくらいだった。

日が暮れる前に海岸で拾い集めておいた乾いた流木を砂の上に並べてライターで火を付け、その明かりの前で咲良と土岐はまた唇を交わし、セックスをして寝た。

それが、咲良がこの島でこれから過ごす日々で、最も幸せな瞬間になるとは、その時は思ってもいなかった。

翌朝は雨で目が覚めた。

砂浜に敷いたタープの上には水が溜まっており、半裸で添い寝していた二人の体も髪も、すっかり雨滴で濡れていた。

空模様は昨日とは比べものにならないほど暗く、少し風も出てきていた。

時計を見ると、まだ朝五時を回った頃合いだった。焚《た》き火は雨で消えており、もう煙も上がっていなかった。

少し遅れて目を覚ました土岐が、暖を取って体を乾かそうと、濡れた薪《まき》と消し炭に点火しようと何度も試みたが無駄で、やがてライターの石も濡れて火花が散らなくなった。

「昨日言っていた小屋を探しに行こう」

砂浜に置いてある荷物にシートを被せ、風で捲《まく》れないように土嚢《どのう》袋に砂を詰めて重しにすると、土岐はそう言い出した。

「とりあえず身の回りの品だけ持って、小屋がどんな状態か確認しに行くとしよう」

「荷物、大丈夫かしら」

砂浜に置いたままのそれらが、少し心配だった。

「行って帰って来ても、ほんの二、三時間だ。小屋の状態が確認できたら、徐々に運び上げていけばいい。それにこの島には僕と君しかいないんだから、盗まれる心配もない」

「そうね」

何となく引っ掛かるものはあったが、土岐の意見に合わせることにした。

飲料水の入ったペットボトルや、ブロック状の簡単な携行食、それに草木を伐採《ばっさい》して歩くための鉈《なた》など、必要最小限の荷物をザックに詰めると、海岸から出発した。

以前に住んでいた人たちが使っていたと思われる細い道が残っており、ところどころ石垣が積まれたり整地されたりするなど人の手が入った痕跡《こんせき》もあったが、少し油断していると道そのものを見失ってしまいそうになるほど、藪《やぶ》に覆われていた。

それを鉈で薙《な》ぎ払いながら、鼻歌まじりに歩いて行く土岐の後ろを、咲良も少し遅れて付いて行く。

結局それから、目的の小屋を探し出すまでに十数時間を要した。

幸いにも途中で雨は止んだが、空の色は相変わらず暗く、郵便桟橋に引き返そうにも、どちらが海岸の方向かもわからず、密林の中で完全に迷ってしまった。

土岐は明らかに苛々《いらいら》しており、咲良が何か意見をすれば、一気に口論に発展しそうな雰囲気だった。

「黙ってないで何か言えよ」

咲良の無言を、逆に何かの抗議と感じたのか、土岐が絡むように声を掛けてくる。

「どうせ、僕のことを頼りないやつだと思っているんだろう」

返答に窮《きゅう》する咲良に先回りして、土岐が卑屈な口調でそんなことを言う。

「そんなこと……」

「たぶんこっちだ」

手首に嵌《は》めているソーラー充電機能付き登山時計のデジタルコンパスを見て、土岐が歩き出す。現在地がどこなのかすらもわからないのに、何を基準にそう思ったのだろうか。

土岐はずっとその調子だったが、日が暮れる前に、目的の小屋を発見できたのは幸いだった。

「……思っていたよりも小さいな」

舌打ちまじりに土岐が呟《つぶや》く。それは住居というよりは倉庫のような造りの小屋で、ブロック積みの壁に四方を囲まれた粗末なものだった。出入口になっているドア以外には、窓のようなものもなく、屋根は簡単な骨組みの上に、青いペンキが剝《は》げて錆《さ》び付いたトタン板が打ち付けてあるだけだった。

長年、無人のまま風雨にさらされたせいか、中に入ってみると床板はところどころ腐っており、穴が開いて床下の土台が見える箇所もあった。広さはせいぜい十畳くらいだろうか。中には何も残されておらず、がらんとしている。修繕するよりは一から建て直した方が早いのではないかと思われるほど、朽ち果てていた。

小屋周りの土地は平坦になっており、よく踏み固められていて草も生えておらず、庭のようになっている。石組みの竈《かまど》の跡らしきものが残っているから、この場所に住んでいたか、もしくは滞在していた人は、そこで煮炊きしていたのだろう。

「今晩はこの小屋に泊まって、明日、荷物を置いた海岸に戻ろう」

つまり、丸一日を無駄にしたということだ。

道に迷うことなく郵便桟橋とこの小屋を行き来した場合に、どのくらいの時間で往復できるのかはわからなかったが、砂浜に山積みにされたあの資材を、土岐と二人だけで、ここまで荷揚《にあ》げしなければならないのかと思うと、どっと疲れが出てきた。

小屋の中は黴《かび》臭く、決して清潔とはいえなかったが、今朝、雨に濡れて目覚めたことを思い返すと、屋根があるだけまだマシだとも思えた。

「くそっ、ランプを持ってくるべきだったな」

ザックの中身を改めていた土岐がぶつぶつと文句を言っている。

小屋の位置を確認したらすぐ海岸に戻るつもりだったから、本当に身の回りの物しか持ってきていなかった。寝袋もないし、着替えも汗を掻いた時のための一枚と、タオルがあるだけだ。後はペットボトル入りの水と食料がほんの少し。他に役に立ちそうな物は、キャンプ用の鍋《クッカー》と、折り畳まれた二メートル四方ほどの大きさのレジャーシートくらいだろうか。他はカメラしか持ってきていない。

雨はとりあえず止んでいたが、少し風が強くなっているのが気に掛かった。

日が暮れると、辺りは全《まった》き闇となった。昨晩と違い、雲に覆われているので月明かりもない。他に何もないので、仕方なくレジャーシートに二人してくるまり、汚れた小屋の床に寝転がった。

夜が更けるに従って、風は弱まるどころか次第に強くなってきた。

風が吹く度に、天井のトタン板が大きな音を立て、バタバタと揺れる。建物全体も揺れているような気がするのは、不安のせいだろうか。

怖くなって何度呼んでみても、すぐ傍らで横になっている土岐は寝たふりをして無視を決め込んでいる。

深夜になると天候はさらに崩れ、暴風雨と化した。

すっかり濡れてしまった服の冷たさと命の危険に震えながらも、とにかく咲良は目の前の現実をシャットアウトするために必死になって目を閉じる。

瞼《まぶた》の裏に思い出されるのは、咲良と土岐が初めて会った一年ほど前のことだった。

「あ……男性の方だったんですね」

指定された、表参道《おもてさんどう》にあるヴィーガン向けのレストランに咲良が赴《おもむ》くと、そこで待っていたのは三十代半ばのボストン型の眼鏡《めがね》を掛けた知的な雰囲気の男性だった。

「おや、女性だと思っていましたか？」

土岐は口元に笑みを浮かべてそう言った。

きっちりとスーツを着こなしており、どちらかというと痩《や》せ形で、少し神経質そうな印象のある風貌だったが、話してみると案外気さくで、感じは悪くなかった。

おぼろ豆腐と有機野菜のサラダ、エンドウ豆のポタージュ、トマトとバジルを使ったパイに、天然酵母《こうぼ》のパンと赤ワイン、大豆肉《ベジミート》のメインディッシュ……。

「僕は一切、肉や魚は口にしないんだ」

食事をしながら、土岐が言う。

「それから、卵やチーズ、白砂糖も」

「白砂糖も……ですか」

「あれは精製に牛骨灰《ぎゅうこっぱい》が使われているからね」

そんな食生活を、土岐はもう五年近くも続けていると言っていた。

「だが、妻と娘は理解してくれなくてね。だから、もう何年も家で妻の手料理は口にしていない。ここは僕の行きつけなんだ」

咲良は少し驚いた。メニューを見ても、決して安い店ではなかったからだ。

「この近くの病院に勤めているんだ」

「病院ですか？」

「僕は医者なんだよ」

少し照れたような表情を浮かべて土岐が言う。

土岐は妻の父親が院長を務め、一族で経営している病院の婿《むこ》養子なのだという。土岐というのは婿入り前の旧姓なのだと言っていた。

二人が出会ったのは、SNS上だった。

土岐は『トキ』という名前で活動しており、リベラルな立場から、環境問題についてや、現政権への批判的な内容を多く投稿していた。過激ながらも冷静で理知的な文章で、保守系の著名人や、ネット上でヘイト発言を繰り返している連中などを相手に何度も論争を繰り返しており、数万人のフォロワーを獲得していた。

ネット音痴だった咲良が、『トキ』の投稿を読むことで環境問題や政治に関心を持ち、あれこれと検索して調べていくうち、その考えに染まっていくのに、さほどの時間は必要なかった。

咲良と『トキ』が、ダイレクトメッセージを通じて直接やり取りをするようになったのは、咲良が投稿したある政権批判の発言が大炎上したことからだった。

大量の心ない誹謗中傷《ひぼうちゅうしょう》のリプライが届き、殺人予告や、住所や個人を特定しようとする者も現れた。咲良は恐怖に震え、深く傷付き落ち込んだが、そんな時、憧れていた『トキ』が自分のアカウントをフォローし、直接、励ましのメッセージを送ってきてくれたのだ。

あなたの言っていることは間違っていない。だから落ち込む必要はないし、胸を張っていればいい。卑怯者《ひきょうもの》たちは無視すればいいし、必要なら警察に相談してもいい。ネットの誹謗中傷問題に強い、信頼できる弁護士を紹介することもできるとまで書いてあった。

それから、SNSを介した親密なやり取りが始まった。ただ、咲良は『トキ』のことをずっと年輩の女性だと思い込んでおり、『トキ』というハンドルネームも、彼がアイコンに使っている特別天然記念物の朱鷺《とき》という鳥から取ったものだとばかり思っていた。

「SNSで女性のように振る舞っているのはフェイクなんだ。個人を特定されたりするのは怖いからね」

土岐はそう言った。

「でも、僕は近い将来、SNSから消えようと思っている」

「えっ、何故《なぜ》ですか。あんなにたくさんフォロワーがいるのに……」

「SNSだけじゃない。ネット社会そのものとも縁を切ろうと思っているんだ。それに電気やガス、蛇口を捻《ひね》れば水が出てくるような生活からも……」

医師という仕事も自分には向いていないと土岐は言った。土岐は内科医だが、臨床で患者と接するのを苦痛に感じているらしい。良い先生のふりはしているが、内心では、担当している患者の病気や体の不調など心底どうでもいいと思っている。自分は人間嫌いなのだとも言っていた。

土岐が環境問題に関心を持ち始めたのは大学生の時だった。その頃から所属している、世界中に支部を持つ、さる環境保護団体の支援や協力を受け、離島での自然主義者《ナチユラリスト》的な生活を開始することを構想しているとのことだった。

高度な教育を受け、医師という社会的に高い地位を持ち、妻子がいて、経済的にも裕福に見える土岐が、それらを一顧《いっこ》だにせず自分自身の理想と夢を全《まっと》うしようと考えている姿は、咲良にはとてつもなく魅力的に映った。

咲良にも伴侶がいたが、土岐と深い関係になるまで、そう長い時間は掛からなかった。

僕たちはアダムとイヴになるのだ。

それが、咲良をこの島へと誘う土岐の口説き文句だった。

もう少女とはいえないような年齢なのに、自分は恋の熱に浮かされていたとしか言いようがない。

郵便桟橋近くの砂浜に置いたままにした大量の資材が心配だった。いい加減な雨養生しかしてこなかったから、この嵐で、きっと滅茶苦茶になっているだろう。

K島から定期的に様子を見に来てくれる約束になっている照屋という漁師は、月に一度、この島を訪れることになっている。

その時に、必要なものを買ってきてくれるよう注文したり、手紙などのやり取りをお願いすることになっていたが、次に照屋がやってくるのは、予定では二十日以上先だ。

この嵐を心配して、台風通過後に無事を確認しに来てくれたらいいのだが、それはあまり期待できない。無論、この生活の邪魔となる携帯電話やスマートフォンなどの類《たぐ》いは、咲良たちは一切、持ち込んでいなかった。

結局、咲良は小屋の中で一睡もできないまま朝を迎えた。

寝たふりはしていたが、おそらく土岐も同じだったのだろう。風雨はだいぶ弱まってきていたが、二人ともすっかり疲れ切っていた。

ブロック造りの小屋の屋根を覆っていたトタン板は、半分以上が吹き飛ばされてしまい、かろうじて骨組みの垂木《たるき》が残っていた。ベニヤ板で作られていた粗末なパネル状の出入口のドアも、風でなくなっていた。

土岐が少量の薪を集めてきたが、全て濡れてしまっており、風も強く、容易に火は付きそうになかった。加えて土岐は、ポケットに入れていたライターをどこかに落としてしまっていた。

仕方なく、寝床に使っていたレジャーシートに無言で二人でくるまり、微妙にそれを奪い合いながら、暫くの間は、じっと風雨を堪《こら》えて震えることになった。

咲良の肩を抱き、土岐が体を寄せてくる。気持ちでは拒否したかったが、この状況では、暖を取れるのは人肌の温もりだけだった。


「ねえ、少し休まない?」

咲良がそう声を掛けても、土岐はまったく聞き入れようとしない。

嵐が過ぎ去った後の海岸で、風に吹き飛ばされて広範囲に散らばった資材を黙々と拾い集めたが、持ち込んだ荷物は殆ど駄目になっていた。

玄米や小麦粉の袋の多くは破れたり、雨水や海水が染み込んでしまい、食料としては使えそうになかった。持ち込んだ植物の種なども、濡れてしまったのですぐに発芽して駄目になるか、いずれ腐ってしまうだろう。

シート類やロープ、拠点となる小屋の修繕に使うために持ち込んだベニヤなどの木材やトタン板は、殆どが吹き飛ばされてしまい、少量しか回収できなかった。大工道具や釘などの材料、ランタンなどの生活道具や燃料なども同様だった。着替えやタオル、作業用に持ってきた手袋なども失ってしまった。無事だったのは、小屋の探索のために、身の回り品のつもりでザックに入れて持ち出した品々くらいだった。

台風一過で日射しは強く、気温は高くて、土岐は終始不機嫌だった。上陸の時から着たきりだったシャツを脱ぎ、上半身裸で、下は短パン一枚になっていた。

咲良は半袖のパーカに、下は土岐と同じようなショートパンツを穿いていたが、どちらも生乾きで潮気を含んでベタベタしており、それに自分の流した汗が混ざって、この上もなく不快だった。

もう上陸した時のような浮き立った気分はすっかり消え失せていた。

いつまた同じような台風がやってくるかわからない。海岸に設置して、暫くの間、仮住まいにするつもりだったテントも、ポールが折れてしまっていたので、残された僅《わず》かな資材を掻き集め、例の廃墟と化した小屋まで持って上がる必要があった。

だいぶ失ってしまったとはいえ、それでも資材を運ぶのに小屋との間を何往復もすることになった。道に迷うことはなくなったが、それでも海岸との間を行って帰ってくるだけで一時間半から二時間はかかる。山道は足下も悪く、たった数枚のベニヤ板を運ぶだけでもたいへんな労力を要した。もし荷物が全て残っていたら、二人で朝から晩までへとへとになるほど働いても、一か月以上はかかっただろう。果たして土岐は、そこまで考えて計画を立てていたのだろうか。

まったく歩度を緩《ゆる》めてくれる様子のない土岐の後ろを追い、重い荷物を手に歩きながら、咲良は、この島に来るまでのことを思い出していた。

土岐と深い関係になるにつれ、咲良は夫である田代守雄《たしろもりお》のことが、どんどん疎《うと》ましくなっていった。

触れられるのも嫌でセックスレスになり、大手とはいえ建設会社に勤める平凡な会社員の夫をつまらない男と考えるようになった。思えば咲良がSNSに嵌まったのは、守雄から誕生日のプレゼントに買ってもらったタブレットがきっかけだったのだから、皮肉な話だ。

咲良が熱心に、ネットや土岐からの受け売りの環境問題や政治に関する考えなどを述べても、守雄は仕事で疲れているからの一辺倒で耳も貸してくれず、土岐の影響で食生活をヴィーガンに切り替えたことに不満を述べ、次第に家で食事を摂らなくなっていった。

そのことを咲良が伝えると、土岐は苦笑まじりに、うちとは正反対だねと言った。

「僕と君が一緒になっていたら、ちょうど上手くいっていたのに」

その土岐の言葉に、心から咲良は共感した。自分の本当のパートナーはこの人だったのだと思った。守雄との結婚は間違っていたと。

土岐も同じように思ってくれているようだったが、彼には社会的な立場があり、咲良とは違って子供がいた。妻だけならどうでもいいが、まだ小学校の高学年である佳苗《かなえ》という名の娘への影響を考えると、軽々しい決断はできないと土岐は言っていた。

事態が急転したのは、土岐が逮捕されたことからだった。

咲良と二人で参加した、さる地方でのデモで、一部の参加者が警察と小競《こぜ》り合いになり、たまたま近くにいた土岐も一緒に検挙されたのだ。

もちろん、土岐は不起訴となって出てきたが、これが勤め先の病院で問題になった。警察に捕まったこともそうだが、土岐は嘘の理由で休みを取っており、さらにまずいことには、ホテルに咲良と一緒に宿泊していたので、勤め先にも家庭にも咲良との関係が明らかになってしまった。

元々、土岐は婿養子だったため、離婚後は病院を首になってしまった。

娘との面会交流権を放棄することを条件に、相手方から慰謝料を免除され、土岐は退職金も受け取った。仕事と地位と家庭をいっぺんに失った土岐は、その金を元手に、かねてから考えていた無人島への移住を真剣に考え始めた。

文明的な生活を捨て、自然の中で己の力だけで生きる、究極の自然主義哲学《ナチユラリズム》の実践だ。

当然、咲良も一緒に付いてくるように誘われた。口説き文句は例のアダムとイヴだ。

咲良も離婚し、旧姓の北郷に戻した。土岐と籍を入れていなかったのは、再婚禁止期間が終わる前に出発の日が来てしまったからだが、二人の間に、そんな紙切れ一枚で成立する法律上の婚姻などという契約は必要ないと思っていた。

自分たちの精神は、それ以上に強い絆で結ばれている。咲良はそう信じていた。

だがすでに、咲良はそのことに関して不安を抱き始めていた。

日が暮れると、いかに南国に浮かぶ常夏《とこなつ》の島だとはいっても肌寒くなる。島に持ってきた、数万円するダックダウンの高級シュラフは、海岸沿いに生えている木に引っ掛かってずたずたに破け、中身の羽毛を撒《ま》き散らした状態で見つかった。

夜には火がないと、暖も取れず明かりもなく、かなり不安な気持ちで過ごすことになる。島に危険な大型生物はいない筈だったが、それでも怖かった。火がなければ湧き水を煮沸《しゃふつ》することもできず、調理もできない。

明るいうちに枯れ枝などを拾い集め、いざ火を起こせたら薪になる分は確保していたが、肝心のライターがなかった。予備のマッチなどもなく、自力で起こすしか手段はなかった。

「ねえ、まだ?」

台風が去り、蒸し暑い日を一日過ごして、喉《のど》の渇きは極みに達していた。

小屋のすぐ近くにある湧き水には、どんな雑菌が入っているかわからないから飲むなと、土岐に釘を刺されていた。

「やり方はこれで合っている筈なんだ」

剝がれた小屋の床板と、拾ってきた棒を使い、昨日からもう何時間も、土岐は棒を手の平で錐《きり》揉《も》み式に動かしている。だが、火はおろか煙が立ち昇ってくる様子もない。その方法では、とても火が起こりそうには思えなかった。

「火起こしはそんなに容易なものじゃない。そうじゃなかったら、昔の人が火種《ひだね》の番などやるわけがない。火は、そのくらい貴重なものなんだ」

「一つ、聞いてもいいかしら」

「何だ」

地べたに座り込み、馬鹿の一つ覚えのように黙々と火起こしの作業をしている土岐に向かって、咲良は冷ややかな口調で言う。

「あなた、キャンプとかしたことあるの？」

「いや……」

一瞬、言葉に詰まり、土岐が曖昧《あいまい》に答えた。

「これまで野外で煮炊きしたり寝たりしたことは」

「ない。だったら何なんだ！」

突如、土岐は激昂《げっこう》したように声を張り上げ、手にしていた棒を投げ付けてきた。

咲良は驚いた。これまで一度も、土岐に怒鳴《どな》られたり、暴力的な態度を取られたことはなかったからだ。

「人がやることに文句を言うだけしか能がないなら、黙っていろ！」

土岐が吐き捨てるように言う。

「……わかったわ。もういい」

咲良は小屋から出て行こうとした。

「どこへ行くんだ」

「お水飲んでくる」

もう火起こしなど待っていられなかった。喉の渇きは我慢の限界だった。

廃墟の小屋を出ると、すでに日は落ちていたが幸いに月が出ていた。

湧き水がある岩場までは、ほんの十数メートルほどの距離だ。

岩の隙間から染み出た清水が、浴槽程度の大きさの窪《くぼ》みに溜まっている。日中に見た時には、そこにボウフラのような生き物が湧いていた。岩を伝い落ちる水の流れに沿って、緑色の苔《こけ》が密生していたが、それらを不衛生とは感じなかった。むしろ、苔が生えたり水生昆虫がいるのは、この水が安全だという証拠ではないだろうか。

「あともう少しの我慢ができないのか？」

咲良に続いて小屋から出てきた土岐が、背後から声を掛けてくる。

「付いてこないでよ！」

先ほど怒鳴られたことがショックで、咲良も思わず声を荒らげた。

「その水が安全だって保証はないぞ」

「大丈夫よ、これくらい。何よ、だらしない」

両手の平を使い、水を掬《すく》う。月光の下で見たところでは、水は透明で綺麗に見えた。

そのままそれを口元まで持ってきて、喉を鳴らして飲んだ。多少の雑味やえぐみはあったが、渇きがそれに勝った。むしろ生涯で飲んだどんな水よりも美味に感じる。

背後でそれを眺めている土岐が、喉を鳴らす音が聞こえた。

馬鹿みたい。やせ我慢せずに自分も飲めばいいのに。

口元を手の甲で拭《ぬぐ》いながら、咲良は思う。

土岐は大袈裟《おおげさ》に溜息をついてみせると踵《きびす》を返し、小屋の方へと一足早く戻ってしまった。

咲良はもう一掬い、水を口に運んだが、それは一杯目ほどおいしくは感じられなかった。


「だから言ったんだ」

下腹部の刺すような痛みに耐えかね、咲良が何度目かのトイレに立とうとした時、まるで鬼の首を取ったかのように土岐がそんなことを言い出した。

言い返す気力もなく、咲良は下腹を押さえながらふらふらと立ち上がると小屋を出た。口論などしていたら漏らしてしまう。そんなことになったら、今度はどんな罵《のの》られ方をするかわからない。恥ずかしいなどとは言っていられなかった。

小屋を出ると、濡れた落ち葉を踏みながら、咲良は密林の奥へと足を踏み入れた。

下痢《げり》だけでなく、ひどい頭痛がした。発熱もしているように感じる。この脱水症状は、昨夜に飲んだ湧き水でお腹を壊したからだけではなく、熱中症も関係しているのではないだろうか。上陸して数日。食料も殆ど口にしておらず、栄養の不足も感じられた。疲労もピークに達していた。

小屋から少し離れた場所に、背の低い草むらがあった。

まだ決まった場所をトイレにはしておらず、土岐も咲良も、小屋の周辺で適当に用を足している。誰に覗かれる心配があるわけでもないが、これもまだ慣れなかった。

ショートパンツと下着を膝の辺りまで下ろし、咲良はその場にしゃがみ込むと、殆ど水のような便を垂れ流し始めた。

用を足しながら、情けなさで涙が頬を伝うのを感じた。私がこんなに苦しんでいるのに、何であの人は少しも優しくしてくれないのだろう。こんな筈ではなかった。アダムとイヴのような原初の楽園生活が待っていたのではなかったのか。

せめて薬があればと、腹痛に苦しみながら咲良は思う。最低限必要であろう消毒薬やアスピリン、胃薬や解熱剤、抗生物質入りの外用薬などは、もちろん持参してきていたが、台風で残らず失ってしまった。

医者なんて、検査のための機械や器具、それに薬がなければ何の役にも立たない。少なくとも土岐はそうだ。本人もそれがわかっているから、己のプライドを保つために、わざと咲良の看病を放棄しているのではないか。そんなふうにも思えた。

その辺の草の葉で適当に尻を拭き、元の通りに下着とショートパンツを上げると、咲良は小屋に戻ることにした。少しもお腹がすっきりした感じがしない。一時間もしないうちに、すぐにまた我慢できなくなるだろう。

ふと遠くに視線を移すと、青く広がる海の光景が、鮮やかな緑色をした南国の木々の隙間に見えた。この廃墟の小屋は高台にあるので、ずっと先にはK島も見える。鮮やかに映える珊瑚礁《さんごしょう》の白い影は、まさに咲良が思い描いた楽園の景色そのものだった。

次にK島から照屋が立ち寄った時に、もうこんなことはやめて帰ろうかと、咲良は弱気に駆られる。

だが自分は、この理想を現実にするために、たくさんのものを捨て去ってしまった。夫だった守雄と、元の生活に戻るのは難しいだろう。実家の両親や親戚、親しかった友人たちも、多くは咲良の考えや行動に賛同は示してくれず、咲良の元から離れていってしまった。参加していた環境保護団体のメンバーたちにも、大見得《おおみえ》を切って出てきてしまった。いずれは二人で手記を出版したり、海外メディアの取材にも応じるつもりだなどと言っていたものが、一か月も経たずに諦めて戻ったら、いい物笑いの種だ。

もう少し頑張ってみよう。咲良はそう考えた。

こんなことはきっと最初のうちだけだ。慣れてくれれば、徐々に生活は改善されていくに違いない。土岐だって、少しばかり自分の思い通りにいかなかったから苛々《いらいら》しているだけだ。

何より、この誰もいない島で、唯一頼ることのできる男性である土岐と仲違《なかたが》いしてしまったら、女性である咲良にとってあらゆる面で不都合である。悔しいが、我慢するしかなかった。

3

あれは、だいぶ体調を崩しているんじゃないか？

草むらにしゃがみ込んでいた女が立ち上がり、小屋に戻っていく後ろ姿を、少し離れた岩陰で息を潜めて眺めながら、公則はそう思った。

どうやら上陸したのは、この三十歳前後くらいの女と、もう何日も非効率な方法で火を起こそうと木を擦り合わせている三十代半ばくらいの男の二人だけのようだ。

公則は訝《いぶか》しく思っていた。

この二人は、いったい何をしにこの島にやってきたのだ？

入江にある桟橋から荷物を降ろしている時には漁船が停まっていたから、漂着したとか、そんな事情ではないだろう。もし仮にそうだとするなら、助けを呼ぶための行動に出る筈だが、そんな様子もない。

レジャーのつもりで上陸したのなら、海岸に降ろした大量の荷物を失った段階で、何かしら行動を起こしてもおかしくないが、この二人は無線や衛星電話などの連絡手段も持っていないようだった。研究とか調査などのフィールドワークで滞在しているようにも見えない。

意図がわからなかった。今のところ二人の行動は、まるで意識的に、長期的な無人島での原始的生活を望んでやってきたようにしか見えない。だが、そんなことをする物好きがいるのだろうか。

どっちみち、この二人が長くこの島に滞在するつもりなら、こちらもどう対処するべきか考えなければならない。いつかこういう事態が起こるのではないかと思っていたが、公則は考えあぐねている。

とはいっても、女の方の不調は、公則を心配させた。男の方もあれでは、早晩、二人とも脱水か空腹で倒れてしまい、最悪、二人とも死んでしまうかもしれない。それは公則にとっても都合がいいとは言えなかった。島に警察が上陸してくるかもしれないからだ。

それにしてもこの二人は、端《はた》から見ていても、あまりにも頼りなかった。

十五分も経たないうちに、また小屋から女が出てきた。表情は険しく、腹を擦るような仕種《しぐさ》をしている。

先ほど、用を足していたのとはまた数メートル離れた場所で、ショートパンツと下着を下ろし、用を足し始めた。

公則は岩陰に身を隠してじっと息を殺す。今日はもう、これ以上、彼らの様子を窺《うかが》っていても何の情報も得られそうになかった。

二人が一緒に小屋を留守にした時に、彼らの所持品を調べるつもりだったが、女がこの調子では、当分は小屋から離れないだろう。

ガマに戻ろう。

そう思った時だった。

「あっ」

用を足していた女が、素《す》っ頓狂《とんきょう》な声を上げた。岩陰から様子を見ると、女は膝まで下げたショートパンツと下着を上げようともせずに立ち上がって動こうとし、そのまま足を縺《もつ》れさせ、転倒した。

「いっ、痛いっ、痛いっ！」

そして悲鳴に近い声を上げる。

転んでどこかをぶつけたとか負傷したとか、そういうことではないようだ。倒れた後も、痛い痛いと連呼し、パニックを起こしたかのようにじたばたと暴れている。

姿を現して女を助けるべきか、公則は逡巡《しゅんじゅん》する。

悲鳴を聞いたのか、小屋にいた男が飛び出してきた。

男はすぐに女の傍らまで駆け寄ったが、何があったのか、短く悲鳴を上げて後退《あとずさ》った。女は地面に這いつくばったまま、必死に助けを求めている。

迷いはあったが、公則は飛び出した。数メートルの距離を一気に縮める。

突然の公則の登場に、男は目を丸くして身構え、女はさらに悲鳴を上げた。

見ると、膝の辺りまでショートパンツと下着を下ろしている女の尻に、赤と黒のまだら模様をした蛇が喰らい付いていた。

女は必死になってそれを手で叩き落とそうとしているが、離れないようだった。

「じっとして！」

公則はそう言うと、女の傍らに掛け寄り、蛇の尾っぽを踏みつけて動けないようにし、その首根っこを掴んで女の尻から引き剝《は》がした。

続けて腰のベルトに下げていたケースから鉈を抜いて手にすると、それで蛇の首を切り落として殺す。

「ハ、ハブか？」

男の方が、狼狽《うろた》えた声を上げる。

「し、死にたくない！　私、死にたくない！」

パニックに陥《おちい》った様子で、女が喚《わめ》き散らす。

「大丈夫。これはアカマタです。毒はありません」

首を切り落とされてなお、とぐろを巻くようにうねっている蛇の表皮の柄《がら》をしっかりと確認し、公則は言う。

「だが、咬《か》まれたところは消毒しないと……」

「だ、誰だ、君は！」

今さらながら、男の方が公則に向かって声を上げた。

「事情は後できちんと話します。薬は持っていますか？」

「いや……」

男が口籠《くちご》もる。

「だったら、僕が持っているものをお分けします。ひと先ず、彼女を小屋へ……」

そう言って公則が女の方を見ると、呆気《あっけ》に取られていた女が、我に返ったように慌ててショートパンツと下着を引っ張り上げ、丸出しだった下半身を隠した。そして恥ずかしそうに顔を逸《そ》らす。

「咲良……」

男が、そう女に声を掛けた。それがこの女の名前か。

「必要な物を取ってきます。少し待っていてください。それから……」

公則は手にしている蛇の死体を、男の方に差し伸べる。

「や、やめろ。そんなものをこちらに向けるな」

「これ、食べられますよ。小屋に持って行ったらどうですか」

「僕は蛇が苦手なんだよ！」

それで、女を助けようともせずに後退って逃げようとしたのか。

猛毒のハブと勘違いして狼狽えていたのかと思ったが、どうやら蛇そのものが怖いらしい。大丈夫なのか、この男は？

「わかりました。すみません。じゃあとにかく、彼女を休めるところに……」

「言われなくてもわかっている」

プライドを傷つけられたのか、男は少し怒りを含んだような口調でそう答える。

そして青ざめた顔をしている咲良という女の肩を抱き、小屋の方へと引き返して行った。

蛇の死体は後で回収することにし、ひと先ずその辺に放り投げると、公則は腰のベルトに通してある革製のケースに鉈を戻し、薬などを取りにガマへと引き返した。

4

数日ぶりの焚き火に当たりながら、咲良は、この突然現れた若い男の横顔を、ぼんやりとした気持ちで見つめていた。

男は、自分を「サイトウ」と呼んで欲しいと言った。何か事情でもあるのか、それ以上はあまり自分のことを話したがらない。

咲良よりもおそらく数歳若く、薄汚れてはいるが、精悍《せいかん》な顔つきをしており、よく日に焼けていた。

痩せ形だが筋肉質で、伸ばしっ放しでウェーブの掛かった、少し癖のある長い髪も、口の周りを覆っている髭も、今の咲良の目には土岐よりも数段、魅力的に映った。サイトウの体から微《かす》かに漂ってくる体臭すら、咲良の胸をときめかせた。

「……つまり僕たち二人は、人間が本来あるべき姿を求めて、それぞれの社会的な地位やしがらみを捨てて、ナチュラリストとしてこの島で実践的な生活を始めたというわけだ」

一方で先ほどから、土岐は気分良さそうにサイトウに向かって喋《しゃべ》り続けている。

咲良はその傍らで、ずっと二人の様子を眺めていたが、土岐は時々、咲良の顔色を窺うようにちらちらと視線を向けてくる。

このサイトウと名乗る素姓のわからない若い男に向かって、必死になってマウントを取ろうとしている土岐の弁舌《べんぜつ》は、滑稽《こっけい》としか言いようがなかった。

あの後、サイトウは一度、姿を消し、一時間ほど経った頃、消毒用エタノールや抗生物質入りの軟膏《なんこう》、それに咲良が腹を壊しているのを察したのか、整腸剤などを手に戻ってきた。

毒蛇に咬まれたと思い込んでパニックに陥っていたが、下半身丸出しで地面を這うように助けを求めていた己の姿を思い出し、咲良は急に羞恥心《しゅうち》が湧き上がってきた。女として、あれ以上みっともなく惨めな姿を人に晒《さら》すことはないだろう。

うんざりだったのは、咲良の手当てをしようとするサイトウへの、土岐の態度だった。

「その薬を見せてみろ」

アカマタに咬まれた傷の痛みと、ずっと続いている腹痛に苦しむ咲良を差し置いて、土岐はそんなことを言い出した。

「どこにでも売っている市販薬ですが……」

サイトウは不愉快そうな様子も見せずにそう答えた。それは我慢強いとか人柄のせいではなく、土岐や咲良に、己が不審を抱かれないように慎重に振る舞っているというような様子に見えた。

「僕は医者だ。治療は僕がする。素人《しろうと》には任せられない」

何のプライドなのか土岐はそう言うと、勿体《もったい》ぶった様子で薬の成分表を眺めて確認などし始める。咲良は苛々した。こんな怪我の手当てなど誰がやっても同じだ。いい加減にして欲しい。

「薬を飲むのに水がいりますね」

「ん……そうだな」

サイトウの言葉に、薬のラベルを見ていた土岐が答える。

「お湯を沸かしましょう。生水は良くない」

咲良はまさに、その生水に中《あた》ったのだ。

「君、ライターを持っているのか」

「はい。外にある薪を使わせてもらっても……？」

飽《あ》くまでも下手に出ながら、サイトウが土岐に問う。小屋のすぐ外には、集めたまま火を付ける手段がなく積まれたままの枯れ枝の束があった。二、三日の間、晴天が続いたので、すっかり乾いている。

「ああ、構わない」

「鍋も借りていいですか」

そして小屋の隅に転がっている、土岐たちが持ち込んだ鍋を見て言った。

「いいとも」

「ありがとうございます」
へりくだった様子でそう言うと、サイトウは小屋の外へ出て行った。
小屋の出入口にあった木製のドアは台風で吹き飛んでしまっていたので、咲良が横たわってい
る位置からも、火を起こそうとしているサイトウの姿がよく見えた。
腰に下げている鉈をケースから取り出すと、枝の端を器用に削って毛羽立たせ、火が付きやす
いようにし、土岐が数日掛けて起こせなかった火を、ライターを使ってあっさりと五分足らずで
起こした。
咲良は土岐に体に触れて欲しくなかったが、そんなことを言って喧嘩になっても面倒なので任
せることにした。床にうつ伏せになった咲良に、下着とショートパンツを途中まで下げさせる
と、土岐は消毒用エタノールを含ませた布で自分の手指と咲良の尻の傷口を清拭《せいしき》し、チューブか
ら絞り出した軟膏を塗りたくって、ガーゼを傷口の上に貼った。
「よし、これで大丈夫だ」
治療を終え、土岐が満足げにそう言ったが、咲良は返事をする気にもなれなかった。
何が大丈夫だ。サイトウが薬やガーゼを持ってくるまで何もできなかったくせに。咲良がアカ
マタに咬まれて助けを求めた時も、蛇を恐れて逃げようとしていたじゃないか。
「待たせてすみません。湯冷ましができました」
サイトウがそう言ってコップに入れたぬるま湯を持ってきた時も、土岐はそれが直接、サイト
ウの手から咲良に渡されるのが気に入らないのか、わざわざ一度、自分がそれを受け取ってから

咲良に薬を飲ませようとした。

顆粒状《かりゅう》の整腸剤を湯冷ましと一緒に喉から胃へと流し込むと、やっと人心地ついた気分になった。

そして咲良の飲み残しの白湯《さゆ》を、土岐が奪うようにして飲む。平気なような顔をしていて、やはり喉が渇いていたのだろう。

「もう一杯くれ」

コップを突き出し、まるで小間使《こまづか》いにでも命じるようにサイトウに向かって言う。サイトウの方も一言や二言、文句を言っても良さそうなものだが、無言で土岐の言いつけに従っていた。

焚き火を囲みながら、まだ土岐は気分良さそうに喋り続けていた。サイトウの方は、時々、相槌《あいづち》を打ったり質問を挟んだりしながら、土岐の退屈な話に我慢強く付き合っている。

土岐は、すっかり自分がサイトウに対して優位に立ったように勘違いしているのだろう。愚かな男だ。自分は何でこんな男と一緒に、こんな何もない島に来てしまったのだろう。

「食べますか？」

土岐の話が途切れたところで、それを見計らうようにサイトウが手元の地面に刺して焚き火で炙《あぶ》っていた串を手にして言った。

「いや……いい」

少し狼狽えた様子で土岐が答える。

それは、咲良の尻に咬みついたアカマタの皮を剝いで肉を炙ったものだった。土岐が咲良の手当てをしている間に捌《さば》いたのだろう。

「僕はヴィーガンなんだ。動物や魚は食べない。ましてや蛇なんて……」

嫌悪感を顕《あら》わにして土岐が言う。

サイトウは頷《うなず》き、咲良の方に向き直る。

「あなたは……」

「彼女も同じだ。そんなものは食べない」

咲良が返事をする前に、土岐が答えた。

本当は、炎で炙られて香ばしい匂いを発しているその串刺しの肉に、咲良の口の中には唾が溜まっていた。お腹の調子さえ悪くなければ、土岐など無視して、その肉塊を受け取っていたかもしれない。

「ヴィーガンということは、卵や乳製品も駄目ってことですよね。それに革や絹を使った製品なんかも……」

「よく知っているじゃないか。君、大学は出ているのか？」

「一応、通ってはいましたが……」

躊躇《ためら》いがちにサイトウは答える。意識的にか無意識なのか、こんな無人島で、今度は学歴でマウントを取ろうとしている土岐に、咲良はまた軽蔑の念を浮かべた。

「だが、僕たちの主義を君にまで押し付けようという気はないよ。気持ちだけ、受け取っておこう」

何を格好つけているのだ、この男は。

もう土岐が何を言っても、胸の内にはそんな思いばかりが浮かぶ。

「わかりました。出過ぎたことを言ってすみません」

サイトウは残念そうに言うと、串に巻き付けられたその肉を齧り始めた。

土岐の腹が低く鳴る音が聞こえた。続けて生唾を飲む音。

咲良は土岐の横顔を見る。間違いない。確かに今、この人はサイトウが肉を頬張る様子を見て、唾を飲み込んだ。やせ我慢しているのか？

「でも……お二人は食べるものはあるんですか？」

サイトウのその質問は的《まと》を射ていた。目に付く限りでは、小屋の中に食べられそうなものは何も置いていない。

「その……君のお陰で火も起こせたし、喉も潤すことができた。明日からまた島を歩き回って、食べられそうな果物か植物でも探すさ」

強がった様子で土岐が言う。

「僕の持っている食料を少しお分けします。探索するにしても、何も食べていないのでは疲労で倒れてしまいますよ」

「今も言ったが、僕たちは肉や魚の類いは……」

「パイナップルのシロップ漬けと、アスパラガスの缶詰を持っています。本当は取っておきだったんだけど……」

焦げ目のついた蛇の肉を歯で引き千切りながらサイトウが言う。

シロップ漬けと聞いて、再び土岐が喉を鳴らした。

「お近づきの印です。プレゼントしますよ」

口元を綻《ほころ》ばせてサイトウは笑顔を見せた。

その人懐こい表情に、咲良の胸の鼓動が、また少しだけ高鳴る。

「何から何まですまない」

そして土岐が初めて、サイトウに礼を述べた。

「僕は、お二人とは違って、この島の地主の許可も得ていないし、勝手に住み着いているだけです」

ふと、サイトウがそう呟く。

「お二人の生活を邪魔するつもりはありませんし、何か協力や助けが必要なら、喜んで手伝います。ですから、僕のような人間が、この島に住んでいることは、誰にも……」

咲良と土岐は、お互いに目を合わせて小さく頷いた。

「僕たちがこの島に来た理由だって、世間の人からしたら狂気の沙汰《さた》だ。君の立場も理解することができる。きっと何か話したくない事情もあるんだろう」

「ありがとうございます」

「その代わりと言っては何だが……君の持っているそのライター、こちらに譲ってくれないか」

「土岐さん」

この物言いには、思わず咲良も声が出た。

これだけ助けてもらっているのに、相手の足下を見過ぎだ。

「これは、僕も一つしか……」

「失礼。嫌ならいいんだ。どうせあと二週間もしたら、K島から照屋さんという漁師が様子を見に来てくれる。その時にでも譲ってもらうよ」

「そうなんですか」

「うん。手紙のやり取りや、必要な資材の買い付けなんかを仲介してもらうことになっている」

サイトウが不安げな表情を浮かべる。

これも遠回しに、お前の存在を島の外に知らせるつもりならいつでもできると恫喝《どうかつ》しているようにも聞こえた。そうだとするなら、あまりに卑怯《ひきょう》だ。

「わかりました。どうしてもというなら……」

諦めたように言い、サイトウはズボンのポケットを探る。

「すまないね。その漁師から新しいライターを入手したら返すよ。少しの間、借りるだけだ」

その少しの間が、どれだけ大事なのか、自分自身で思い知っているだろうに。

「本当に大丈夫なの？」

サイトウのことが心配になり、思わず咲良はそう問い掛ける。

「はい、たぶん……」

「彼は僕たちよりずっと、こういう生活には長《た》けているようだ。心配いらないさ」

聞いてもいないのに土岐がそう答えた。

「あの……差し出がましかったらすみません」

ポケットからライターを取り出し、それを土岐に渡しながらサイトウが言う。

「何だい」

「火を起こすのが目的なら、あれを使えば一発ですよ」

そう言って、サイトウは小屋の隅の壁にぶら下がっている、土岐の一眼レフカメラを指し示した。島内での生活の記録のために土岐が持ち込んだものだ。初日に咲良の水着姿を撮影していたものだが、他のことが大変すぎて、そんなものがあることすら忘れていた。

「カメラのことか？　カメラでどうやって火を起こすんだ」

冗談だと受け取ったのか、土岐が声を上げて笑い出す。

「あのレンズ、取り外しできますよね？　焚き付けさえあれば、太陽光線を集光すればすぐに火が付きます。晴れていれば一分もかかりません」

土岐が、思わずあっと声を漏らすのが聞こえた。

「木を擦り合わせるのは、他に何も道具がない時のやり方です。難しいですよ」

サイトウは、この数日の間、ずっと土岐がその原始的な方法で火を起こそうとしているのを見ていたのだろうか。咲良がアカマタに咬まれた時、すぐに飛び出してきたのも、こちらの様子を窺っていたからかもしれない。

土岐に対して、これは皮肉な物言いだった。知識や道具があっても、それを活用する発想や能力が土岐にはないのだと指摘しているようなものだ。思わず咲良は笑い声を漏らしそうになる。

「そうか……確かにそうだな。教えてくれてありがとう。だったらこのライターは不要だ。君が使いたまえ」

強がった口調でそう言い、土岐は一度受け取ったライターをサイトウの手に戻す。

「すみません。助かります」

小さな声で、サイトウがそう答えた。

5

あれは良くなかった。

土岐周一郎とかいう男の態度があまりに癪《しやく》に障《さわ》ったので、思わずあんな皮肉を言ってしまったが、余計な反感や敵対心を持たれるのはまずい。今後は気を付けなければ。

「斎藤《サイトウ》」というのは、公則が逃亡生活を始めてから使い始めた偽名の一つだ。本名の「苅部公則」では目立つからだ。

とりあえずガマに戻った公則は、約束の缶詰などを手に、翌朝、再び土岐と咲良が住む小屋を訪ねた。

あの二人が、公則にとって無害な相手だとわかっただけでも収穫だった。ナチュラリストとして原始的な生活を実践するために来たという動機は意外だったが、まあ、ぎりぎり理解できなくもない。

後は、彼らがすぐに音《ね》を上げて都会に戻ってしまわないかだけが心配だった。通常の生活に戻り、島で出会った公則の存在を誰かに漏らしてしまうのが、一番の恐れだった。

公則自身は、もうこの島から出るつもりはなかった。ある意味では観念したともいえる。大阪《おおさか》のドヤ街や、寮付きの飯場の仕事、ネットカフェなどを転々としながら、いつ正体がバレるかと落ち着かない気持ちのまま暮らすのは、もう堪《た》えられそうになかった。

いつかは捕まるのかもしれないが、その日が来るまでは、この島で暮らそうと公則は決意していた。これは一種のモラトリアムのようなものだ。

その生活を少しでも長く続けるためには、隣人からあまり反感を買わない方がいい。こちらが何者なのか、少しでも興味を抱かれるのは嫌だった。

幸い、あの土岐と咲良という二人は、一応は理性的な会話が成立する相手だった。物わかりがいいというか、自分たちの懐《ふところ》の深さを見せようという気持ちでもあるのか、公則がこの島に住み着いている理由を深く追及して来ないのもいい。

お近づきの印として、島での生活ではとてつもない価値がある甘い缶詰を土岐に手渡し、それから数日の間は、屋根などが吹き飛ばされてしまった彼らの住む小屋の修繕を手伝った。

男の方……土岐が医者だというのを、最初のうち公則は少し疑っていたが、暫く付き合っているうちに、どうやら嘘ではないということがわかってきた。

こちらからあれこれ質問して藪蛇《やぶへび》になるのは嫌だったので避け、公則は黙々と作業に徹していたが、一緒にいる北郷咲良というのがよく喋る女で、何となく二人の関係性のようなものは把握《はあく》できた。

まず第一に、この二人は夫婦などではなく、元は不倫の関係にあったらしい。

土岐は医師という仕事と妻子を捨て、咲良の方も夫と離婚して、駆け落ちのようにしてこの島に来たようだ。

公則は呆《あき》れる思いだったが、もちろん思っていることを口には出さず、飽くまでも共感しているようなふりをして、咲良の話を時々頷きながら聞いてやった。そんな経緯で来たわりには、咲良の口から出る言葉は、のろけよりも土岐への愚痴《ぐち》や不満が多く、それは恨みつらみに聞こえるほど辛辣《しんらつ》だった。

医者がどのくらい儲《もう》かる商売なのかは知らないが、島で暮らすための資金は潤沢《じゅんたく》にあるらしく、その一部を信頼できる友人に預けているという。

その友人とは、K島で僻地医療に従事している医者で、土岐の医学生時代からの知り合いらしい。この島の存在や、地主を紹介してくれたのもその杉本という医者だということだった。

とにかく、土岐は島での入植生活を始めた後も、月に一度、照屋というK島の漁師に島に立ち寄るようにお願いしており、その際に手紙を託したり、必要な買い物のリストなどを渡して運んでもらえるように契約しているのだという。

つまり、島で何か入り用になったとしても、手に入るのは最速でも一か月程度はかかるということだ。それでも、まったく外部からの助けもなく暮らしている公則に比べれば、遥かにハードルは低い。

資材が手に入るまでの応急に、一時的に小屋の屋根を椰子《やし》の葉で葺《ふ》く作業を手伝ったり、島にある食べられる植物などの知識を教えた。また、このフリムン島にはおそらくハブ類は生息しておらず、今のところ自分は見たことがないと公則が伝えると、特に土岐の方が安心した様子を見せた。沖縄《おきなわ》諸島でも、宮古《みやこ》島や久高《くだか》島など、ハブ類が生息していないと言われている島は意外に多い。

ある程度、二人の生活の基盤ができてくると、それからは数日から十日に一度、顔を合わせる程度になった。ねぐらにしているガマの場所は教えていなかったから、向こうが会おうと思っても公則を捜し出すことは難しいだろう。

わざわざ公則が海岸から離れていて水場からも遠い、不便な場所にあるガマにねぐらを構えているのは、万が一にも人目を避けるためだ。

無人島とはいっても、ここは絶海の孤島ではなく、日本の国土の中にあり、漁船で三十分も行けば、人口三千人ほどのK島に接続できる。まったく誰も立ち寄らないというわけではない。

島の西側にある磯では、長い竿《さお》を振って釣りに興じている人を見かけることもある。漁船に金を払うとK島から渡してもらえるらしく、きっと穴場になっているのだろう。

桟橋近くの砂浜にテントを張っているキャンパーを見かけることもあった。許可を得て野営しているのかどうかはわからないが、そういう訪問客が、こんな島でも割合にいる。だが、険《けわ》しい斜面を、藪を掻き分けながら一時間以上かけて公則が住んでいるガマの辺りまで登ってくるような物好きはいない。入り込んできても、せいぜい土岐と咲良の二人が住処《すみか》に使っている廃墟の小屋辺りまでだ。

公則が、このガマを気に入っている理由はもう一つあった。

断崖の上に立つと、島の南東側、船着き場となっている桟橋の辺りを一望できるからだ。

この島に用事のある者は、必ずそこに船を着ける。磯釣りの人たちも、そこから三十分以上かけて島の外周を迂回《うかい》し、西側の磯まで大きな荷物やクーラーボックスを背負って歩いて行く。

つまり、見張りに都合がいいのだ。

いつもとは様子の違う連中が上陸してくるのを見かけたのは、土岐と咲良の二人が上陸してから、二か月ほど経った頃だろうか。十二月に入って年も押し詰まり、さすがにこのフリムン島でも、日中はともかく、夜半から朝に掛けては寒くなる季節だった。

断崖から様子を窺うと、砂浜には土岐と咲良が揃って出迎えに来ており、桟橋に下りた男と土岐が握手を交わしているのが見えた。

船は、いつもの照屋とかいう漁師のものではなく、小型のモーターボートだ。

握手している男と土岐を、別の男がカメラで撮影している。

これはおそらく、何かの取材だろうと公則は直感した。

そういえば、土岐はこの入植生活を手記にして出版する予定があると言っていた。フィルムカメラを持ち込んでいたのもそのためだ。

雨が降った時などは、日がな一日、土岐は小屋に籠《こ》もってノートに向かい、書き物をしていると咲良は言っていた。厭世家《ペシミスト》を気取っていても、どこか世の中に対する承認欲求があるのだろう。本人の考えとは裏腹に、土岐は案外、俗っぽい人間なのかもしれない。

モーターボートは桟橋から離れて姿を消したが、それに乗っていたクルーたちは、どうやら島に残ったようだ。おそらく土岐たちが住む小屋に宿泊するのだろう。

あの二人の生活も、だいぶマシになってきていた。クルーたちはおそらく手土産《てみやげ》に食料などを持ち込んできているだろうから、今夜はご馳走《ちそう》だろう。酒なども出るかもしれない。

そういえば、アルコールを最後に口にしたのはいつだったっけと公則は考える。元々、そんなに酒が好きなわけではなかったが、冷たいビールの味を口の中に思い出して、懐かしさを覚えた。

数日を経て、どうしても気になった公則は、久々に土岐と咲良に会いに行くことにした。自分の存在を、うっかり土岐が漏らしたりしていないかと思ったからだ。小屋まで下りて行くと、咲良は出掛けているのか、土岐だけがいた。

「やあ、久々じゃないか」

腰掛けていた土岐が、眼鏡の位置を直しながら顔を上げる。座っている椅子は、公則が材料を集めて作ってやったものだった。照屋を通じて、失った資材や生活用品、食料などを買い直したので、小屋の中にはだいぶ生活感が出てきている。

上陸したばかりの頃よりも痩せてはいたが、土岐の顔の血色は良く、苛々した様子もない。少しは気持ちに余裕ができたのだろう。紺色の開襟《かいきん》シャツに、相変わらず下は短パン姿だった。

「どうですか、様子は」

「ああ。お陰でだいぶ島の生活にも慣れてきた。何か用かい？」

「ええ……」

答えながら、公則は小屋の中の様子を見回す。

やはり誰かが立ち寄ったらしく、部屋の隅には、手土産と思われる米や味噌《みそ》、それにコーヒー豆の袋と、新鮮な野菜が少し、そして泡盛《あわもり》の一升瓶などが置いてあった。

「お客さんが来ていたみたいですね」

「やはり君は気づいていたか。地元の新聞が、僕たちの噂を聞きつけて取材に来ていたんだ」

「そうでしたか」

「もしかしたら、全国版の方にも掲載されるかもしれないと言っていた。もちろん、君のことは何も話していない」

公則が気にしていることを、先に土岐の方が察し、そんなことを言う。

「ありがとうございます。……咲良さんは？」

「郵便栈橋に行っている。照屋さんが立ち寄って、記事が掲載された新聞を置いていってくれているかもしれない」

「郵便栈橋？」

「ああ、あの桟橋は昔からそう呼ばれているんだそうだ。君は知らなかったのか」

そういえば最近、あの桟橋の近くに小型のプレハブの物置が設置された。土岐たちが持ち込んだものだろう。照屋とうまくコンタクトできなかった時に、手紙などの郵便物や、雨に濡れては困るような資材などは、それを宅配ボックスのように使って受け渡しを行うらしい。

「そういえば、僕たちはこの住処に名前を付けたんだ」

「そうなんですか」

「『エデン』だ。いい名前だろう」

「素晴らしいですね」

内心では微妙なネーミングセンスだなと思ったが、適当に賛同しておいた。

「あら」

そんなことを話している時、ちょうど咲良が小屋に戻ってきた。

「サイトウくん、来ていたのね」

公則の姿を見て、嬉しそうな声を出す。土岐と同様、やはり少し痩せたが、顔色はいい。有名アウトドアメーカーのロゴが入ったジャージの上下を着ていた。

手には四つに折り畳まれて、透明なビニール袋に包まれた新聞を持っている。

「おっ、届いていたか」

土岐が嬉しそうな声を上げる。咲良の手からそれを受け取ると、いそいそとビニール袋を破り、まだインクの香りがする新聞を取り出した。

記事を見つけた土岐は、椅子に座ったまま、それを読み始める。

公則と咲良も、背後から紙面を覗き込んだ。思っていたよりも大きく取り上げられており、全面の三分の二ほどを占めている。咲良の肩を抱いて郵便桟橋に立つ土岐の姿が、モノクロ写真で掲載されていた。

だが、読んでいるうちに、土岐の顔が、みるみる曇っていくのが端から見ていてもわかった。

「くそっ」

小さくそう呟き、土岐は新聞を閉じる。今度は咲良が新聞を受け取り、怪訝《けげん》そうな表情で紙面を改め始めた。

「面白《おもしろ》おかしく書きやがって……」

土岐は舌打ちまじりにそう言い、頭を左右に振った。

「どうしたんです？」

「僕や咲良が語った、環境問題への考えや啓蒙《けいもう》、所属している環境保護団体の活動に関する話には、一切触れられていない」

「ちっとも理解してくれなかったのね」

咲良も記事を読み終えたのか、それを公則に手渡してくる。あまり興味もなかったが、公則もそれに目を通した。

日曜版の特集記事になっており、東京での医師としての生活を捨てて入植してきた土岐の経歴などに触れながら、島での生活の苦労や体験、二人がお互い相手に抱いている印象などについて、インタビューを掲載していた。

全体に好意的な内容で、二人が元々は不倫関係にあったことなど、ネガティブな印象を与えるようなことは敢《あ》えて避けているのか、記事中には書かれていない。

土岐たちの思想的な部分での動機について記事にしても面白くないと判断されたのだろう。

この小屋に泊まりに来た取材者たちを相手に、気分良さそうに己の自然哲学を語っている土岐の姿が目に浮かぶようだった。焚き火を囲む記者やカメラマンたちが、一様に困ったような苦笑いを浮かべているところまで想像できる。

「あっ、そうだ」

公則が読み終えるのを待っていたかのように、咲良が声を上げた。

「次にサイトウくんに会ったら、渡そうと思っていたものがあるの。私たちには必要のないものだから……」

そう言うと、咲良は部屋の隅に置いてあった大型のクーラーボックスの中を探り始めた。これも照屋を通じて入手したものだろう。まるで二人掛けのスツールボックス並みの大きさだ。外国製だろうか？　金を持っているというのは嘘ではないらしい。氷の手に入らないこの島で、どうやら二人はそれを食料庫代わりに使っているようだった。

「これ、もしよかったら」

咲良がその中から数個の缶詰やレトルトのパックを取り出した。

「そんなものを手土産に持ってくるんだから、あの連中、最初から僕たちのことなんて、島に引っ越してきた物好きなカップルくらいにしか思っていなかったのさ」

皮肉めいた口調で土岐が言う。

咲良が手渡してきたのは、ツナ、コンビーフ、鯖《さば》の水煮の缶詰と、それにビーフカレーのレトルトパックだった。どれもご馳走だ。思わず公則は生唾を飲み込む。

そして咲良が不思議そうな声を出す。

「おかしいわ。他にも焼き鳥とかスパムの缶もあったと思ったんだけど……」

「取材に来た連中が、自分で食べたんだろう」

つまらなそうな口調で土岐が言う。

「違うわ。サイトウくんに会ったら渡そうと思って、あの人たちが帰った後に、ここに仕舞《しま》っておいたんだもの」

「勘違いだ」

まだ納得いかない様子で首を捻《ひね》っている咲良に向かって、有無を言わせぬ口調で土岐が言う。

それでその話題は強制的に終わりになった。

「ところで君は、この島の中のどこに住んでいるんだ。連絡を取りたい時はどうすればいい？」

「そうですね……」

缶詰とレトルトパックを両手で抱えながら、公則は答える。自分が住んでいるガマのことは、この二人には知られたくない。

「僕のいる場所からは、桟橋を眺めることができます。会いたい時は、何か目印になるものでも置いておいてもらえば……」

「じゃあ、桟橋の杭に赤い布を結びつけておくっていうのはどう？」

咲良が提案する。

「わかりました」

公則は頷く。

そして小屋を立ち去ろうとした時、公則が抱えている缶詰やレトルトパックを土岐が一瞥《いちべつ》して軽く舌打ちし、唾を飲み込む音が微かに耳に入った。


例の新聞の記事を見たのか、それから暫くは、ひっきりなしに島に来訪者があった。

土岐や咲良から聞いた話によると、記事がネットニュースになり、一部のＳＮＳでバズったらしく、新聞や雑誌だけでなく、衛星放送や地上波のテレビ番組などからも新たに取材を申し込む手紙が届いたという。

これは土岐たちにとっては、あまり歓迎できる状況とはいえないようだった。

電気やガス、水道などのインフラが整った文明的な生活以上に、デマなどのいい加減な情報が飛び交い、不毛な罵《のの》り合いが横行《おうこう》し、人心を醜くするネット社会を、土岐は心から忌《い》み嫌っていると言っていた。かつては土岐自身もフォロワー数万人を誇るＳＮＳの投稿者だったらしいが、トラブルや誹謗中傷尽くしで、つくづく嫌になったらしい。

そのネット上で自分たちのことが話題になっているのだ。心穏やかなわけがない。土岐と咲良が不倫の関係にあったことや、土岐に逮捕歴があることなども暴露され、大炎上しているらしい。だが、島にはＷｉ－Ｆｉどころかパソコンやスマホのような通信機器もなく、どうなっているか詳しくわからないことに、余計に苛々している様子だった。

最初に受けた取材記事に不満を持っていた土岐は、その後は、お堅めの評論雑誌やネイチャー系の専門誌の取材を数件受けた以外は、テレビの取材などはバラエティはもちろん、ニュースの小特集などの依頼も断っているようだった。これ以上、興味本位の相手に自分たちの生活を掻き回されたくないと思ったのだろう。

質《たち》の悪い連中が、ひっきりなしに島を訪れ、土岐に会いに来るようになり、郵便桟橋に届いている手紙の封を切られて無断で中身を読まれたり、荷物を盗まれたり悪戯《いたずら》されたり、ネットの動画投稿者と称する連中に隠し撮りされるようなこともあったらしい。一度は土岐がそれを見つけて激昂し、その連中が持っていた小型カメラを取り上げ、叩き壊したこともあったそうだ。

公則としても、これはあまり歓迎できる状況ではなかった。土岐がマスコミの取材などに対して消極的な点だけが、まだ良かった。

ガマの近くの断崖からも、砂浜にテントやタープを張って泊まっている者の姿を見ることが多くなった。照屋だけでなく、複数の船が一日置きくらいのペースで桟橋にやってくる。Ｋ島の漁師が、渡船料で小遣い稼ぎでもしているのだろうか。

その一家が島に現れたのは、そんな状況が暫く続き、やっと落ち着きが戻ってきた頃だった。

土岐と咲良の二人が上陸してから、五か月ほどが経っていた。

年が明けて冬も終わり、東京には春が訪れているだろうが、この島では四季を感じさせる変化はあまりない。

桟橋にある杭に赤い布が巻き付けられているのを発見した公則は、久方ぶりに土岐たちが暮らすエデンの小屋に降りて行った。何度か別の機会に顔を合わせてはいたが、この方法でわざわざ呼び出されたのは初めてだった。

「困ったよ。僕たち以外にも、この島に住もうというやつが現れた」

公則の姿を見ると、早速、土岐が溜息まじりにそう言い出した。

もてなしのつもりか、咲良が夕食に誘ってくれた。

着々と生活の基盤は整えられつつあるようで、上陸したばかりの頃に台風で吹き飛ばされた屋根は、照屋に頼んで改めて搬入してもらったトタン板でしっかりと葺き替えられ、床板も全て新しく張り替えられていた。部屋の中の調度品も、机やテーブルや椅子の他、ランプなどの細々とした物も増え、この島に来たばかりの頃からは想像がつかないくらい快適そうに変化している。

小屋を中心に増築中なのか、表にはコンクリを練って作られた土台と、角材で骨組みができていた。竈《かまど》をそちらに移し、土間を突き固めて、リビングを兼ねたスペースにするつもりらしい。

小屋の裏手には、いつの間にか寝室も完成しており、行き来できるようにドアが作られていた。

咲良が提供してくれた夕食は、小麦粉を練って作ったすいとんの汁だった。具材は島に自生している瓜類や海藻などで、出汁《だし》は昆布で取ってあり、味付けには味噌が使われていた。彼らはヴイーガンなので、動物性のものは、いりこや鰹節《かつおぶし》などの出汁でも使わないらしい。

公則は、島に来て初めて満腹になるまで食った。こんな質素な食事でも、異常に旨《うま》く感じる。

土岐が、新たな入植者の話を始めたのは、食事が済み、日が傾き始めた頃だった。

「今、浜辺に大きめのテントが立っているだろう」

公則は頷く。三日ほど前からだ。

興味本位で島にやってくる連中は、大抵は一人用の小さなテントを持参してくる。そもそも、船で渡らなければならないので大荷物を持ち込むのは大変だからだ。

だが今は、郵便桟橋のある砂浜にはシェルター型の大きなテントが立っていた。数人が泊まれるような、かなり造りのしっかりしたタイプのものだ。

「暫くはあのテントで仮に暮らしながら、島内に家を建てられる場所を探すと言っている」

「すぐに音を上げて帰るのでは？」

公則はそう思ったが、土岐は頭を左右に振った。

今までも、同じように島に入植しようとやってきた者は何人かいた。多くは男一人か夫婦者で、ネットなどの記事で土岐らのことを知り、自らも無人島での入植生活に憧れてやってきたという者たちだった。

だが一人残らず、十日と経たないうちに、いつの間にか去って行った。

原因の一つは、土岐と咲良の二人が、そういった連中に不親切で非協力的だったからだろう。

新たに入植しようとやってくる者たちに土岐は冷たく、小屋に泊めてやることもなかったし、アドバイスを与えたり、資材や食料を分けてやるようなこともしなかった。歓迎していないという態度をあからさまに示し、必要のない交流を拒否した。

島での暮らしは、生活が軌道に乗るまでの最初のうちが、最も過酷だ。真水が手に入れられる場所は限られており、エデンの近くにある湧き水まで、桟橋付近からは険しい山道を三十分以上、登ってくる必要がある。

さすがに湧き水を独占するような真似は土岐もしなかったが、休憩のためにエデンに立ち寄ることは許さなかった。そして来訪者たちは、理想と大きく違う生活と、先住民である土岐たちの冷たさに打ちひしがれ、いつの間にか島を去って行くのだ。

だから今回も、同じような成り行きになるだろうと公則は考えたのだが、土岐の憂鬱《ゆううつ》そうな様子からすると、今度の入植者には切実な事情があるようだ。

「子供を連れてきているのよ。信じられない」

土岐の代わりに、咲良が口を開いた。

「家族連れなんですか？」

訝しく思い、公則は問う。

「父親と母親と、中学生……いや、学校に行っていればということだが、その年頃の息子が一人。三人だ」

「それに仔犬も一匹」

付け加えるように咲良が言う。

「父親は仕事を辞めてきてしまったそうだ。馬鹿なやつだ……」

自分のことは棚に上げて、土岐はそう呟いて頭を左右に振る。

今、浜辺に滞在しているのは、石毛《いしげ》という姓の一家だそうだ。

父親の名は久志《ひさし》といい、公立高校で国語教師をやっていたらしい。公則や土岐よりもずっと年上の五十代で、咲良の話だと、うっすらと頭髪も薄く、背は高いが腹も出ていて、とても島での生活に馴染《なじ》めそうには見えなかったという。

母親の方は美千子《みちこ》といい、年齢は四十代半ばほど。口数が少なく大人しい印象で、スーパーでレジのパートでもしていそうな雰囲気の、地味な中年女性だったということだ。

息子は諒《りょう》という名前らしい。「らしい」というのは、この小屋まで挨拶《あいさつ》しに訪ねて来たのは久志と美千子の二人だけで、土岐も咲良も、この息子には会っていないからだ。小学校高学年の時に虐《いじ》めに遭い、中学校には入学式しか行っていない。きちんと通っていれば、この春から三年生だったというが、引き籠もり生活を長く続けていたということだった。

あまり詳しいことはわからないが、石毛一家がこの島に入植してきた動機は、この息子にあるようだった。不登校になってから、諒はネットやゲームへの依存が進み、カウンセラーや専門家などに相談して、何度も社会復帰を目指していたが、解決しなかった。

もうどうしたらいいかわからないと悩んでいたところに、父親の久志が、この島で暮らす土岐たちのニュースを知った。ネットやゲームどころか電気すら存在しない島へ移住し、息子である諒を物理的に文明社会から切り離し、家族だけで生活することで更生させようと考えた。荒療《あらりょう》治《じ》だが、それだけ久志と美千子の夫婦は、息子のことで追い込まれていたのだろう。
それにしても、公立高校の教師という安定した職を捨てて来たとは、ずいぶんと思い切りのいいことをしたものだ。これは土岐の言う通り、ちょっとやそっとのことでは後戻りできない状況だろう。

「その引き籠もりの息子の、理系科目の家庭教師を頼まれたよ」

心から迷惑そうな口調で土岐が言う。

「自分は文系の元教師だから、そちらの方をお願いできないかと言うんだ」

そう言って土岐が肩を竦《すく》める。

「何で僕が、見ず知らずの家の子供の家庭教師なんかやらなきゃならないんだ。そう言ってやったよ。ボランティアか何かと勘違いしているんじゃないかって」

土岐たちは、本来、自分たちだけで島での生活を送りたいと思っている。そこに自分たちの真似をして後追いで現れた他人のために親切にしてやったり、望んでいない近所付き合いなどを求められるのは、煩《わずら》わしいだけだろう。

だが、性善説に立って助力を求めてやってくる相手に、果たしてその気持ちが伝わるかどうか。

それにしても、挨拶に現れたその夫婦に向かって、今、言ったようなことを本当に口にしたのなら、それはそれでずいぶんと冷たい話だ。

「この島の地主の連絡先も教えて欲しいと言われたよ。今から交渉して、許可が下りたら家を建て始めると言っていた」

「本当、行き当たりばったりというか……」

咲良が呆れたように呟いた。

「公務員なんて、案外そういうところがルーズだったりするのさ」

それは人によるだろうとは思ったが、一応、公則も賛同したように頷いておく。

「何というか……」

食後に咲良がドリップしたコーヒーを口に運びながら土岐が言う。

「僕が医者であるということも頼りにしている節がある。本当に迷惑だ。僕は医者なんて仕事には魅力を感じなかったから、地位を捨ててここに来ているっていうのに」

ぶつぶつと土岐は愚痴を吐き続ける。確かに、以前の土岐の様子を思い返すと、知識や技術や経験以前に、性格的にあまり医師という職業は向いていないように思えた。

「君はどうする？」

不意に土岐が問うてくる。

「同じですよ。その家族には僕の存在は伏せていてください」

「でも、彼らが長居するつもりなら、いずれ顔を合わせることになるかも……」

「それなら、そうなった時に考えます」

案外、ひと月もしないうちに島から立ち去っている可能性だってある。

「わかった」

土岐が頷く。それで話は終わりだった。

完全に日が暮れてしまう前に別れを告げ、公則はガマに戻ると、内部に張られたシートの下の寝床にごろりと横になる。相変わらず、天井からの水滴がぽたりぽたりとシートに落ちる音が、暗闇の中、一定のリズムで響いている。

着ているシャツの首回りからは、饐《す》えたような臭いが漂っていた。もうずっと風呂に入っていない。石鹸《せっけん》はまだ少し残っているから、次に大雨が降ったら体を洗おう。

そんなことを考えながら、公則は目を閉じた。

思い出されるのは、あの小田急線の沿線にあったマンションを逃亡してから、この島に至るまでの間のことだった。

逃亡を開始した時、公則が持っていたのは、バックパックの中に入っていた、脱いだばかりの服と洗面道具だけだった。銭湯帰りだったからだが、それにしても財布を持って家を出ていたのは幸いだった。

財布の中には二万円と少し。死体がすでに見つかっているかはわからなかったが、もし発見されているなら、近くにある駅や沿線には警察が張っている可能性があると思い、できるだけ徒歩で離れようと考えた。

そしてすぐ、スマホの電源を入れたまま持ち歩いていては、居場所が明らかになるのではないかと思い至った。

実際にはどうなのかわからなかったが、そう思い始めるといてもたってもいられず、公則は手近な公園に入り、人が見ていないのを確認すると、水飲み場の石の角に思い切り何度も画面を叩き付け、スマホを破壊した。

自分を大事に育ててくれた両親や、たくさんの友人たちとの繋がりが、それでいっぺんに絶たれたかのような気分になる。思えばあの時が、何かの分かれ目だったのかもしれない。そのスマホを使って警察に電話を掛け、自分が犯した罪を伝えて、自首することもできたかもしれないのだ。

逃亡は開始された。とりあえずは運だと思った。自分にどれくらいの時間の猶予《ゆうよ》があるのかわからなかったが、できるだけ自宅だったマンションから離れなければならない。

とはいっても、公則にできるのは、ただ歩くことだけだった。

スマホを壊してしまったので手元には地図もなく、ひと先ず広い通りに出ると、道路標識を頼りに都心から離れていく方角を選んで歩き出した。

真冬のことだったので、寒さが堪《こた》えた。

風呂上がりだったところに汗を搔いたので、それが冷えて、さらに体が凍《こご》えそうになる。

マンションを離れてから、二時間ほど歩いた頃だろうか。井《い》の頭《かしら》通りをだいぶ西に移動してきたが、住宅街は次第に繁華街の様相に変化し始めた。

時刻は午後十一時を過ぎており、酔っ払って大声を上げて歩く学生らしき集団や、数人連れのスーツ姿の酔客《すいきやく》などが目に付くようになる。絡まれると面倒なので、できるだけ目立たないように体を縮こませて歩く。

やがて大きなガードに至り、そこが吉祥寺《きちじょうじ》の駅だということに気づいた。公則は思わず溜息をつきそうになる。遠く離れたつもりだったのに、まだその程度の距離だったのか。

その後のことは、細かいところまではよく思い出せないが、明け方まで歩き続けたのは覚えている。

空腹を覚え、たまたま目に入った二十四時間営業のファミリーレストランに入ってモーニングを注文した。そして財布の中にある残りの金を数え、当分は節約して暮らさなければならないなと思った。

だが、どうしていいかわからない。それまで公則は、一度も自分で働いて金を稼いだことがなかった。家がそれなりに裕福だったので、高校時代も大学に入ってからも、バイトすらしたことがない。

今のうちに、もう少し口座から金を下ろしておこうかと一瞬だけ迷ったが、その考えは、ファミレスにサービスで置いてあった今朝の新聞の見出しを見た時に凍り付いた。

トップでは、現首相の汚職を巡る疑惑が大きく取り上げられていた。それに隠れて目立つ記事ではなかったが、一面の隅と社会面に、公則が住んでいたマンションで若い女性の死体が発見されたという見出しと記事が掲載されていた。

いずれも写真の掲載はなく、死体の身元の確認が朝刊の締切に間に合わなかったのか、被害者が雅美であることや、マンションを借りていた公則の名前や顔写真などは載っていなかった。

途端《とたん》に全身から冷たい汗が噴き出し始め、公則は落ち着いて座っていられなくなった。

新聞に載っていなくとも、朝のテレビのニュースでは、公則のことが顔写真入りで報道されているかもしれない。

ニットキャップを目深《まぶか》に被《かぶ》り直し、公則は勘定《かんじょう》を済ませてファミレスを出た。

こうなると、道行く人たちが、全員、自分の顔をじろじろと見ているような気がしてくる。

少し歩くと、通り沿いに大きめのドラッグストアがあった。

開店したばかりの店内に入ると、公則は鏡とハサミ、顔を隠すためのマスク、そして使い方はよくわからなかったが、たまたま目に入った瞼を二重にするためのアイプチを購入した。

店を出ると、さっそくマスクを着け、できるだけ人気《ひとけ》のない公園を選んで、広い多目的トイレに入った。

まず最初に、バックパックの中に入っていた洗面道具から安全剃刀《かみそり》を取り出し、顔の印象を変えるために眉を細く整えることにした。どちらかというと公則の眉は濃い方で、今まで整えたりしたことはなかったから、それだけでもだいぶ見た目が変わった。続けてアイプチを使ってみたが、化粧などしたことがないので使い方がわからず、説明書の通りにやってみても、仕上がりがあまりにも不自然で、これは無駄な買い物に終わった。

続けて財布を取り出し、中に入っていたクレジットカードや銀行のキャッシュカードを片《かた》っ端《ぱし》からハサミで細かく切った。後生《ごしょう》大事に持ち歩いていたら、そのうち心が折れてそれを使ってしまい、足取りを知られることになるかもしれないと思ったからだ。

ついでに運転免許証なども字が読めなくなるくらいに細かく切り刻み、トイレの中にあったゴミ箱に捨てる。中身が現金だけになった財布は、切ないほど薄くて軽かった。

とりあえず、関東から出たいと公則は思った。

行くなら北だ。これからどんどん寒くなってくる季節だったが、そのためにむしろ、逃亡先としては相応《ふさわ》しくなく、警察の注意も逸《そ》れるのではないかと、根拠もなく思った。

多目的トイレから出ると、公則は再び歩き始めた。

途中で、鍵が付いたままの自転車を見つけた。前カゴの付いた、いわゆるママチャリだ。

少しだけ躊躇があったが、公則はそれを盗むことにした。運がなければ、どちらにせよ警察に捕まる。今は移動の方が優先だ。そう自分に言い聞かせながら、公則はひたすらに北へ向かってペダルを漕いだ。

6

「私たち、何か失礼なことでも言ったかしら……」

不安に駆られ、石毛美千子は先を歩いている夫の久志に向かって、そう声を掛けた。

「いや、あの二人が無礼なんだ。あんな態度を取らなくたって……」

憤慨《ふんがい》した口調で、夫の石毛久志が答える。

ほんの数十センチほどの幅しかない細い道。その両脇に生い茂っている羊歯の葉を薙ぎ払う手の動きや歩調にも、苛立ちが感じられた。

こういう時は、あまり刺激せずに久志に合わせていた方がいい。久志との結婚生活を二十年近く続けているうちに、すっかり美千子はそんな考え方をするようになっていた。

出会った頃よりもすっかり薄くなった久志の頭越しに見える道の先には、南国の透けるような海の景色が広がっているが、美千子はちっとも楽しい気分にはなれなかった。

草木が少なくなり、足下が岩と砂まじりになってくる。

砂浜に出ると、そこには船着き場になっている桟橋があり、少し離れた砂浜の一角に、シェルター型のテントが立っていた。風に吹き飛ばされないようにガイロープを何本も張り巡らせており、先端は杭《ペグ》が砂地に刺さらないので、砂を詰めて重しにした土嚢袋に結びつけ、それを砂中に埋めて自立させていた。

テントの前には、石を積んで作られた竈があり、その上に焼き網が載せてあった。

昨晩はそこで、久志と諒が二人で釣ってきた魚や、島に持ち込んだ食材を焼いて、家族三人でバーベキューをした。息子の諒は楽しそうにしていて、そんな諒の表情を見るのは久しぶりだった美千子は、少し切ない気持ちに駆られた。諒にはまだ、これが数日だけのキャンプではなく、移住を目的にしたものだとは伝えていない。

「ロビン」

テントの外で、尾っぽを振りながら竈の匂いを嗅《か》いでいる仔犬に向かって久志が声を掛ける。

生後数か月ほどの雑種で、鼻と口周りが黒く、大人しい仔犬だった。ロビンという名は、ロビンソン・クルーソーにあやかって久志が付けた。

浜の白い砂に足を取られながら、ちょこちょことロビンが駆け寄ってくる。その可愛らしい仕《し》種《ぐさ》に美千子は思わず頰を緩めたが、久志はロビンを抱き上げると美千子に渡し、テントに向かって真っ直《す》ぐに歩いて行った。

「諒！」

そして幕の入口を開くなり、苛々をぶつけるように大声で息子の名前を呼ぶ。美千子の腕の中で、ロビンがその声に反応し、びくりと震えた。

久志の肩越しにテントの中を見ると、知らない人と会うのを嫌がってテントに一人残っていた諒は、寝転がって携帯ゲーム機をいじっていた。久志の声に、驚いた表情で顔を上げる。

「次は必ず一緒に挨拶に行くぞ。もうお前の我《わ》が儘《まま》は聞かない」

少し強めに久志が言うと、諒はちらりと不安げに美千子の方に目を向け、それからすぐに、ゲームの画面に視線を戻した。

「さあ、今から夜に備えて薪を拾い集めに行くぞ。諒もついて来い。流木がたくさん流れ着いている場所があるから、ちょっと頑張ればすぐだ」

「嫌だよ」

短く諒が答える。

「来るんだ！」

久志はサンダルを脱いでテントの中に入り込むと、寝転がっていた諒の手首を摑み、強引にテントの外に引き摺りだそうとした。

「ちょっと、乱暴なことは……」

思わず美千子は声を掛ける。久志の剣幕に、ロビンが怯《おび》えたように身を縮こまらせた。

「ここに来てからも、ずっと何も手伝わないじゃないか。この子は甘やかし過ぎたんだ。だが、これからはそうはいかないぞ」

「いつ帰るんだよ！」

抵抗する姿勢を見せながら、諒が声を上げる。

「ほんの四、五日のキャンプだって言ってたじゃないか。いつ帰るんだよ」

諒にはそう言って、騙《だま》して家から連れ出してきた。それでも、外に出るよう説得するのに相当の苦労をしたのだ。

「今まで住んでいたマンションは売った」

本当のことを伝える機会だと判断したのか、声のトーンを落として久志が言う。

「え？」

「それだけじゃない。父さんは仕事も辞めた。これからは家族のために生きていくことに決めたんだ」

言っている意味がわからないという様子で、諒が助けを求めるような視線を向けてきたが、思わず美千子は目を逸らした。

久志は、諒だけでなく美千子にも何の相談もなく、安定した公立高校の教職を辞めてきてしまった。

諒が生まれる少し前にローンを組んで買った、都内にある住み慣れた3ＬＤＫのマンションも、今頃は不動産屋の手に渡っている。家に残してきた家具などの財産の処分は、事情を伝えて久志の弟に任せてきた。

「お前が持っているその携帯ゲーム機も、充電がなくなったら、もうただのゴミだ。ここには電気はないし、ネットも繋がらない。そんなものは無用だ」

「嘘だろ。マジかよ」

それでもまだ信じられないという様子で諒が声を出す。

「本当だ。お前の将来のためだ」

勝ち誇ったように諒を見下ろし、久志は満足げに頷いている。

家族のため、諒の将来のため。そのために大きな決断をした自分を誇示するように、久志は両手を腰の辺りに添えて仁王立《におうだ》ちしていた。

「……行くぞ」

そして、先に立ってテントから出て行く。

「母さん……」

「行ってきなさい」

諒がまた視線を向けてきたので、仕方なく美千子はそう答えた。

「ロビン、付いてこい！」

先を歩いている久志がそう呼んだが、美千子の腕の中に抱かれていたロビンは怖がっており、動こうとしなかった。飼い始めたばかりで、まだあまり慣れていない。

島に犬を連れてきたのは、諒が幼かった頃に犬を飼いたがっていたが、マンション暮らしで叶えてやれなかったことを久志が思い出し、これもまた独断で、迷い犬として保護され殺処分される前だったロビンを、保健所の施設から引き取ってきたのだ。

二人が出掛けてしまうと、残った美千子はロビンを足下に降ろし、脱ぎ散らかされた久志や諒の服を片付け、三人分の寝袋を外に出して干した。そして出たり入ったりする度にテントの中に入り込んでくる細かい砂を掃除する。やっていることは、この島に来る前の家での生活と変わらない。今のところは。

夕飯の仕度をしなくてはならないが、飲料水を節約しているせいか、少し体がだるかった。外にいると日射しがつらいので、美千子はひと先ずテントの中で休むことにする。

それにしても、あの土岐周一郎という男と、一緒にいた咲良という女の態度はひどかった。

この島に家族ごと移住しようという計画は、殆ど久志の思い付きだったので、美千子はあの二人がどういう関係で、どういった経緯でこの島に住んでいるのか、詳しくは知らない。

ただ、久志の話だと男の方は元は医者で、もし家族のうちの誰かが体調を崩したり怪我をした時には頼りになると言っていた。本来であれば義務教育の期間にある諒の勉強も見てもらえるように頼んでみるつもりだと言っていた。

だが、実際に挨拶のために訪ねてみれば、明らかに歓迎されていないことがわかった。

土岐の方は、殆ど無視するような態度を取っており、こちらに目もくれず机に向かって何か書き物をしながら、久志の話にたまに短い返事をするだけだった。

咲良の方は、美千子と久志のために、ごく薄いコーヒーを淹《い》れてくれたが、態度はやはりよそよそしかった。

自分たちがいかに土岐と咲良の考えや行動力に感銘を受けたか、長年、引き籠もりを続けている息子のためにどれだけ悩み、苦労してきたかを熱心に訴える久志との温度差は歴然で、諒の家庭教師を断られたことや、島内の案内も拒否されたことで、別れ際にはすっかり険悪なムードになっていた。

土岐と咲良は、小屋のすぐ近くにある湧き水を使うことは許してくれたが、貴重な真水なので、そこで体を洗ったり洗濯をしたりすることは控えるようにと伝えてきた。

それはおかしい、自分たち一家も湧き水は自由に使えるべきだと久志が食ってかかったのも、雰囲気を悪くする一因となった。君たち一家を自分たちは歓迎しない、今後も不要不急の用事で訪ねてくるのはやめてくれと、はっきり土岐は告げてきた。人を頼りにしたり手を借りるつもりなら、そもそも島での暮らしなど無理だと言われた。

楽園のような南国の無人島で自由に暮らす、アダムとイヴのような二人。実際に会うまでは、美千子もそんなイメージを持っていたが、まったく違っていた。

もっと朗らかで、明るさに満ち、自然を愛する親切な人たちを思い描いていたのだが、アダムは神経質そうな男で、イヴは冷たそうな女だった。

久志の方は、美千子よりも期待が大きかったせいか、さらに裏切られた気分が強かったようだ。行きの道すがらは二人に会えるのが楽しみだと語り、諒をテントから連れて来られなかったことを頻《しき》りに残念がっていた久志が、帰り道では「あの二人、不倫なんだぜ」と吐き捨てるように言っていたのが印象的だった。

こんな場所で、果たして自分たちはやっていけるのだろうか。

何度も何度も頭の中を過った不安が、また再び美千子の脳裏《のうり》に浮かぶ。

小学校の高学年から不登校になり、中学校は入学式以降、一度も学校に行っていない諒のことで、久志と美千子はずっと悩み続けていた。引き籠もりを専門に取り扱うカウンセラーや、同じような悩みを持つ親たちの集まりなどに参加し、諒の未来にとって最良の方法を模索し続けてきたが、何ともならなかった。

勉強だけでも遅れないようにと、最初のうちこそ高校教諭である久志が見てやったりしていたが、それも続かなかった。

諒が小さかった頃には明るかった家庭の雰囲気も、次第に澱《よど》んでくるようになった。

美千子が買い物や他の用事などで外に出ている時にも連絡が取れるようにと買い与えたスマホで、諒はネットとゲームに依存するようになり、家庭内でも部屋から出て来ずに、美千子や久志とのやり取りも、ＳＮＳのテキストチャット機能で済ませるようになった。同じ家の中にいるのに、一日顔を合わせることもなく終わることも増えた。

久志がマンションを売る計画を美千子に伝えてきたのは、二か月ほど前だった。年が明けたばかりだったが、年度の変わり目となる三月までで公立高校の教職も辞めると言い出した。あまりにも唐突で、そして一方的だったが、久志にはそういうところがある。

テレビに出ていた、引き籠もりを強引な方法で部屋や家の外に出す「専門業者」を、高額の料金を払って連れてきた時も突然だったし、諒を更生のためのセミナーを行っているスパルタ式の寮に入れようとした時もそうだった。だが、どちらも、諒の心をますます閉ざす結果にしかならなかった。

美千子は元々、久志と同僚の音楽教師だった。結婚する前は久志のことを、意志が強く、頼りがいがあって、行動力のある男性だと思っていたが、それは、裏を返せば融通が利《き》かず、独善的で、他人を顧《かえり》みない性格だったという見方もできる。物事が思い通りにならない時の久志は、ぐずった時の幼児のように機嫌を損ねる。教育者である自分の息子が、こんなふうに引き籠もって学校に行かなくなったことを、久志は強く不満に思っているに違いないのだ。

久志は二言目には家族のため、諒の将来のためと言うが、結局は自分のために、諒を自分の思うような息子に軌道修正したいだけなのかもしれない。

そう考えると溜息が出てきたが、美千子とて、母親として諒に何かしてやれているわけでもなかった。久志が勝手に決めてきたことでも、強く反対することだってできた筈なのだ。

それができないのは、美千子の心の片隅に久志に対する恐れがあるからだろう。過去に暴力を振るわれたことはないが、苛々している時の久志は怖いし、一触即発の空気が漂っている時もある。久志の意見に抗《あらが》って大喧嘩をしたり揉めたりするより、諦めて言うことを聞く方を選ぶくらいには、美千子の心は萎縮《いしゅく》していた。もしかすると、諒の気持ちもこれに近いのだろうか。案外、諒の引き籠もりの原因は、学校や社会ではなく家庭の中にあったのかもしれない。

美千子はテントの中で水着に着替えた。四十も半ばで、体形にも自信がなくなっていたから、地味なワンピースの上にラッシュガードを着込む。

サンダルを履き、波打ち際まで歩いて行くと、ロビンが後に付いてきた。今のところは美千子と一緒が、一番、安心なのだろう。

美千子は、足首辺りまで水に浸かってみた。

考えてみると、沖縄本島の先にある、こんな南国の果ての島に来るのも人生で初めてだったが、やはり浮き立った気分にはならない。この先の生活、特に諒の健康や精神状態などについて考えると、不安ばかりが募る。果たして久志が言うように、諒が本来の明るさを取り戻し、依存していたゲームやネットのことを忘れて、自然の中で逞《たくま》しく成長するというようなことが起こり得るのだろうか。

足を冷たい水に浸したまま、美千子は砂浜のずっと先を見た。そこでは久志と諒が、浜辺に打ち寄せられたゴミの中から流木を選んで拾っている姿が小さく見えた。

7

「こんにちは」

　ガマの外から女の声が聞こえてきたのは、強い雨が降り続ける午後のことだった。

　これは公則にとって、いや、島に住む他の人間たちにとっても、恵みの雨だった。

　台風の時のような強い風もなく、溜めた水で公則は久々に持っている服を洗濯し、石鹸で髪や体を洗うことができた。

　その声が聞こえてきたのは、公則がガマの中で小さな焚き火をし、暖を取っている時だった。身に着けているボクサーブリーフ一枚を除き、全ての衣服を手作業で洗濯したところだったから、公則は裸同然の格好だった。

　頭上に張られたシートには、雨の影響でひっきりなしに天井から漏れてくる水滴が落ち続けている。水はけを考えてシートを張り、寝床を作っているので、公則が座っている辺りが濡れることはないが、その水滴の音のせいで、最初は空耳かと思った。

「こんにちは」

　再び声が聞こえた。

今度は間違いない。咲良の声だ。

訝しく思いながら立ち上がると、公則はガマの入口に向かって歩いて行く。

横に長く、高さ一メートルほどしかない、殆ど裂け目のような狭いガマの入口の向こう側に、確かに咲良がいた。しゃがみ込んで、簾のように入口を覆っているガジュマルの気根の束を手で横に開き、中を覗き込んでいる。

外は相変わらず強い雨が降り続いており、咲良はずぶ濡れだった。羽織っているパーカや、下に穿いているショートパンツからも水が滴っている。髪は濡れ、額や頬に貼り付いていた。

「入ってもいいかしら」

「いや……」

公則は躊躇した。自分はパンツ一丁の姿で、とても女の人を招じ入れるような格好ではない。

「寒いから入るわね」

だが、咲良は構わずに、体を屈めてガマの中に入ってきた。公則の格好を見ても、恥ずかしがったりする素振りも見せない。

「突然、どうしたんです？　それに、何でこの場所を……」

「あら、前から知っていたわ」

パーカの裾を手で絞りながら咲良が言う。

「人が通れる道なんて知れているし、桟橋が見渡せる場所だって言ってたでしょ？　食材を採集しに来るついでに、この辺りを探していたのよ」

そうは言っても、ここは簡単に見つけられるような場所ではない。

これは知らない間に、後を付けられでもしたか。

「土岐さんも、この場所のことを？」

「いえ、あの人は知らないいんじゃないかしら。私が一人で捜していただけだから」

咲良はそう言うと、断りもなく焚き火の傍らに腰を下ろした。

「どうしたんです。用があるなら桟橋に赤い布を巻いてくれれば……」

「喧嘩しちゃって」

公則の言葉を遮《さえぎ》るように咲良が口を開く。

「土岐さんとですか？」

炎を挟むようにして、公則も腰掛ける。

「ええ。初めてのことじゃないわ。最近はもう、毎日」

首を傾《かし》げ、咲良は困ったように笑ってみせる。

「ずっと辛抱《しんぼう》してきたんだけど、今日はもう我慢できなくて、飛び出してきちゃった」

「戻った方がいいんじゃないですか。心配してますよ」

そわそわした気分で、公則は言う。

いったいどういうつもりで、この人はガマを訪ねてきたのだろう。

「少しくらい、いいじゃない。外は大雨だし、あの小屋を飛び出しても、他に行く場所なんてないし」

「浜辺に移住してきた家族のところは？」

「私、あの人たちとは親しくなれそうな気がしないわ。それに、一度しか会ったことないのに、喧嘩したからちょっと避難させてくれなんて言えないし」

公則は心の中で唸《うな》った。無下《むげ》に咲良を追い返して機嫌を損ねるわけにもいかないし、あまり長く二人きりでいても土岐との間に誤解が生じる。どちらも避けたい事態だ。

「わかりました。ここで休んでいってくれてもいいですけど、日が暮れる前には小屋に戻ってください」

「雨が止んだらね」

口元に微かな笑みを浮かべながら咲良が言う。

その視線は、胡座《あぐら》を掻いている公則の体を、じっと睨《ね》めつけている。

「普段は裸で過ごしているの？」

「まさか。違いますよ。この雨ですから、持っている服を全部、洗ったんです。まさか咲良さんが訪ねてくるなんて思っていなかったから……」

「そう」

咲良が吐息をつく。

「前に、私が蛇に咬まれた時に助けてくれたことがあったじゃない。アカマタとかいう蛇……」

「ええ」

最初に咲良や土岐と会った時のことだ。

「照屋さんが島に物資を届けに来てくれた時に、それを話したのよ」

「僕のこともですか？」

公則は身構える。

「違う違う。アカマタに咬まれたってことだけ。そうしたら照屋さん、アカマタに関するこちらの逸話を教えてくれたわ」

「へえ、どんな話です」

そんなことよりも、この落ち着かない状況の方を何とかしたかった。

「アカマタは夜になると美男子に化けて、女をたぶらかしに来るんだって。誘惑して、時には女に子供を産ませたりすることもあるそうよ」

「はあ、そうですか」

何と答えたらいいかわからず、曖昧《あいまい》に公則は返事をする。

「あなた、アカマタの化身なんじゃない？」

「ははは……また……」

この人は何を言い出すのだろうと思い、困って笑い声を上げる公則の前で、咲良はすっくと立ち上がると、上半身を覆っているパーカを脱ぎ始めた。

「何を……」

「この洞穴の中に入ったら寒くなってきちゃったわ。こんな濡れた服を着たままじゃ風邪引いちゃう」

「でも」

「大丈夫。下は水着だから」

そう言ってにっこり笑うと、咲良は目の前でパーカを脱ぎ、続けてショートパンツに手を掛けた。下には確かに、黄色いビキニの上下を着ていた。

■北郷咲良によるフリムン島事件に関する『独占手記』からの抜粋②

地元新聞からの取材を受け、掲載された記事に、土岐氏はとても不満を持っているようでした。私たちが取材時に訴えた環境保護などの主張について、記事ではまったく触れられていなかったからです。

その記事をきっかけに、野次馬《やじうま》のような人たちが、一時期、島に頻繁《ひんぱん》にやってくるようになりました。

石毛さんの一家が、島への移住を希望してやってきた時も、最初はそんな人たちと一緒だろうと土岐氏は考えたようでした。

私は、石毛さんたちとは仲良くしたかったのですが、土岐氏に交流を禁じられ、仕方なく従うよりほかありませんでした。それが後々まで、石毛さん一家と私との間に誤解や不信を生じさせたことが、今でも残念でなりません。

フリムン島に、石毛さん一家に続いて、第三のグループが移住してきたのは、それからさらに二か月ほど経った頃でした。ヤブ蚊がだいぶ出ていた記憶があるので、五月の中旬だったと思います。

この島での楽園のような生活に暗雲《あんうん》が立ち籠《こ》め始めたのは、まさにその第三のグループ……事件の中心的存在となった、嘉門《かもん》さんたちがやってきてからのことでした。

1

「照屋さんの船だ！」

諒が声を上げる。

美千子がそちらを見ると、確かに海の向こうに、見慣れた照屋所有の漁船が見えた。

「行ってきていい？」

「ああ。父さんも後からすぐに行く」

長いバールを使って木の根っこを掘り起こしていた久志が頷くと、諒は手にしていたロープを放り出す。

「ロビン、行こう」

そして傍らで大人しく尻尾を振って作業を眺めていたロビンに声を掛け、諒は駆けて行った。ロビンもだいぶ慣れてきて、今では諒に一番懐《なつ》いており、どこに行くのも一緒という感じだった。

タオルで顔を拭きながら、久志は掘り起こそうとしていた枯れ木の根っこの上に腰掛ける。根の張り方が太く、もう二日もこれを相手に、少し掘り起こしては鋸《のこぎり》で切り、ロープを掛けて引っ張る作業を、諒と二人で続けていた。

「お茶でも飲む？」

「ああ、もらおうか」

美千子の言葉に、久志が頷《うなず》いた。

土の中に埋まっている石を手で取り除いていた美千子は、軍手を外すと、仮小屋の中に湯冷ましのお茶が入ったヤカンを取りに行った。

水は二日に一度、久志と諒がそれぞれ一つずつポリタンクを抱えて、土岐と咲良の二人が住んでいるエデンの小屋の傍らにある湧き水まで汲《く》みに行っている。

お茶は、この近くに自生している月桃《げっとう》の葉を干して乾かし、煎じたものだった。こちらの方ではサンニン茶とか呼ばれているハーブティーらしいが、乾かし方が悪いのか、煎じ方が足りないのか、あまり香りも味もしなかった。久志の話だと赤ワインの三十四倍のポリフェノールが含まれているらしいが、それにどんな効果があるのかまでは知らないようで、とにかく体にいいらしいからという曖昧《あいまい》な理由で飲んでいる。

この島に移住してきて、そろそろ二か月が経とうとしていた。

相変わらず、寝泊まりは郵便栈橋《さんばし》の近くの砂地に張ってあるテントだったが、この先、ずっとこの島に住むための新しい住居造りが始まっていた。東京に住んでいるこの島の地主と、久志の弟が代理で交渉している最中だった。借地権などの正式な契約はまだ交わしていないが、とりあえず家を建てる許可は得ていた。

郵便栈橋のある砂浜から少し離れた高台の見晴らしの良い場所に、比較的、平坦な土地を久志が見つけ、そこに一から小屋を建てようという計画だった。

家族三人で、まず最初に数日かけて鎌で草を刈《か》り、家の柱としてそのまま使えそうな木を何本か残して、邪魔になる木を鋸と斧《おの》で伐採し、大きな石を取り除いた。

どれだけの時間と労力が必要か考えると途方に暮れた気分になるが、それは美千子にとってもやりがいのある作業ではあった。

綺麗に土地を均《なら》せば、家族三人が住むための家だけでなく、菜園を作ったり鶏小屋などを建てることもできるだろう。

郵便栈橋からも近く、よく海を見渡せるから、近くに湧き水がないという点だけを除けば、土岐と咲良の住んでいるエデンよりも、ずっと快適で便利な住処《すみか》となるに違いなかった。

その土地の片隅に、伐採した木や、島に持ち込んだ木材で、八畳ほどの広さの簡単な仮小屋が組んであった。屋根はシートで覆っており、中には作業用のスコップやツルハシ、大工道具などが置いてある。

仮小屋の前には簡単な竈《かまど》も作ってあり、そこにヤカンが掛けてあった。炭火はもう消えかけており、うっすらと煙を上げている。

ヤカンを手にして戻ると、薄汚れたTシャツに作業用のジーンズを穿《は》いて首に手拭《てぬぐ》いを掛けた久志が、腰に手を当てて海を見下ろしていた。照屋の船はまだ沖合《おきあ》いにいるので、桟橋に到着するまで、あと五分か十分はかかるだろう。

「いい景色ね」

オレンジがかった色合いのお茶をコップに注いで手渡すと、久志が喉を鳴らしてそれを飲み干す。

「ああ。ここに家を建てたら、『見晴らし亭』と名付けようと思っている」

自信満々な様子で久志がそう言い、美千子に向かってどうだと言わんばかりの笑顔を見せた。

土岐たちの住む「エデン」といい、その「見晴らし亭」というネーミングといい、美千子はとてつもないダサさを感じたが、その感想は引っ込めた。

「……いい名前ね」

どちらにせよ何か呼び名を決めなければ、いちいち「土岐と咲良の住んでいる小屋」とか「石毛家の住処」とか言わなければならないので、それはそれで面倒だ。センスを問うのは、この際、やめにしておこう。

「諒は明るくなったわね。それに少し逞《たく》しくなったかも」

「ああ。やはりこの島に来たのは正解だった」

満足げに頷きながら久志が答えた。

「俺も桟橋に行ってくるよ。たぶん、今朝方《けさがた》来た釣り客を迎えに来たんだろう」

空になったコップを美千子に渡しながら久志が言う。

「私も行くわ。照屋さんに挨拶《あいさつ》したいし、そろそろテントに戻ってご飯の仕度もしないと。今、何時？」

「もうすぐ午後二時といったところだ」

腕に嵌めているソーラー電池式の腕時計を久志は見る。時計なんて島での暮らしには不要かと思っていたが、日暮れや夜明けまでの時間を計ったり、作業時間の目安にしたりと、案外、今が何時なのかは気になるものだ。

道具を片付けると、美千子は久志と一緒に肩を並べて郵便桟橋の方へと歩き始めた。

岩の隙間からところどころ草木の生えた、緩《ゆる》やかに傾斜のかかった道を、転ばないように気を付けながら下って行く。これもいずれ、歩きやすいように整備しなければならない。

「今朝の釣り客、大漁だといいんだがな」

笑いながら久志が言う。

美千子がまだ眠っていた早朝に、照屋が磯釣りの客を二人、島へ渡しに来た。いち早く気づいたのはロビンの散歩に出掛けていた諒で、久志を起こして二人で照屋の船を迎え、釣り客の荷物を持って島の西側にある磯まで案内したらしい。

以前は照屋が自ら、郵便桟橋から島西部の釣り磯まで、釣り客たちを連れて道案内をしていたらしいが、今はそれを諒が手伝っている。

諒は、久志や美千子よりもずっと早く照屋と親しくなり、釣り客の案内を引き受ける代わりに照屋から少額ではあるがバイト代をもらっていた。釣り道具の入ったバッカンやクーラーボックス、ロッドケースなどの運び賃は、釣り客から直接、駄賃として受け取っている。両方合わせても千円と少しくらいだったが、現金収入のない島暮らしでは貴重だし、何よりも諒自身が、人の役に立ってお金を得ることに充実感を持っているのが美千子は嬉しかった。

釣り人たちが大漁だと、帰り際に良い魚を何尾かお裾分《すそわ》けにもらえることもあった。大漁だといいんだがと久志が言っていたのはそのためだ。

「やあ、照屋さん！　お疲れ様です」

郵便桟橋のある入江の砂浜に辿《たど》り着くと、ちょうど照屋の船が到着したところだった。

歓迎するように、ロビンが桟橋から船に向かって吠えている。

照屋が放り投げた太いロープを、桟橋にいる諒が受け取り、突き出ている杭に手早く、もやい結びする。これも島に来てから諒が照屋に教わったものだった。不器用な久志は、未だに船を係留させるためのこの結び方ができないと言って笑っていた。

「石毛さん、調子の方はどうさ」

浅黒く日に焼けた顔を向け、照屋が言う。皺《しわ》が深く、笑うと顔がくしゃくしゃになる。

もう七十近い年齢らしいが、半袖のシャツから覗く腕は太くて逞しく、久志や諒よりも、よっぽど力強い。背が低く、手脚が短いせいで、どこか海亀を思わせる愛嬌《あいきょう》のある風体《ふうてい》をした老人だった。

「お陰様で、ちょっとずつですけど、家造りも進んでいます」

「今朝の釣りのお客さん、迎えに行って来ようか？」

足下にじゃれついてくるロビンの背中を撫《な》でながら、諒が照屋に向かって言った。

「いや、その前に、頼まれていた荷物が少しあるから降ろそうか」

そう言って、照屋は船に積まれていた荷物を、手渡しで桟橋へ降ろし始めた。

石毛家が頼んでいた荷物は、角材やベニヤ板など小屋を建てるための材料や工具などが多かったが、土岐のものは、玄米や小麦粉や味噌《みそ》などの食料が主だった。ヴィーガンとやらが殺生《せっしょう》をせずに島で生きていくのは、なかなか難しいのだろう。

荷物を受け取り、桟橋から砂浜まで運ぶと、ひと先《ま》ず久志は自分たちの物資を並べ、土岐たちの分は物置に入れた。

それが済むと、久志と諒は、島の西側にある磯へと釣り客を迎えに行った。行って戻ってくるまで、一時間はかかるだろう。

「照屋さん、例のものは注文できたかしら」

ロビンを連れて二人が去ってから、美千子は照屋に問う。

「大丈夫。来月くらいまでには届けられると思うよ。諒くんには秘密の方がいいんだろう？」

照屋はそう言ってにやりと笑うと、片目を瞑《つぶ》ってみせた。

「ありがとうございます」

この島では、欲しい物がある時は、何でも早め早めにお願いしなければ手に入らないが、照屋は、ちょっとのんびりしたところがあるので、間に合うか少し不安はあった。

「お金のことは、いつものように……」

「ああ、わかっているよ」

石毛家がお願いした物資の代金は、東京に住んでいる久志の弟に請求してもらい、照屋への謝礼と一緒に口座に振り込んでもらう段取りになっていた。石毛家が持っていた預金や、マンションを売った時にできたお金は、全て弟に預けてある。ちょっと危ないような気もしてはいたが、他にやりようがないから信用するしかない。

照屋に挨拶をして、自分たちのテントに戻ろうとした時、ふと美千子は視線を感じた。

郵便桟橋から見える断崖の上を美千子は見上げる。気のせいかもしれないが、視線はどこかその辺りから届いてきたように感じられた。

どうもこの島には、土岐と咲良や、自分たち一家の他に、誰かいるのではないかという気がしていた。

ただ、それは直感のようなもので、何かそれらしい痕跡《こんせき》を発見したとか、実際に怪《あや》しげな人影を見かけたというわけではない。だから、久志や諒にはそのことは話していなかった。

土岐と咲良の二人とは、初対面以来、殆ど交流がなかった。

水を汲みに行っている久志と諒は、湧き水の周辺で顔を合わせることもあるようだったが、簡単な挨拶をするくらいで、やはり親しくなったという話は聞かない。

美千子は郵便桟橋の近くに張ったテントと、家を建てる予定の土地を往復するばかりで、島内のそれ以外の場所は、例えば今、久志たちが向かっている島西部の釣り磯にすら行ったことがなかった。考えてみると、土岐たちの住むエデンにも、一度行ったきりだ。

テントの外に置いてある、流木を利用して久志が作った椅子《いす》に腰掛け、米を炊《た》くために火を起こした。その最中、ふと郵便桟橋の方に視線を向けると、土岐の姿が目に入った。

釣り客たちが戻ってくるのを煙草《たばこ》を吸いながら待っている照屋と、何か言葉を交わしている。

郵便桟橋に何か届いていないか、一日置きくらいに土岐か咲良のどちらかが下りてきているのは知っていたが、今日はたまたま、照屋がいるところに姿を現したようだ。

その土岐と、不意に目が合った。

数十メートルほど離れていたが、とりあえず美千子は軽く会釈《えしゃく》する。

土岐は照屋と何か言葉を交わすと、こちらに向かって歩いてきた。

美千子は少し身構えた。何か用だろうか。今はこのテントには自分しかいない。

「石毛さん……えーと」

近寄ってきた土岐は、そう言って親しげな笑みを浮かべてきた。美千子は少しほっとする。前に会った時のような刺々《とげとげ》しい雰囲気はない。

「美千子です」

土岐が美千子の下の名前を思い出せないようだったので、自らそう名乗る。

「ご主人と……それから息子さんは、西側の磯に行っているそうですね」

「久志と諒なら、釣りに来ている人を迎えに行っています」

どうやら土岐は、久志や諒の名前も覚えていないようだった。まったくこちらに興味がないのだろう。

「家を建て始めたそうですね」

「ええ、まあ……」

「もし良かったら、セメント袋を一つ分けてもらえませんか。実は急に入り用になってしまいまして。今から照屋さんに頼んでも、届くのはずいぶん先になってしまうから……」

そういうことか。

「ごめんなさい。主人に聞かないと、私一人では勝手に決められないので……」

「物々交換といきましょうよ。五キロ入りの米と、それから果物の缶詰を二つで手を打ちませんか」

土岐はお構いなしに交渉を始める。どうしてもセメント袋が欲しいようだ。

「でも……あと三十分ほど待っていただければ、主人も戻ってくると思うので……」

「いいじゃないですか。困った時はお互い様。きっとご主人も反対はしませんよ」

どの口が言っているのだろうと、美千子は半ば呆《あき》れた気分になった。

「それに、僕は忙しいんです」

少し苛々《いらいら》した口調になり、土岐はそう付け加えた。

正直、米の備蓄《びちく》は今のところ十分な量があり間に合っている。果物の缶詰は魅力的だが、特に今すぐ必要というわけでもない。むしろ家を建てるための材料の方が、石毛家にとっては大事だった。

だが、ここで断ると、さらに関係が悪くなりそうに思えた。それは避けたい。

久志が物々交換に応じるかどうかもわからなかった。もしかすると、土岐もそれを見越して、美千子が一人なのを知った上で、こうして声を掛けてきたのかもしれない。急いでいるように見せているのもそのためか。

「……わかりました」

溜息が出そうになるのを我慢しながら美千子がそう答えると、土岐はしてやったりといった笑みを浮かべた。

「ありがとう。奥さんが親切な人で助かった」

「いえ……」

「前にお会いした時には、失礼な態度を取ってしまって申し訳ない。実は、石毛さんたち以前にも、入植しようと島にやってきた人たちが何人かいたんだが、みんなすぐに音《ね》を上げて去ってしまった。だから敢えて厳しい態度を示して、覚悟を促《うなが》したんですよ。僕たちに頼ろうとしていては、とてもこの島での生活は望めないとね」

聞いていてうんざりした気分になったが、一応、美千子は頷いておいた。

「米五キロと果物の缶詰二つは、今日届いた荷物の中から勝手に持って行ってください。ああ、ちゃんと数量は把握してますから、余計に持って行っちゃ駄目ですよ」

いちいち言い方が癪《しゃく》に障《さわ》る。

「長い付き合いになるなら、お互いに友好な関係を築いた方がいい。ご主人にもそう伝えておいてください」

一方的に言いたいことだけ言うと、土岐はその場から離れ、砂浜の上に並べられている資材からセメント袋を担ぎ、エデンへと戻って行った。

釣り客を連れて桟橋に戻ってきた久志は、美千子から話を聞いて、明らかに不満そうな表情を見せた。

「勝手なことをするなよ」

釣り客からもらった魚と、照屋から分けてもらった氷を入れたクーラーボックスを久志がテントに運び込む。諒はロビンと一緒に遊びに出掛けてしまった。

「でも、断ると角が立つし……」

「別に、彼らと仲良くしなくたって、俺たちだけで十分やっていけるじゃないか」

クーラーの中身は、四十センチくらいの大きさのタマンと呼ばれる魚が一尾と、口の下に髭《ひげ》の生えた、通称「オジサン」と呼ばれるヒメジ科の魚が数尾だった。久志が魚の名前を知っているのは、釣り客に教えてもらったからだろう。海水を使って潮汁《うしおじる》にでもしようか。

「まあ、済んだことに文句を言っても仕方ない。だが今後は、俺のいないところで、連中と取引するのはやめてくれ」

「取引なんて……」

美千子に比べると、久志は遥かに土岐たちとの初対面の時のことを根に持っているようだった。

その女が島に視察に訪れたのは、そんなことがあった数日後のことだった。

2

「汗を掻いたから、足が蒸れて仕方なかったのよ」

嘉門真澄《ますみ》という名のその女は、エデンの近くにある湧き水で勝手に足を洗った理由について、そう言った。まるで悪びれない様子で、何か文句でもあるのかというような口調だった。

「あれは飲料水や煮炊きに使っている水だ。洗い物や水浴びだって、あそこではやらないようにしているのに……」

苛々した様子を隠さず、土岐が言う。

実際、一度、水を全部汲み出して空にし、沈殿《ちんでん》物などを徹底的に掃除して内側をモルタルで固め、咲良がお腹を壊した時とは比べものにならないくらい清潔にしていた。

「そんなの知らなかったんだから仕方ないじゃない。その人が場所を教えてくれたのよ」

嘉門が、傍らに立っている石毛久志の方を顎《あご》で示し、言う。

「石毛さん、何でそんなこと許したんです」

土岐が責めるような口調で久志に向かって言った。

「俺が許したわけじゃない。湧き水でもないかと聞かれたから場所を教えたら、この人が断りもなく靴を脱いで中に入り、足を洗い始めたんだ」

自分に矛先を向けられ、不愉快そうに久志が答える。

「とにかく案内は済んだから、俺はテントに戻るよ」

久志はそう言い捨てると、誰からの返事も待たず、さっさとエデンに背を向けて、今来たばかりの道を引き返して行った。

「それで、僕に話があるというのは、一体何です」

土岐が勧めた、手製の木椅子に腰掛けるのを嘉門はやんわりと断り、従者の一人に持ってこさせたアウトドア用の折り畳み椅子に座ると、脚を組んだ。

嘉門はリゾート風のアロハ柄のワンピースを着ていた。女優のような鍔広《つばひろ》の帽子を被り、大きなサングラスを掛けている。

そのサングラスが、彼女の特徴的な出っ歯を際立《きわだ》たせていた。

「単刀直入に言うと、この島から出て行って欲しいの」

気を遣って咲良が淹《い》れたコーヒーにも、嘉門は手を付けようとしなかった。不衛生だとでも思っているのだろうか。

「どういうことですか」

「東京にいる、この島の地主に、丸ごとこの島を譲ってもらうための交渉中なのよ」

嘉門の背後には、まるでボディガードのように二人の男が突っ立っていた。

いずれも開襟シャツに短パンという軽装だったが、その容姿は対象的だった。

嘉門の右側にいる男は、浅黒く日焼けしており、顎に薄く鬚《ひげ》を蓄えていた。身長は百八十センチはありそうだ。シャツの袖口から覗く腕は太く筋肉質で、よく鍛えられているのがわかる。

一方の左側にいる男は、ずっと線が細く、優男《やさおとこ》風だった。眼鏡を掛けていて肌も白く、どこか気弱そうな雰囲気だった。

いずれも年齢は三十代半ばといったところだろうか。嘉門は若作りしているが、どう見ても四《よ》十路《そじ》は過ぎているだろう。少なくとも、この二人の男たちよりは年上に見えた。

「ここ、ヤブ蚊が多いわね。蚊取り線香もないの?」

肌の露出が多いので、何か所か刺されたのか、ぺちぺちと自分の体を手の平で叩きながら嘉門が言う。

「僕たちは無意味な殺生はしない」

土岐のその答えに、嘉門は呆れたように目を丸くした。

「聞いた?」

そして背後に控えている二人の男の方を見る。三人が合わせたように失笑を漏らすのを、咲良は口惜しく感じたが、黙っていた。

「それで、話の続きは……」

苛々した口調で土岐が言う。

「ああ、そうだったわ。この島にグランピングの施設を造ろうと思っているの」

「グランピング？　何だそれは」

眉根を寄せ、土岐が鸚鵡《おうむ》返しに問う。

「グラマラス・キャンピングのことよ。流行《はや》っているのに、ご存じないの？」

呆れたような口調で嘉門が言う。

「知ってるか？」

土岐が振ってきたので、咲良は一応、頷いた。

所謂《いわゆる》、高級リゾート風キャンプ施設のことだろう。

空調の効いた快適なテントにベッド。焚き火を囲んでの野外での食事は、シェフが担当することもある。他にも施設によっては露天風呂付きの温泉が併設されていたりと、キャンプの雰囲気と自然を楽しみながら一流ホテル並みのサービスを受けられるという、ここ数年、流行りのレジャーだ。少なくとも、咲良の認識しているグランピングというのは、そういうものだった。

「私ね、K島に別荘を持っていて、年のうち三分の一くらいはそこで過ごしているの。気に入っているのよね、こっちの気候を」

K島には、照屋や、土岐の友人である杉本医師が住んでいる。別荘地もあって、スキューバダイビングや釣りなどの観光客も多い。

わざわざK島にまで遊びに来るようなお金持ちのセレブが、ロビンソン・クルーソー気分を楽しむのに、確かにこの島はうってつけかもしれない。

「私の夫は東京で不動産業を営んでいるの。他にも飲食店とか旅館業とか、いろいろ手掛けていて……。お互いにビジネスが忙しくて、会うのは年に数回といったところだけど」

「そんなことはどうでもいい」

舌打ちまじりに土岐が言う。

この嘉門という女は、聞いてもいないことをよく喋る。

咲良も辟易《へきえき》としていた。自慢話ばかりで、話があっちこっちに飛んで着地せず、取り留めがないので、聞いていてとても苛々させられる。そもそもは、湧き水で足を洗ったのは何故かというのが話の発端だった筈《はず》なのに。

「僕は、この島の地主とは、移住前に話を付けている。向こう二十年分の借地代も支払っているし、契約書も交わしている。そんな話は信じられない」

「私がこの島の権利を手に入れたら、差額はきちんとお返しするわ」

「そんなものを受け取る気はないし、この島から出て行くつもりもない」

土岐が答えると、嘉門は大袈裟《おおげさ》に肩を竦《すく》めて溜息をついてみせた。

背後にいる従者二人を順に振り返り、呆れたような笑みを口元に浮かべる。その人を小馬鹿《こばか》にしたような態度には、流石《さすが》に咲良もカチンときた。

「さっきも言った、K島にある私の別荘だけどね、私や夫の友達が、しょっちゅう遊びに来るのよ。芸能人とか文化人とか会社経営者とか、あなたたちが名前を聞いたら、びっくりするような人たち」

大袈裟に手を広げながら言う嘉門に、もう相槌を打つのも馬鹿馬鹿しくなり、咲良も土岐も無言でやり過ごす。

どうも嘉門の話には、誇張したものが感じられた。どこがどうとは言えないが、詐欺師《さぎし》や虚業を営んでいる者のような、自分を大きく見せようという意図が感じられる。

「以前から、そのコネを何かビジネスにできないかしらと思っていたの。そんな時に、この島で暮らすあなたたちのことをネットで知ったのよ。そこでぴんと来たの。私もそうだけど、遊び慣れている人たちは、高級なホテルや別荘の手厚いサービスには、もう飽き飽きしているわけ。何もない無人島での暮らしと冒険。そういう刺激を提供できる施設を造れないかと思ったのよ」

それでグランピング施設というわけか。

「この島、地主の許可を得ずに、K島の漁師さんたちが勝手に釣り客を渡したり、ダイビングやキャンプの客も上陸させているみたいね」

照屋のことだ。他にも何人か、小遣い稼ぎに同じような真似をしている漁師はいる。

「そういう人たちを厳しく取り締まって島に入れないようにすれば、グランピングの他に、映画の『青い珊瑚礁《さんごしょう》』だっけ？　ブルック・シールズの……あんなふうに開放的に裸でビーチで泳いだりもできるわね」

ずいぶんと古い映画をたとえに出してきたものだ。年齢が知れる。

「ここを秘密の楽園にするのよ。他にもカヌーとかダイビングとか、アクティビティのサービスをいろいろと……」

「あなたのビジネスの構想についてはどうでもいいが、できれば他でやってくれ」

土岐が吐き捨てるように言う。

「そういうわけにもいかないわ。調べたんだけど、ここみたいな島、なかなかないのよ。ここは理想的だわ。現代のロビンソン・クルーソー生活にはね」

「この島での生活は、デフォーではなくゴールディングの世界かもしれませんよ」

土岐のわかりにくい皮肉に、嘉門が「ん？」という表情を浮かべる。背後にいる二人の従者も同様だった。

要するに、デフォーの書いた『ロビンソン・クルーソー』のような冒険とロマンに溢れたものではなく、ゴールディングの『蠅《はえ》の王』のような、いがみ合いと対立に満ちた生活かもしれないと言っているのだ。

土岐の発したその皮肉に、何やら咲良は予言めいたものを感じた。

「とにかく、あなたの話は信用できないし、受け入れがたい」

嘉門に向かって、念を押すように土岐が言う。

「しかるべき書類や、正式な代理人が相手でないなら、聞き入れられない」

「問い合わせてみたら？」

「ここには、携帯電話もネットもない」

「じゃあ地主宛に手紙でも書いたらいいわ」

そう言うと、嘉門は持参してきた椅子から立ち上がった。

「交渉は決裂ね」

「そのようだ」

「あなたがもう少し賢くて、自分の立場をわきまえて柔軟に話のできる人だったら、施設の管理人として雇ってあげてもいいと思っていたんだけど……」

肩を竦め、見下したような口調で嘉門が言う。

「今日から暫くの間、私たちはこの島に滞在するわ。島内のことをよく調べて、私自身が島での生活を体験してみないと」

「悪いが、歓迎はしない」

「期待してないわ」

「それから、もう湧き水で足を洗ったりするのはやめてもらえませんか」

それまで黙っていた咲良だったが、どうしてもそれだけは言いたかった。

こんな女が蒸れた足を洗った水を飲んだり、それを使って食事を作ったりしなければならないと思うと、それだけで腹が立った。

「そんなことをあなたに指図される謂《い》われはないけど、ご安心なさって。もうここには当分、訪れることはないわ。登ってくるのも大変だし、不衛生だし、もうあなたたちと話すこともなさそうだしね」

嘉門はそう言い残すと、もう興味を失ったとでもいうような素振りで、エデンから去って行った。

「何て無礼な連中だ」

嘉門たちが去ると、憤懣《ふんまん》やるかたないといった様子で土岐が声を荒らげた。

「君はどう思う」

「何だか、胡散《うさん》くさい感じに思えたけど……」

「やっぱりか。僕もだ」

土岐が頷く。何となく嘉門に対して、どこか隠しきれない育ちの悪さのようなものを咲良は感じていた。

「くそっ、やはり新聞の取材なんか受けるんじゃなかったな。結局、次から次へとああいう連中を引き寄せることになるだけだった。本当に迷惑だ」

嘉門たちが口を付けなかったコーヒーを片付けながら、ぶつくさと土岐が言う。

そういえば、嘉門が連れていた二人の男たちは、結局、名前すら聞かずじまいだった。

「石毛さんたちは、どうするのかしら」

先ほど嘉門たちを案内してきた久志のことを思い出し、ふと咲良は口にした。

石毛家がこの島に移住してきてから、もう二か月ほどが経つが、殆ど交流はない。この狭い島に二つのグループしかないことを考えると、この没交渉は異常ではある。お互いに最初の印象が悪すぎたのだ。

自分たちと違い、石毛家の人たちは、世捨て人として暮らすのが目的ではなく、不登校で引き籠もりだった息子を立ち直らせるために来たに過ぎない。ならば施設の管理人云々《うんぬん》の話も、嘉門たちと利害が一致すれば受け入れるだろう。お互いに手を組んで、咲良と土岐を島から追い出しに掛かるかもしれない。

そんなふうに思ってから、杞憂《きゆう》だと考えて咲良は頭を振る。自分たちは石毛家との交流を避けてきたから、そもそもあの一家がどういう人たちなのかもよくわかっていない。

少なくとも、先ほど嘉門を案内してエデンにやって来た石毛久志は、嘉門らの態度を面白く思ってはいないようだった。

これからは少し、石毛家の人たちとも交流するべきかもしれないと咲良は考えた。今さらという感じもしなくはないが、奥さんは大人しそうな人だったし、引き籠もりの息子はまだ子供だから、どちらかを通じて親しくなればいいだろう。

だが、どうも咲良は、あの久志という男は気難しそうで嫌だった。容姿も、いかにも中年男性という感じでだらしがなく、あまり生理的に受け付けない。

「雲行きが怪しくなってきたな」

空模様を見て、土岐が呟いた。確かに、先ほどまで鮮やかなブルーだった空の色が、急激に暗くなり始めていた。ひと雨きそうな様子だ。五月に入ってから、こんな感じで毎日のように夕立がある。本土に比べると、こちらは一か月ほど梅雨入りが早い。

「さっきの連中、引き返して来なければいいが」

独り言《ひとりごと》つように土岐が言う。

このまま雨が降り始めて、あの三人が引き返してきては確かに鬱陶《うっとう》しい。雨宿りのために軒先《のきさき》を貸すのも嫌だし、あれこれと世話してやるのも面倒だ。

やがてぱらぱらと雨が降り始めた。空気が途端に重くなり、水の匂いで満たされる。島に来たばかりの頃に比べれば、改築や増築がされてだいぶ住みよくなった小屋の隅で、土岐は難しそうな顔をして机に向かって書き物を始めた。彼がいずれ出版しようとしている、この島での生活についての記録と、独自の自然主義哲学に関する本だ。

ノートの表紙に書いてあるタイトルは『île du philosophe』。フランス語で「哲学者の島」という意味らしいが、何でわざわざフランス語なのかは知らない。咲良は何度かこっそりと内容を盗み読んだことがあるが、こねくり回したレトリックと、妙な文学的表現ばかりで、結局、何が言いたいのかよくわからなかった。ただ、人から頭が良くて孤高の人だと思われたいのだなということだけは伝わってきた。

咲良がまだ土岐に特別な感情を抱いていた頃は、その著書の仕上がりを楽しみにしていたが、今となっては、果たして出版の可能性があるのかどうかすら怪しいと疑っている。土岐は、少し己を過大評価しているところがあると、恋の熱が冷めた咲良は思うようになっていた。

やがて雨は本降りになってきた。小屋の中から見える景色が霞《かす》み、トタン板で葺《ふ》き直した屋根に当たって、雨音がうるさく響く。

破れた衣服の繕《つくろ》いなどをしながら暫く様子を見ていたが、嘉門たちが戻ってくる気配はなかった。

それでひと先ず安心し、疲れていたので、咲良は少し横になって休むことにした。

最初に建っていたブロック積みの小屋の裏手に、増築する形で寝室が造られていた。とはいっても、広さはせいぜい三メートル四方ほどで、壁はベニヤ板を打ち付けただけの粗末なものだ。

そこにベッドが二つ並んでいた。マットの上に木綿《もめん》の布団が敷いてあり、毛布が掛けられている。

横になり、少しうとうとしてきたところで、寝室に土岐が入ってくる気配があった。

少しの間があり、それから土岐が躊躇《ためら》いがちに手を伸ばし、咲良の頬に触れた。

「やめて」

ごく短く、冷静な口調で咲良は言う。

「いいじゃないか」

構わず土岐は、咲良の頬から首筋に掛けて撫でてくる。咲良は怖気《おぞけ》立ち、少し強めに土岐の手を払った。

「疲れてるし、そういう気分じゃないの。やめて」

「またか」

土岐も、苛々とした口調で返してくる。

「最近、ずっと君はそうじゃないか。僕だって我慢の限界だ」

「本当に疲れているのよ」

うんざりした気分で咲良は言い返す。もう何か月も、土岐とは、そういう行為をしていない。そのことを土岐が不満に思っているのにも気づいていた。

「なあ、咲良」

だが、土岐は気味の悪い優しい声を出し、なおも咲良の体を触ってこようとする。

土岐の手が、下着を着けていない咲良の胸に触れ、顔を近づけて口づけしようとしてきたところで、とうとう咲良も切れてしまった。

「やめてって言ってるでしょ！」

手を払い、上半身を起こしながら、咲良は声を張り上げる。

「何がいけないんだ！　拒否される理由がわからない。僕たちはこの島のアダムとイヴになるんじゃなかったのか！」

土岐も激昂《げっこう》して声を荒らげる。この島に来てから、土岐はちょっとしたことで怒りを顕《あら》わにするようになった。アダム云々の物言いも、今となっては失笑ものだ。

「何がアダムとイヴよ。うんざりよ」

「僕の何が嫌になったんだ。はっきりと言ってくれ」

「じゃあ言うわ。臭いのよ、あなた」

土岐の表情が強《こわ》ばる。

「何だと」

「今の自分の体の臭い、嗅《か》いだことあるの？　もうずっと、お風呂にも入ってないし、体も洗ってないでしょう？　とてもそんなことをする気になれないわ」

実際問題、一度嫌ってしまうと、土岐の体臭は堪《た》えがたいほど不快に感じられた。同じ男の体臭でも、サイトウのそれには性的な興奮すら覚えるというのに。

「そ、そんなのはお互い様じゃないか」

「そうね。だから私も嫌。もう、そういうことをするのはやめましょう」

「くそっ」

咲良が再び横になろうとすると、不意に土岐が短く声を上げ、乱暴に咲良の手首を摑《つか》んで上にのしかかってきた。

「力ずくでする気？　最低ね。そのことしか考えられないわけ？」

仰向けになった咲良を、息を荒くした土岐が見下ろしている。

そのまま時が止まったかのように、土岐は動かなくなった。

葛藤している様子の土岐を、咲良は下から睨《にら》みつける。

「するならすれば？　私、我慢してるから」

咲良のそのひと言で、土岐の心は折れてしまったようだった。

土岐の両の瞳から、ぽたぽたと涙の雫《しずく》が落ちてくる。

「何でそんなひどいことばかり言うんだ。ここに来る前と、君はすっかり変わってしまった。僕たちは愛し合っていたんじゃないのか」

今度は同情を引こうというつもりだろうか。そんなことを言われても、土岐への愛情がすっかり冷めてしまった咲良は何も感じようがない。

じっと睨みつけたまま返事もしない咲良に、やがて土岐の方が根負けして立ち上がると、「くそっ、くそっ」と短く口の中で繰り返しながら、自分のベッドに置いてあるマットを何度も拳《こぶし》で殴りつけ始めた。

そして寝室を出ると、雨が降り続いている表へと飛び出していく気配があった。

咲良は溜息をつき、再び瞼《まぶた》を閉じたが、すっかり眠気は失せてしまった。

小屋の外から、土岐の芝居がかった慟哭《どうこく》が聞こえた。咲良はげんなりとした気分になる。

咲良の方も、もう土岐と二人で、この小屋で暮らしていくのは限界が近づいてきていた。

何か理由をつけて、島から出るべきだろうか。

だが、島を出ても咲良には帰る場所がない。不倫の末に離婚して東京を出てきてしまったから、両親はおろか友人知人たちからも総スカンを食らっている。

それに、土岐がそんなことは許してくれないだろう。土岐を一人置いて島から出ると言い出したら、今度こそ本当に暴力を振るうかもしれない。

咲良は起き上がると、自分のベッドの下に置いてある衣装ケースを取り出した。中には咲良の着替えが入っていたが、その一番奥に、土岐の目につかないよう隠しているものがあった。

咲良の元夫である、田代守雄から送られてきた手紙だ。

例の新聞記事がネットで話題になり、咲良が今、このフリムン島で土岐と二人で暮らしていることを知ったらしい。便箋《びんせん》二枚に綴られた文章は簡潔だったが、真摯《しんし》に訴えかけてくるものがあった。もし、島での生活がつらかったり、土岐との関係が悪くなったら、いつでも自分のところに戻って来てくれていい、お互いの両親や親類たち、共通の友人などは自分が必ず説得する。金が必要なら送るし、迎えが必要なら行くとまで書いてあった。

この手紙が郵便桟橋の物置に、照屋の手によって届けられていたのは、もう何か月も前のことだ。幸いにも咲良が見に行った時に届いていたものなので、土岐はこの手紙のことは知らない。

別れる時、守雄はみっともないくらいに泣いて、不倫のことは許すし忘れるから、また一からやり直そうと言ってくれた。その守雄に向かって投げつけた、数々の罵りや嘲《あざけ》りの言葉を咲良は思い出す。

この手紙を初めて読んだ時も、いつまでも終わったことをくよくよと鬱陶しい男だと思ったのだが、どういうわけか手紙を捨てようという気分にはならなかった。この生活や、土岐との関係がいつか破綻《はたん》するのではないかと、どこかで予感していたのかもしれない。

守雄との復縁は可能だろうかと咲良は夢想する。再婚禁止期間が終わる前に急いで島に来たので、土岐とは籍を入れていない。

相手の男に騙された、本当に愛しているのはあなただけだとか何とか言えば、離婚を渋っていた守雄のことだ、きっと許してくれる。

そうすればまた、東京での快適で文化的な生活に戻ることができる。もう環境問題とか、土岐からの受け売りの自然主義哲学とかの馬鹿な主義思想は捨てて、普通に暮らすことにしよう。自分はどうかしていた。週に一度はおいしいものを食べに外に出掛け、季節ごとにお気に入りの服を探してショッピングし、休みの日にはゆっくりと映画でも観て過ごす。それで人生は十分じゃないか。何で自分は、それで満足できなかったのだろう。

ベッドで横になってそんなことを考えているうちに、咲良の目元にはじんわりと涙が浮かんできた。

外からはまだ、土岐が大袈裟《おおげさ》に泣き叫んでいる声が聞こえてくる。

ふと咲良は、サイトウの顔を思い浮かべた。

ガマで男女の関係を結んでからも数度会っているが、サイトウの方から咲良を求めてくることはないし、むしろ少し避けられているような感じもした。

それが咲良のプライドを少し傷付けていた。自分はまだ十分に魅力的な筈だと咲良は考えている。自分に素っ気ない態度を取り続けているサイトウのことを思い浮かべる時間も日に日に増えていた。もう咲良の心は、土岐でも守雄でもなく、サイトウのところにあった。

ふと咲良は、石毛一家はサイトウの存在には気づいているのだろうかと考えた。

サイトウは、石毛たちとは交流はないと言っていたが、さすがにもう二か月も島に住んでいるのだから、石毛家の誰かが、島に他の住人がいることに薄々気づいていてもおかしくはない。嘉門たちがこの島にやってくるとなると、尚更、サイトウが見つかるリスクは高くなるだろう。

サイトウは、何らかの罪を犯して逃亡中なのではないかと咲良は考えていた。

思い過ごしかもしれないが、この島にやって来る前、ニュースか何かで顔を見たことがあるような気もしていた。サイトウというのも、偽名なのではないかと疑っている。だが、ここにはインターネットもないから調べようがない。サイトウの存在に気づいたら、あの功名心の高そうな嘉門真澄という女が、黙っているとは思えない。

自分とサイトウの関係を土岐が知ったら、それこそ嫉妬に狂って何をするかわからない。サイトウの存在を島外の人間に知らせようとするかもしれないし、咲良やサイトウに、直接、何か手出しをしてくるかもしれない。

もし彼が何かから追われているのであれば、守ってやらなければ。

本当は、今すぐにでもサイトウのいるガマに行きたかったが、この様子ではそうもいくまい。

いっそ、土岐も、石毛一家も、そして今日、現れた嘉門たちも、みんな、この島から出て行ってくれないだろうか。

そうすれば、サイトウと二人きりで、今度こそ本当にアダムとイヴのような楽園生活を送れるような気がしていた。

3

「諒、誕生日プレゼントよ」

夕暮れに差し掛かり、空は鮮やかなオレンジ色に染まっている。

見晴らし亭の小屋の庭に置かれた手作りのテーブルの上には、美千子が焼いたバナナのパンケーキの他、この日のために用意したご馳走《ちそう》が並んでいた。

美千子は小屋の中に入ると、荷物の奥に隠していた縦長の段ボール箱を取り出してきた。

「何？」

「開けてみて」

目を輝かせる諒に向かって、美千子は言う。

学校に通っていれば諒も中学三年生だが、こういうところは、まだ子供っぽい。いそいそと諒が箱を開くと、中から出て来たのはウクレレだった。

照屋に頼んで準備してもらい、こっそり受け取って今日まで隠していたものだった。

「ウクレレ？」

どんな反応をするか少し心配していたが、どうやら喜んでくれたようだ。久志も目を細めている。

二年前の誕生日の時には、諒がねだったゲームソフトを買ってやったが、ここまで嬉しそうな顔は見せてくれなかった。買ったゲームも、ほんの一週間ほどで飽きてしまい、すぐに投げ出していた。

「チューニングするから貸してみて」

一緒に購入したピッチパイプを使い、四本ある弦を順に合わせて返すと、諒は早速《さっそく》、付属していたコード表を見ながら、ポロンポロンと爪弾《つまび》き始めた。風が吹き、高く澄んだ音色を運んでいく。

「上手いじゃないか。母さんは元は音楽の先生だったから、教えてもらうんだな」

外に運び出した椅子に腰掛けた久志が、ブランデーを傾けながら上機嫌で言う。

美千子は弦楽器はあまり得意ではなかったが、ウクレレなら何とかなるだろう。何よりも、諒が楽器に興味を持ってくれたことが嬉しかった。小さい頃にピアノを習わせたことがあるが、諒は半年も続かなかった。美千子自身も、ここ十年くらいは、殆ど楽器に触れていない。そのことを寂しく思っていた。

「次は父さんからだ」

「まだあるの？」

弦を押さえる指先を見ていた諒が驚いたように顔を上げる。

八月のこの日は、フリムン島に来て初めての諒の誕生日だったから、美千子も久志も張り切っていた。こういう日は、存分に楽しまなければならない。

久志のプレゼントは、アディダスのスニーカーだった。島では靴は大事で、安物だと一、二か月ですぐに履き潰《つぶ》してしまう。丈夫な新しいスニーカーが欲しいと、諒は前から言っていた。

諒はひと先ずウクレレを美千子に渡すと、汚れた靴を脱ぎ、真新しいスニーカーへと履き替えた。

「サイズはどうだ？」

「ぴったりだよ」

放り出された古い靴に鼻先を突っ込んで、ロビンが匂いを嗅ぎ始める。

つい一週間ほど前、美千子たち石毛家は、上陸以来四か月ほどの間、ずっと拠点にしていた郵便桟橋近くの砂地に立てていたシェルター型のテントを畳み、建設中の見晴らし亭に引っ越した。

草刈りや伐採、木の根っこや石の除去が終わり、表面の土を梳《す》き取って均《なら》したので、いちいち郵便桟橋の近くからこちらまで通うよりは、拠点を移して家造りを本格化させた方が良さそうだという判断だったが、それだけではない。

例の嘉門たち一行が、同じ砂浜の少し離れた場所に、石毛家よりも大きなテントを建て、居着いてしまったからだ。

発電機《ジエネレーター》なども持ち込んでおり、夜通し大音量で音楽を掛けたり酒を飲んで騒いだりするので、すっかり嫌になってしまった。

深夜にはどうも、テントの中で淫《みだ》らなことをしているらしく、あの嘉門とかいう女の、絞め殺される前の鶏の声のような、大袈裟に過ぎる喘《あえ》ぎ声まで聞こえてくる。

こちらには子供もいるし、夜中まで騒がれるのは迷惑だと久志が何度か文句を言いに行ったが、嘉門はまったく聞く耳を持たなかった。

本当は、もう少し家が形になってきてから移動するつもりだったのだが、計画を早めたのは、そんな経緯もあったからだ。すごすごと逃げるようで、久志は少し不満に感じていたようだったが。

「そういえば、嘉門さんたちの船がいなくなってたよ」

新しい靴を履き、表の椅子に腰掛けて熱心にウクレレを奏でていた諒が、ふとそんなことを言い出した。

「今朝から？」

「うん」

諒は毎朝ロビンを連れて郵便桟橋の辺りまで散歩に出掛けている。このところは、久志や美千子が足を踏み入れたことのないような島の奥まで探索に行ったりもしているようだった。

「嘉門さんたちのテントは？」

「あったけど」

嘉門たちが乗ってきたプレジャーボートは、全長八メートルほどの大きさで、ずっと郵便桟橋に係留されていた。

そのボートが桟橋を占領しているので、以前は釣り客の送迎などで、わりと頻繁に島に立ち寄っていた照屋も、月に一度の定期便以外では殆ど姿を現さなくなり、照屋以外の漁師の船も、まったく見かけなくなってしまった。嘉門があの調子で、K島の漁師相手に、勝手に上陸したら訴えるとか金を取るとか、何か恫喝《どうかつ》めいたことでも言って回ったのかもしれない。

嘉門の従者の一人である阿久津《あくつ》という男が、見晴らし亭を訪ねてきたのは、その日の夕刻のことだった。痩せた優男風の男の方だ。

土の中から掘り起こして山積みにしていた石を、家の基礎に使うため、久志と諒が、柱が立つ位置に沿って平らに並べている最中だった。

「どうしたんだ、あんた、その顔」

気まずそうな様子で姿を現した阿久津を見て、久志が声を上げる。

阿久津の右目の周りには赤黒い痣《あざ》ができており、瞼は腫《は》れていて、眼鏡のレンズにはひびが入っていた。

「いや、これは……」

困ったような口調で阿久津が返事をする。

嘉門や、もう一人の従者である亀石《かめいし》とかいう男が一緒の時は、阿久津は遠慮してか殆ど口も開かなかったから、声を聞くのも初めてだということに美千子は気がついた。

「頭痛がひどくて、どうも熱もあるようで……。すみませんが、薬があったら分けてもらえませんか」

遠慮がちに阿久津が言う。嘉門の仲間だから、勝手に不遜《ふそん》な人物のように思っていたが、一人だと意外にも礼儀正しい。

「それは構わないが……」

「お礼は、こんなものしかありませんが……」

阿久津が手にしているものを掲げる。泡盛《あわもり》の一升瓶だ。

「困っているなら、お礼なんていいのに……」

美千子の言葉に、久志も大きく頷く。

「傷の手当てもした方がいいんじゃないか。どこかにぶつけるでもしたのか?」

言いながら、久志が目配せしてくるので、美千子は薬箱を取りに小屋の中に戻った。

頭痛薬の他に、確か消炎剤入りの湿布なども あった筈だ。

諒は、作業を手伝ったので疲れてしまったのか、小屋の中で横になり寝息を立てていた。その傍らではロビンもうつ伏せになって大人しく眠っている。

美千子が薬箱を手に戻ると、小屋の外に出した椅子に座って向かい合い、久志と阿久津が話し込んでいた。

「ところで、君のところの女主人はどうしているんだ? 今朝から船も見えないらしいが……」

「嘉門さんと亀石なら、K島の別荘に戻っています。いろいろ買い出しをして、数日中にまた戻ってくると思います」

「君は留守番か」

小屋の前に置いたポリタンクに取り付けてある蛇口を捻って水を出し、石鹸で綺麗に手を洗うと、美千子は阿久津の顔にできた痣の手当てをしてやった。

「すみません、奥さん」

阿久津はやたらと恐縮している。コップに入った湯冷ましを手渡すと、阿久津はそれで解熱剤入りの頭痛薬を飲み込んだ。

それで用は済んだ筈だったが、阿久津は立ち去ろうとしない。

薬が欲しいというのは口実で、どうも阿久津は、誰かと話がしたくてここに姿を現したように思えた。

美千子も、小屋から椅子を持ってきて表に腰掛ける。石を積んだ竈を中心に、三人が三角形に座るような形だ。日も暮れてきたので、久志が器用に椰子《やし》の実の繊維を焚き付けにして火を起こし、炎を囲んで話をするような形になった。


「その目の周りの痣だが、殴られた痕《あと》なんじゃないか?」

「ええ、そうです。亀石のやつに……」

嘉門が連れてきていた、もう一人の男だ。線の細い感じがする阿久津とは対照的な、筋骨逞しくて背が高く、浅黒く日焼けしていた健康そうな男だ。

「疑問だったんだが、君たちはいったいどういう関係なんだ?」

久志が問う。それは美千子も不思議に思っていた。

嘉門は、東京に不動産業を経営する夫がいると言っていた。

どこまで本気なのかもわからないが、嘉門がこの島に造ろうとしているグランピング施設の開業資金も、そこから出る予定なのに違いない。嘉門自身も実業は行っているようだったが、おそらくK島にある別荘とやらも、その夫か、夫が経営する会社の所有物だろう。

阿久津と亀石のどちらかが……いや、両方なのかもしれないが、嘉門と愛人関係にあるのも察してはいた。だが、石毛家と嘉門のグループとの関係はあまり良好だとは言えなかったので、詳しいことは聞きそびれていた。

「僕は、元々は嘉門さんのご主人が経営している不動産会社の社員だったんです」

阿久津が持参してきた泡盛を三人で飲んでいるうちに、酔いが回ってきたのか、阿久津はやや饒舌《じょうぜつ》になってきた。

「僕は営業にいたんですが、嘉門さんは、ある日突然、社長が会社に連れてきて、秘書室に勤務するようになりました」

顔を見合わせる美千子と久志の様子に、阿久津は頷いて続ける。

「お察しの通りですよ。嘉門さんは、元々は銀座《ぎんざ》だか六本木《ろっぽんぎ》だかで水商売をしていたそうです。それを社長が見初めて、店を辞めさせて会社で雇ったんです。その頃は、社長にはまだ奥様がいました。十年ほど前の話ですが……」

つまり、会社で雇って給料を払う形で勤めさせ、嘉門を愛人として囲っていたということか。よくある話だ。

「それから一年としないうちに、社長の奥様が急逝《きゅうせい》しましてね。それで嘉門さんが後妻に収まったんです」

「嘉門さんのご主人は、健在なんですか」

久志が質問を挟む。

「もう八十近い年齢ですが、今も元気に経営の陣頭指揮《じんとうしき》を執《と》っていますよ。ただ、妻である嘉門さんとの関係は冷えきっています。年に数回しか会わないというのは本当です」

「それで、君は……?」

「僕はその……嘉門さんが秘書室にいた頃から、親しくさせてもらっていたので……」

阿久津のその口ぶりから、どういう関係だったのかは察せられた。

「嘉門さんが不動産会社から独立する時に一緒に辞めて、リゾート開発を主な業務とする関連子会社の方に移りました。まあ、公私ともに片腕というかパートナーというか、そういう関係でしたから……」

阿久津の口調には、どこか自嘲《じちょう》が感じられた。

今、目の前にいる阿久津は、薄汚れたシャツを着ていて、顔には痛々しい怪我の痕があり、全体的に見ても弱っていてみすぼらしく見える。

「それを、あの亀石のやつが……」

そして口惜しげに、吐き捨てるようにその名を口にした。

「彼も、その嘉門さんのご主人の不動産会社にいたんですか？」

「いいえ、違います。あいつは新参ですよ。沖縄本島の方で土建会社を経営していたらしくて、グランピング施設を建設しようっていうアイデアを嘉門さんに吹き込んだのもあの男です。半年くらい前に、誰の紹介かは知らないが、K島での別荘のパーティに紛れ込んでいて……くそっ」

それで何となくわかった。新しい愛人ができて、阿久津は捨てられそうになっているのだろう。

「この島に来るまでは亀石のやつも大人しかったが、人目がなくなって本性を現しやがった。あいつは嘉門さんの持っている金とコネが目当てなんですよ。絶対に嘉門さんのことを愛してなんかいない。その証拠に、どっちが嘉門さんを満足させられるか試してみようなんて言い出して……僕はあんなこと……嘉門さんも嘉門さんだ。大喜びで二人相手に……」

話が何だか生々しくなってきた。小屋で寝ている諒が聞いていないかと、美千子は少し不安になる。

「で、君は何で亀石に殴られたんだ」

久志が咳払いをして話の方向を変えようとする。

「つまらないことですよ。僕が嘉門さんに対して馴《な》れ馴れしい態度を取ったとか……言い掛かりだ。僕は今までと同じように接していただけなのに」

「嘉門さんは、そのことをご存じなの」

「ご存じも何も、嘉門さんの目の前で殴られたんですよ。嘉門さんは笑ってました。それからは、まるで下僕《げぼく》扱いです。二人が遊んでいる間に、薪《まき》を拾いに行ったり、水汲みや飯の仕度に、それからあれこれと肉体労働ばかり……」

「そういえば、オープンデッキのようなものを作っていたね」

久志が口を挟む。確かに、郵便桟橋に行った時に美千子もそれを見かけた。

上半身裸ですっかり日焼けした阿久津が、海岸の砂地のところに丸太の杭を打ち、その上に持ち込んだ木材や拾い集めた流木を並べ、デッキのようなものを作っていた。

「あれは嘉門さんの思い付きですよ。海岸近くにデッキがあれば日光浴にいいし、眺めを楽しみながら食事ができるってね。亀石は元々は土建屋だし、大雑把《おおざっぱ》な図面を引いたら、後は現場監督気取りで、実際の作業は全部、こちらに丸投げです。自分じゃ材木一つ運ぶ気もないくせに、仕上がりにケチばかりつけやがって……」

また恨み節が表に出てきた。

晴れれば強い日射しが照りつけ、季節によっては雨もよく降るこの島の気候で屋外作業を続けるのがどれだけしんどいかは、久志や諒を手伝って一緒に手足を動かしている美千子にもよくわかる。

それにしても、思い付きだけでそんな重労働を他人に強《し》いる、あの嘉門とかいう女の神経がわからなかった。

「いろいろと話を聞いてもらえて、少しすっきりしました」

夜もすっかり更けた頃、喋りたいだけ喋って満足したのか、阿久津は何度もお礼を言って帰って行った。

一方の美千子は、日中、諒の誕生日を祝った時に感じていた、満たされた幸せな気分にすっかり水を差されてしまった。

見上げると、濃い群青色をした空には満月が浮かんでいた。雲は出ておらず、月光とはこんなにも明るいものだったのかと思うほど、周囲を明るく照らし出している。

「いろいろと問題が多いようだな」

竈の中に赤く燃え残っている炭を、火箸《ひばし》で片付けながら久志が言う。

「何も起こらなければいいが……」

何の気なしに発せられた久志の呟きが、美千子には妙に重く感じられた。

「何で俺がこんなことをしなきゃならないんだ」

郵便桟橋に立ち、沖に向かってハンディカメラを構えながら、久志が不満そうな声を上げる。

「まあ、仕方ないじゃない」

傍らに立っていた美千子は、久志を宥《なだ》めるようにそう言った。

沖合いには、嘉門たちを乗せたプレジャーボートが浮かんでいた。船尾を見せていたボートがゆっくりと旋回し、船首をこちらに向ける。

そしてプレジャーボートが、透き通るようなコバルトブルーの海を、白い泡と波を立てて二つに裂きながら、ゆっくりと桟橋へと近づいてきた。

ボートの後部デッキに乗っている阿久津が、身を乗り出して手を振り、合図を送ってくる。

桟橋にボートが横付けされ、まず先に阿久津が降りてきて、黄色い花柄のハワイアン風のムームーに身を包んだ嘉門に手を貸して桟橋に下ろす。

続けて、ボートの操舵ハンドルを握っていた亀石が下りてくる。そして先に降りていた嘉門と、熱く抱擁《ほうよう》し合う様子を、カメラを構えた久志が回り込みながら撮影する。

「フリムン島チャンネルにようこそ！　今日は開発前の島の様子をリポートしまーす！」

嘉門がカメラに向かって、素人《しろうと》丸出しの不自然な抑揚《よくよう》と妙なテンションで科白《せりふ》を言う。

「どうかしら」

「うん、いいんじゃないかな」

はしゃいだ様子で問う嘉門に、亀石が白い歯を見せて笑う。

「ちょっと見せて」

嘉門にそう言われ、久志が録画ボタンをストップさせて、カメラごと嘉門に渡した。

「あなた、カメラマンの才能あるんじゃない？」

液晶ディスプレイで動画を確認し、亀石と一緒にその画面を覗き込みながら、嘉門が声を上げる。

「もういいですかね。作業に戻りたいんだが……」

迷惑そうな口調で久志が言う。

「あら、もう少し付き合ってくれてもいいじゃない。阿久津に撮らせるより、あなたの方がずっとセンスいいわ」

「確かに。阿久津はビデオカメラの操作も碌《ろく》に覚えられないからね。昨日はそのせいで、全然撮影にならなかった」

亀石が嘉門の言葉を継ぎ、桟橋の上で手持ち無沙汰《ぶさた》な様子で曖昧な笑みを浮かべている阿久津に向かって嫌味を言った。

「天気がいいうちに、この周辺の風景を何か所か撮っておきたいわ。私が水着で波打ち際にいるところもね」

「サービスショットだな」

亀石が肩を竦めて言う。

「宣伝のためですもの。再生数を稼がないと」

久志が美千子の方を振り向き、嘉門たちには気づかれないように、心からうんざりだというような表情を浮かべた。

これは、嘉門が開設する予定のグランピング施設の宣伝のために、動画サイトにアップする素材の撮影だった。

グランピング施設は、早ければ一年後くらいにはオープンするつもりらしいが、まだ手の入っていない島の様子を撮り、それを定期的にアップして、今から話題を作っておこうという思惑らしい。

その撮影を手伝ってくれないかと、昨晩、見晴らし亭にお願いにやってきたのは阿久津だった。

何でも、最初は阿久津がカメラマン役で撮っていたらしいのだが、カメラの扱いに手間取ったり、うっかり録《と》れていなかったというようなミスを何度か繰り返したせいで嘉門が切れてしまい、久志に手伝いを頼みに来たということだった。阿久津は何も言わなかったが、やはりそのことで亀石に暴力を振るわれた様子も見て取れた。

久志は断ったが、そうすると今朝になって、今度は嘉門が亀石を連れて直々《じきじき》に姿を現した。

「あなたたち、まだ地主から正式な許可を得ていないわよね」

開口一番、嘉門はそう言った。

「それは……」

久志が口籠《くちご》もる。

「こういうふうに生えている木を勝手に伐採したり、土地を均したり家を建てたりするのも全部違法よ。わかっているわよね」

造りかけの家を眺め回しながら、もったいぶった口調で嘉門が言う。背後に立っている亀石は、にやにやとした笑みを浮かべて、戸惑う久志と美千子を眺めていた。

「家を建てる許可は得ている」

「口約束でしょう?」

確かにそうだった。地主との交渉は、東京に住んでいる久志の弟に任せている。マンションを売ったお金と久志の退職金を使い、向こうが提示してきた条件や金額にも応じるつもりでいたが、未だに借地権の契約が成立したという連絡はない。

「前にも言ったけど、今、この島は売買の交渉中なのよ。近いうちに私のものになるわ」

その話は、以前に久志が嘉門らをエデンに案内する道すがらで聞いており、美千子も耳にしていた。どこまで信憑《しんぴょう》性のある話なのかはわからなかったが。

「私の主人の会社の担当者が、あなたの弟さんの借地権の交渉を止めているわ。売買契約が複雑化するからね」

それで交渉が遅れていたのか。

これだけ具体的な話が出てくるところを見ると、この島を嘉門が手に入れようというのは本気らしい。

「まあ、安心してくれていいわ。私は平和主義者だから、争い事は好まないの。あなたたち一家が、きちんと自分たちの立場をわきまえて私に協力してくれるなら、私がこの島を買ったら、借地権の交渉には応じてあげるわ。それに、いずれグランピング施設がオープンした暁《あかつき》には、管理人としてあなたたちを雇ってあげてもいいのよ。悪い話じゃないでしょ」

それには返事をせず、久志は様子を窺うように隣に座っていた美千子の顔を見てきた。

プライドの高い久志のことだ。こんな言われ方をするのは屈辱的な気分だろう。

ただ、嘉門の言っていることは理不尽には感じるが筋が通っていた。友好的な関係を築いておかないと、せっかく軌道に乗り出したこの生活も終わってしまう。

「でも、あの土岐とかいう医者崩れと、一緒にいる不倫女は許さないわ。後で泣いて謝ってきても、私が地主になったら、必ずあの二人は追い出すつもりよ」

そして、嘉門はぶつぶつと独り言つようにそんな言葉を付け加えた。

久志はエデンに案内してすぐに帰ってしまったが、どうやら余程《よほど》、初対面の時の土岐と咲良の印象が悪かったらしい。

「……わかりましたよ。とりあえずは、その撮影とやらを手伝えばいいんですね」

観念した様子で久志が言う。

「ありがとう。助かるわ」

相手を屈服させたことに満足したのか、嘉門はにっこりと笑ってそう言った。

「時計は持っているわよね。じゃあ、この後、午前十時に桟橋に集合で」

そして今、久志と美千子はこういう状況にいる。

付き合わせるのも可哀想だったので、諒はロビンと一緒に留守番をさせておいた。

「どうやら俺一人で十分なようだ。お前は先に家に戻っていてくれ」

嘉門と亀石が水着に着替えるために自分たちのテントに戻ったタイミングで、久志が美千子にそう言ってきた。

「何で俺がこんなこと……」

そして文句を言いながら、不安定な砂浜に脚立《きゃたつ》を立て始める。その上に乗って、少し俯瞰《ふかん》したところから撮影して欲しいとの指示だった。

阿久津は浜に座り込み、小道具に使うビニール製のシャチの形をした浮き袋に顔を真っ赤にして息を吹き込んでいる。阿久津は嘉門たちが一緒だと、殆ど喋らなかった。完全に主従関係ができあがってしまっているようで、見ていられないくらい気の毒に感じられた。

これ以上付き合っていても特にやることもなさそうだったし、嫌な気分にさせられるだけのような気もしたので、美千子は先に戻ることにした。置いてきた諒のことも心配だ。

桟橋に背を向けて砂地を歩き、見晴らし亭へと向かう。

今後、嘉門たちのくだらない用事に駆り出されることが多くなると、家造りの作業が遅れてしまう。

ただ、嘉門たちと良好な関係を結んでおいて、いずれそのグランピング施設がオープンした時に、管理人として雇ってもらえれば、定期的な現金収入もでき、この島での暮らしも安定する。

どこまで本気でそんなことを言っているのかもわからないし、何よりも嘉門の人柄は好きになれなかったが、そんな打算が、美千子や、もしかすると久志の中にもないとは言い切れない。

見晴らし亭に戻ると、諒は表に出した椅子に座って、ウクレレの練習をしていた。曲は『カイナマヒラ』だ。ハワイアンのスタンダードナンバーを、美千子が弾きやすくアレンジして、コードだけで弾き語りできるようにして教えてあげたものだ。もう数日の間、諒は熱心にこの曲を練習している。

「だいぶ上手になったわね」

美千子が声を掛けると、弦を押さえている指板を見ていた諒が顔を上げた。

「でもまだ、コードチェンジの時にリズムが途切れちゃって……」

「毎日練習していれば、すぐに思ったように弾けるようになるわ」

こんな会話を諒と交わせるのが嬉しかった。

諒の足下では、ロビンが尻尾を振りながら餌皿に頭を突っ込んでいる。昨夜の残りの白飯に、やはり残り物の汁を掛けたものだ。

再び諒が手元を見ながら練習を始め、美千子は造りかけの家を見上げた。

とりあえず仕上がっているのは、五メートル四方ほどのリビングと、同じくらいの大きさの家族三人の寝室だけだった。

リビングの方は、よく突き固めた土間床の端に、石を積んでモルタルで固めた竈と煙突を造っており、煮炊きなどの他、家族が集まって食事をしたりするスペースになっていた。

寝室には久志と諒が寝る二段ベッドと、美千子のベッドが置いてあるが、最近は、晴れた夜には諒は外に蚊帳《かや》付きのハンモックを吊して寝ることが多かった。

いずれは久志の書斎、諒の勉強部屋と増築していく予定だった。他にも納屋や鶏小屋なども作ろうと考えている。庭にはロビンの犬小屋や、菜園なども作る予定だった。

「父さんは？」

「嘉門さんたちの撮影を手伝っているわ」

「撮影？」

「何だか、動画サイトにアップする映像を撮っているんだって」

「ふうん……」

この島に来る前は、そんな動画サイトで、馬鹿なことをして奇声を発したり、ゲームの実況をしたりする配信者たちの映像を日がな一日、見ていたというのに、あまり興味もなさそうだ。

「今日はもう、作業はしないのかな」

「そうね。好きに過ごしたら」

「じゃあ、ロビンを連れてちょっと散歩に行ってくるよ」

散歩と聞いて、ロビンがハッとしたような表情を浮かべて餌皿から顔を上げる。

「あまり奥まで行かないようにね。危ないから……」

「大丈夫だよ」

諒は座っていた椅子の背凭《せもた》れにウクレレを立てかけると、ロビンを連れて飛び出して行った。

美千子は、そのウクレレを手にして諒が座っていた椅子に腰掛ける。

そして静かに弦を奏でてみた。

4

「この島にグランピング施設を造る?」

公則がそう問うと、咲良が頷いた。

「ええ、あの人たちはそう言っていたわ……ねえ、それ、私にも頂戴」

咲良はそう答えると、公則が齧《かじ》っているサトウキビの茎をねだってくる。

それを公則から受け取ると、咲良は躊躇う様子もなく噛みつぶされた茎の端を同じように齧った。

ガマの中にある寝床に横になり、二人は一糸纏《まと》わぬ姿で寄り添っていた。

すでに一度交わった後だった。土岐が怪しむ前に早めにエデンに帰したかったが、咲良はぐずぐずといつまでも動こうとしない。

「客なんか来るのかな。こんな辺鄙《へんぴ》な島に、そんな施設を造って……」

素直な疑問を公則は口にする。

「その嘉門っていう人、K島に別荘を持っているようなのよ。お金持ちや有名人の知り合いがしょっちゅう遊びに来るって言ってた。そういう人たちに斡旋《あっせん》するんじゃないかしら」

「ふうん」

何か特別なアクティビティかサービスでもなければ、わざわざ船で渡ってくるような場所だとは思えなかった。青い空と海が所望なら、K島で十分に事足りる。

何となくだが、その嘉門という人は、他に何か理由か目的があってグランピング施設を造ろうとしているのではないかと公則は感じた。

「ねえ、あなた……もしかして何かから逃げているんじゃないの」

公則の横顔を見つめていた咲良が、不意にそんなことを口にした。

「どうしてそう思うんです？」

できるだけ穏やかに、何でもない様子で返事をしたつもりだったが、口調のどこかに険《けん》があったのか、咲良は少し言葉を詰まらせた。

「でも、サイトウくんも困るんじゃない？　話のわかる相手じゃなさそうだったし……」

咲良のその言葉には答えず、公則はむっくりと上半身を起こした。

「何とか追い出せないかしら」

「その嘉門さんという人たちを？　どうやって」

「わからないけど……」

「むしろ、この島から出て行かなければならない事態になれば、それは咲良さん、あなたも望むところなのでは？」

体の関係を結んでから、咲良は土岐の目を盗んでは、しょっちゅうこのガマに通ってくるようになった。

会っても咲良が話すのは、殆どが土岐に対する愚痴や不満ばかりだった。この島から咲良たちを追い出そうとする者がいるなら、土岐はともかく、咲良は大喜びで島を出て行ってもおかしくない。

土岐との暮らしにすっかり嫌気が差している咲良が、島で暮らすことを消極的ながらも受け入れていることが、公則には不思議に感じられた。

「あなたが心配なのよ」

潤《うる》んだ瞳で公則を見ながら、咲良がそんなことを言い出す。

「何でも話してくれて構わないわ。私、絶対にそれでサイトウくんのことを嫌いになったりしないから」

「ありがとうございます。ただまあ、今はちょっと……そのうちに」

公則は素《そ》っ気《け》なくそう答えて誤魔化《ごまか》した。

咲良のことは信頼していないし、情も移っていない。うっかり自分が殺人犯だなどとは言えない。

「咲良さん、そろそろ戻った方がいいですよ」

「わかってるわ。だからそんなに邪険にしないで」

そう言って咲良は公則の首に腕を回し、甘えるように唇を重ねてきた。

仕方なく公則はそれに応じる。

「ねえ、エデンまで送って行ってくれないかしら」

「二人一緒にいるところを見られたら、土岐さんに疑われますよ」

「……わかってるわよ。何よ、冷たいわね」

口先を尖《とが》らせてぶつくさとそう言うと、咲良は脱ぎ散らかした下着やパーカなどを手にして、それらを身に着けた。

咲良が去って暫くしてから、公則も起き上がり、服を着て外に出た。

ガマの周辺に十数か所、仕掛けている罠《わな》を一つ一つ見て回ったが、今日はトカゲもカエルもヘビもネズミも掛かっていなかった。

公則は舌打ちする。一匹も収穫がないのは珍しかった。いずれも、木の枝の反動を利用した括《くく》り罠や、石の重しを使ったトラップなど、ごく簡単な仕掛けばかりだ。

島に辿り着いた最初の頃は、蛋白源《たんぱくげん》を手に入れるのに相当な苦労をしていたが、最近は、だいぶ効率よく、生きていくために必要なものを入手できるようになっていた。

難点は、島に住む人間が増えたせいで、海沿いに下りて行きにくくなったことだろうか。お陰で、比較的、食料として手に入れやすい貝類や海藻類、ヤドカリやヤシガニなどの甲殻《こうかく》類や、ハリに適当なエサをつけて岩の間に垂らしておけばいくらでも釣れた根魚なども入手できなくなってしまった。

ガマに戻ると、竈の中の白い灰を取り除き、底の方に赤く燃え残っていた炭に小枝をくべて火を起こした。

煤《すす》で真っ黒になり、ところどころ凹《へこ》んで変形した鍋に水を入れ、火に掛ける。

その小さな炎を眺めながら、公則は過去のことを思い出す。

荻野雅美を殺して逃げ始めてから、手元に持っていた現金は、あっという間に底を突きそうになっていた。本当は仙台《せんだい》か新潟《にいがた》くらいまで行きたいと思っていたが、盗んだ自転車では北関東辺りまでが限度だった。

パンクした自転車を乗り捨て、やっと行き着いたのが高崎《たかさき》の駅前だった。

すでに持ち金が五千円を切っていた公則は、入室に身分証の提示や会員登録の必要のないネットカフェを探し出し、通常より少し割高のビジター料金を払って個室に入った。

備え付けのシャワーを浴びてさっぱりすると、早速、個室にあるパソコンを使って、日雇い即払いのバイトを探した。働けるなら何でも良かった。すでにスマホも捨ててしまっていたので、ネットで仕事を探すつもりなら、こうするより他ない。見つからなければ、明日、再びネットカフェに泊まる金もなかった。

幸い、仕事はすぐに見つかった。

土工および足場組み立て工の手元見習い。若くて体力のある男性求む。学歴経験不問。履歴書持参で即採用。

電話で連絡はできないので、フリーメールで捨てアドを作り、問い合わせのメールを送信した。名前は適当に「斎藤」としておいた。ありふれた苗字なら何でもよかった。

返事は一時間足らずで戻ってきた。明日朝六時に履歴書持参で高崎駅東口に集合。ボディに会社名の書かれたワゴン車が停まっているから、運転手に声を掛けること。

先に事務所で面接か何かあると思っていたから、公則は面喰らった。今までバイトもしたことがなかったので多少の不安はあったが、この感じだと、あれこれと詮索《せんさく》されたり、面接した上で不採用ということもなさそうだ。

翌朝、指定された時間の十五分ほど前に駅前に行くと、確かに会社名の入ったワゴンが停まっていた。

「お前、家出か何かか？」

運転席の外に立って煙草を吸っていた、五十年輩の五分刈《ごぶが》り頭の男に、昨日メールを送ったサイトウですと告げると、男は公則を一瞥《いちべつ》し、そう言った。公則が着の身着のままで、全ての荷物を入れたバックパックを背負っていたからだろう。

「作業着は？」

「このままでいいです」

「マジかよ。汚れるぜ」

「構いません」

「履歴書は？」

「はい。ここに……」

慌てて公則は背負っているバックパックから履歴書を取り出す。公則と同じような境遇の人間が多いのか、履歴書はネットカフェの売店で売っていた。

「写真は？」

「すみません。すぐに用意できなくて……」

「じゃあ昼休みにでも撮ってくるんだな。証明写真の機械が見つからなかったら、プリクラでもいいぞ」

そう言うと、五分刈り男はろくに履歴書の内容も見ずに、それを雑に四つ折りして上着のポケットに入れた。

「あの……採用ということでいいんでしょうか」

「ん？　こんなの形だけだよ」

吸い終わった煙草を足下に捨て、靴の裏で踏み消しながら男は言う。

「書いてあること出鱈目《でたらめ》だろ？」

確かに、名前から生年月日、学歴や職歴の欄に至るまで実際とは違うことを書き込み、何を聞かれても大丈夫なように必死に内容を暗記してきたのだが、必要なかったようだ。

「いいんですか」

「どうせお前、一週間くらいでいなくなるんだろ」

それも図星だった。一週間程度働いて数万円の金ができたら、今度は西の方に向かうつもりだった。何でもお見通しのようだ。いや、数多《あまた》ある仕事やバイトの中から、わざわざこんなものを選ぶような者は、公則と同じように、すぐに金が必要か、あまり人に素性を知られたくないような訳ありの者が多いのかもしれない。

その日は、同じワゴン車に乗った数人の労働者と一緒に、山の上にある何に使われているのかもよくわからない鉄塔に連れて行かれた。一日中、トラックから降ろされた足場の材料を、フェンスで囲まれた鉄塔まで運ぶ仕事だった。単純かつ退屈で、体力もいる仕事だったが、言われたことを黙々とやっていれば時間が過ぎ、誰とも話をしなくていいのが逆に良かった。

昼には冷え切った弁当が現場に届けられ、仕事は夕方五時に終わった。

再びワゴン車に乗せられて高崎駅前で降ろされると、その場で日給が支払われた。

求人には日給九千円と書いてあったが、手渡されたのは七千円だった。明細を見ると、食費として千円、作業着等貸与で千円が引かれていた。あの安そうな弁当と、貸してもらった小汚い使い古しの保護帽と安全帯、そして支給されたペラペラの軍手の代金がそれかと思うと、ほんの少し苛ついたが、文句を言える筋合いではない。我慢して暫く働けばまとまった金になる。

「へえ、お前、よく今日も来たな。昨日、金を渡した時に不満そうな顔をしていたから、もう来ないと思っていたよ」

翌朝も公則が同じ時間に姿を現すと、五分刈り男は意外そうな顔をした。

それから一週間ほどの間は同じ鉄塔の現場が続き、そちらが終わると今度は下水処理場での浄化槽の清掃作業が入った。ドブのような臭いがひどく、乾いたヘドロの粉塵《ふんじん》が舞っていて、作業用のゴーグルと支給されたマスクを着けていても、昼には鼻の穴の中が真っ黒になった。

こちらは鉄塔の現場に比べれば体力的にはどうということはなかったが、途中でいなくなるやつは遥かに多かった。最後まで残っていたのは公則だけだった。

思っていたよりも働きやすかったので、公則は予定を延長して次の現場にも入ろうと考えていたが、ワゴン車で朝と夕方に送り迎えにくる例の五分刈り男が、車での移動中に、だんだんと公則に気安く話し掛けてくるようになり、「お前の顔、どこかで見たことがあるような気がするんだよなあ……」などと言い出したので、行くのをやめた。

後から男が気づいて警察に通報されると困るので、公則はこちらも馴染みになりつつあった駅前のネットカフェも引き払うことにした。

正味二十日ほど働いていたが、節約していたので、毎日のネットカフェでの滞在費などを差し引いても、六万円ほどが手元に残った。

駅近くのファストファッションの店で新たに服を買って着替え、公則は今度は西に向かうことに決めた。関西には中学生の頃に修学旅行で京都《きょうと》に行ったことがあるくらいで、大阪や神戸《こうべ》には旅行でも訪れたことがない。できるだけ、自分の過去と関わり合いのない土地に行きたいと思った。

何となく西を目指したのには理由がある。鉄塔の現場で三日間だけ一緒に作業をした、パチンコと風俗のことしか話題のない前歯が三本しかないおっさんから、大阪にある寄せ場のことを聞いたからだ。

それまでの公則の人生では、存在すら意識することのなかった場所だ。詳しいことはわからなかったが、日雇い労働者が集まる同様の寄せ場は、東京や横浜《よこはま》にもあるらしい。だが、自分が事件を起こしたところの近くには行きたくなかった。

大阪に行き、その辺りをうろうろしていれば、住み込みの仕事が見つかるのではないかという根拠のない期待があった。行き当たりばったりだが、今の公則の状況では、何をするにもそうなってしまう。自分の運を信じるしかなかった。

辿り着いた大阪では、正味一年ほどを過ごした。

高崎の時と同じようなパターンで、設備工事を請け負う会社を見つけた。幸いにその会社は寮を持っており、公則は例のサイトウという偽名を使い、会社の事務所と資材置き場の間にあるプレハブの建物の中に、自分だけの四畳半の個室を手に入れた。

ここでの暮らしは悪くなかったが、終わりも似たような形で訪れた。会社の同僚と一緒に近所のラーメン屋で晩酌《ばんしゃく》にビールを飲みながら夕食を摂っていたところ、店の壁に掛けられた液晶テレビに、「苅部公則」という本当の名前とともに公則の写真が映し出された。

「おい、サイトウ。お前、あの犯人にそっくりやな！　本人ちゃうか」

一緒にテーブルを囲んでいたうちの一人が、冗談でそんなことを言い出した。

「ホンマや。通報せな」

もう一人の同僚がそれを受けて笑って答える。

公則は腋《わき》の下にびっしょりと汗を掻きながら、「勘弁してくださいよ」と言って曖昧に笑ってみせた。テレビの画面からはすぐに公則の顔写真は消え、テーブルの方の話題もすぐに別のものに移ったが、もうここにはいられないと直感で思った。

その時のニュースの報道で、自分の情報に懸賞金が付いていることを、公則は初めて知った。有力な情報であれば、最大で三百万円まで支払われるという。

逃亡直後に比べればだいぶ体つきも逞しくなったし、生《なま》っ白《ちろ》かった肌も仕事で日に焼けていた。それだけでなく髭も生やし、常に眉毛を細く剃って整え、雰囲気を変えるように心掛けていた。薬局で買ったブリーチで、髪の毛も茶色く脱色している。それでも骨格や目鼻立ちは、整形でもしなければ変えようがない。

ラーメン屋から帰って貯金を数えると、六十万円ほどあった。半年ほどの間にコツコツと貯めた金だったが、預金通帳を作れないので全額現金だった。

必要最低限の品だけを手に、その日の夜のうちに公則は寮から逃げ出した。

どこか無人島のような場所で、人目に触れず、原始人同然のサバイバル生活をしたい。

公則がそう思うようになったのは、その頃からだった。

せっかく仕事を見つけても、また同じパターンで逃げ出すことになるのは目に見えていた。その度に緊張感やリスクを伴いながら人と接し、自分を隠して暮らすのが、そろそろつらくなってきていた。

寮を飛び出してから暫くの間は、日中は図書館を点々として過ごした。

退屈しのぎで手当たり次第にあらゆるジャンルの本を読んでいる時、公則はその本に出会った。

それはサバイバル手帳のような内容の本で、無人島での火の起こし方や、雪山で遭難した際のシェルターの作り方、砂漠での水の入手方法などから、小動物を捕獲するための罠の作り方、ヘビやカエルなどの捌《さば》き方、災害が起こった時の生き残りの手段まで微《び》に入《い》り細《さい》に入り解説されており、なかなか興味深い本だった。

図書館の検索機を使って調べてみると、同じような内容の本がいくつかヒットした。子供向けのたわいもない内容のものから、登山家や冒険家、果ては元傭兵《ようへい》が書いたような本格的なものまで多岐に亘《わた》り、食べられる植物に関する本や、ブッシュクラフトなどのアウトドア関連の本まで含めると、何十冊も見つかった。

公則は夢中になってそれらを読み漁《あさ》った。不思議とそれらの本を読んでいる間は、自分が置かれている境遇を忘れることができ、罪から逃れて自由に暮らす自分を想像することができた。

図書館が閉まる時間になると表に出て、繁華街の近くにある公園のベンチで夜を過ごした。その時に声を掛けられたのがきっかけで、一か月ほどの間だけホストの仕事をしたこともあったが、これは公則にとっては建設現場での肉体労働よりも遥かにきつい仕事だった。大量の酒を飲まなければならないことだけでなく、先輩後輩などの人間関係が濃厚過ぎて、店が借り上げている寮で他のホストと共同生活をしていても、ちっとも気が休まらなかった。身元バレなどの危機とは無関係に、自分から辞めた仕事はこれだけだった。

その後もネットカフェに泊まりながら人材派遣の短期のバイトで工場で働いたり、パチンコ店の住み込み店員の仕事を見つけて働いたりしたが、無人島への思いは、もはや抑えきれないほどに膨れ上がっていた。

大阪に来てから、そろそろ一年が経とうとしていた頃、公則は意を決して大阪南港からフェリーに乗り、沖縄本島へと移動した。

この頃になると、仕事を探したり寝泊まりする場所を見つけたりすることにも、だいぶ慣れてきていた。

公則は、具体的な無人島探しを始めた。図書館に通い、地図を睨み、ネットカフェや漫画喫茶に宿泊した時には、ネットを駆使して情報収集をした。

そして浮かび上がってきたのが、このフリムン島だった。

沖縄本島から、フリムン島の親島ともいえるK島までは定期便が出ていた。主に島の住民が利用するためのフェリーだったが、K島には釣りやスキューバ目当ての観光客も多いから、ここまでは何とか目立たずに移動できるだろう。

問題は、K島からフリムン島まで、海上をどうやって移動するかだった。

購入した地図を見ると、その距離はおよそ六キロメートルほどだ。小型のボートや漁船なら、およそ二十分から三十分ほどの距離だろう。泳いで渡るのは不可能だろうが、これなら方角さえ間違えず数時間もかければ、手漕ぎボートで到達できるのではないかと思った。

考えに考え、あれこれと調べて、公則はインフレータブルカヤックを使うことにした。

これは空気で膨らませるポータブルのカヤックで、一種のゴムボートだが、ゴム部分に厚みがあって非常にしっかりとした作りをしている。重さは折り畳みのパドルなどを含めると七、八キロになるが、一人乗り用のものなら、畳めばスーツケースに入れられるくらいの大きさになるから、目立たずにフェリーに持ち込むことができる。

これならばと公則は思った。無茶は承知だ。遊びではないから、もしこれで島に渡るのに失敗して漂流するなり死ぬなりしても構わないと思った。

これをどうやって入手するか。メーカー品の信頼のおける作りのものは、十数万円の値段がする。

沖縄本島内で店頭販売しているところがあるのかは不明だった。もし仮に売っていたとしても、個人経営の小さなマリンスポーツショップなどでは、顔を覚えられて、後々、足がついたりする恐れもある。

目星をつけた大手アウトドア用品メーカーの大型直営店が大阪にあり、そこに目当てのインフレータブルカヤックの店頭在庫があることを、電話で確認した。

これは一度、大阪に戻る必要がありそうだ。沖縄で働いて貯めた金を含め、手元には数十万円あった。その金でカヤックを買い、それを入れる大型のスーツケースを購入し、島で暮らすのに必要な道具を揃えることにした。

災害時やサバイバル時に、汚れた水を濾過《ろか》することができる浄水フィルター付きのボトル。火を起こすためのメタルマッチ。伐採などに使うケース入りの鉈《なた》。調理用具やナイフ。細くて丈夫な登山用のロープやシートなど。他にも島に持ち込むものを吟味《ぎんみ》しなくてはならない。カヤックで運ばなければならないから、できるだけコンパクトで軽量のものが必要だ。植物や魚介類の図鑑、以前に図書館で読み漁ったサバイバル本の中から、特に役に立ちそうだったものも購入して持って行った方がいいだろう。薬や包帯などの救急用品や、島での暮らしが安定するまでの間に飲むビタミンのサプリなども必要かもしれない。

島に渡ったら、もう金など必要ない。手元にある金を全て使い切るつもりで準備するべきだ。

そう考え、公則は一時、大阪に戻った。それが今から一年半ほど前のことだった。

5

咲良に隠れて、土岐がこっそりと肉を食っていることは、薄々察していた。

雑誌の取材や、それらの記事を見て島を訪れる人たちが、それまでにもエデンにやって来ることがあった。その際に手土産に置いていくコンビーフやスパム、鯖《さば》やサンマ、オイルサーディンの缶詰や、シチューやカレーのレトルトパックなどが、いつの間にかなくなっていることには気づいていた。

その度に土岐は、自分には必要のないものだから、サイトウや石毛家の人に譲ったとか、動物の死体を調理したものが入った缶詰やレトルトパックが、小屋の中にあると思うだけで気分が悪くなるから、外に捨ててきたなどの苦しい言い逃れをして誤魔化してきた。

もちろん、咲良がそんなことを鵜呑《うの》みにしていたわけではない。缶詰などを本当に譲ってもらったのかどうかはサイトウ本人に聞けばすぐにわかるし、どうせ空腹に堪えられなくなったか、肉食の誘惑を我慢できずにこっそりと食べているのだろうとは思っていた。

だがそれは、咲良の中にまだほんの少しだけ残っていた土岐への尊敬の気持ちや、かつて惹《ひ》かれたSNS上での「トキ」への幻想を終わらせるのに十分な意味を持っていた。

口の周りを肉の脂まみれにしてコンビーフの塊に齧《かじ》り付いている土岐の浅ましい姿を咲良が見てしまったのは、夜更けのことだった。

いつもは比較的眠りの深い咲良がふと目を覚ますと、隣のベッドに寝ている筈の土岐の姿がなかった。

不審に思い、咲良は起き上がると、足音を立てないようにそっと寝室から出て、今はリビングになっている、最初にここに建っていたブロック積みの小屋の中に入った。そこにも土岐はおらず、何となく勘の働いた咲良は、小屋を出て湧き水の方へと足を向けた。

そこに土岐がいた。月明かりを浴び、湧き水の傍らに跪《ひざまず》いて、一心不乱にコンビーフらしきものに齧り付いている。その目は血走って爛々《らんらん》と輝いているように見え、口から涎《よだれ》を垂らしながら肉を齧っている土岐の姿は、さながら野良犬を思わせた。

実際に目の当たりにすると、やはりショックが大きかった。

そのまま見なかったことにしてこっそりと小屋に戻ろうとした時、不意に足下にある小枝を踏んで音を立ててしまった。

「咲良か？」

慌てた様子で土岐が手からコンビーフの缶を放り出し、顔を上げる。少し離れたところに立っていた咲良と目が合う。

思わず咲良はその場から走って逃げ出した。

「待ってくれ。これは誤解だ」

背後から声がし、土岐が追ってくる。

小屋の中に入ろうとしたところで手首を摑まれた。

「違うんだ。肉を食っていたわけじゃない」

「だったら何をしていたの」

「その……捨てる前に中身を改めようと思って……」

苦しい言い訳だった。土岐もそれがわかっているのか、困ったような表情をしている。

「嘘よ」

「嘘じゃない。……いや、もうやめよう。確かに僕は缶詰の肉を食っていた」

観念したのか、土岐が頭を左右に振り、それを認めた。

そして小屋に入り、机の上に置いてあったランタンに火を付ける。

月明かりが出ていて、深夜とはいっても外は十分に明るかったが、ランタンに火が入ると、オレンジ色のぼんやりとした明かりで部屋の中が照らされた。

「この島に来てから、ろくに腹いっぱい食べていない。だから誘惑に負けてしまった。それは謝る。だが僕は、自分の主義を曲げたわけじゃない」

何を言っているのだ、この男は。話の内容が矛盾している。

「仕方ないんだ。理想の生活を実現する前に力尽きてしまっては……」

「今までも、こっそり食べていたわよね」

「それは……」

「気づいていたわよ。でも私は、この島で暮らすようになってからも、肉も魚も一切、口にしなかったわ。どんなに空腹だったとしてもね！」

言いながら涙が出てきた。サイトウのガマに行った際に干し肉を勧められた時も、咲良は固辞したのだ。たとえ土岐の知らないところでサイトウと関係を持っていたとしても、それだけは自分にとって破ってはいけないルールだった。

「それは……すまない」

「すまないじゃないわよ！　このペテン師！」

泣きながら、思わず荒々しい声が出た。こんなふうに声を張り上げて土岐を罵《ののし》るのは初めてだった。

「そんな言い方は……」

「うるさい！　うるさいうるさい！」

一度堰《せき》を切ってしまうと、これまで溜めに溜めてきた土岐への不満が、一気に噴出した。

感情の赴《おもむ》くまま、咲良は手当たり次第に棚をひっくり返し、椅子を壁に投げつけた。

「何をやってるんだ！」

土岐が咲良を止めようとして肩を摑む。

「触るな！」

思わずそう叫び、咲良はテーブルの上に載っていたティーポットを手にして、それを力任せに土岐の顔に投げつけた。

咄嗟《とっさ》に土岐は両腕で顔を守ったが、ポットの中身がぶちまけられた。紅茶まみれになった土岐が、呻《うめ》き声を上げて後退《あとずさ》る。

それでほんの少しだけ咲良は冷静になったが、机の上にあるノートが目に入り、再び気分が逆上した。

それは土岐が、ずっと書き溜めているこの島での生活の記録や、自然哲学的考察に関するメモだった。いつか本として出版するためのものだ。

どうせ中身は嘘八百だ。自分を美化し、大きく見せるための詭弁《きべん》に満ちた文章が、独りよがりでナルシスティックな表現で書かれているだけだ。

咲良はそれを手にし、真《ま》っ二《ぷた》つに引き裂こうとした。

「やめろっ」

狼狽《うろた》えていた土岐が鋭くそう言い放ち、慌ててノートを手にしている咲良の腕を摑んだ。

「それに手を出すな！」

土岐の手には力が籠もっており、今度は加減がなかった。

「こんなもの……！」

それでもなお、ノートを手放さない咲良に向かって、土岐が手を振り上げた。そして強く咲良の顔を張る。

「痛いっ」

その勢いで、咲良は床の上に倒れた。

何とかノートを守り抜いた土岐がそれを大事そうに体の後ろに隠す。

「とうとう手を上げたわね。最低よ！」

「悪いのは君じゃないか。やっていいことと悪いことがある」

土岐も負けずに声を張り上げる。

「僕がこのノートをどんなに大事にしているか知っているだろう」

「そんなものが？」

堪えきれず、咲良は嘲笑《あざわら》うような口調になる。

「じゃあ私は、そんな紙切れや、そこに書かれた戯《ざ》れ言《ごと》以下の存在ってわけね」

「戯れ言だと？」

「そうよ。SNSでちょっと人気があったからって勘違いしているのかもしれないけど、あなたの書く文章に、出版して世に問うような価値なんてないわ」

手にしているノートを強く握り、土岐が歯軋《はぎし》りする音が、暗い小屋の中に響く。

「うんざりよ。あなたとはもう一緒にはいられないわ」

「だったらどうするっていうんだ」

「ガマに行くわ」

「ガマ?」

一瞬、訝《いぶか》しげな表情を土岐が浮かべる。

「サイトウくんが住んでいるところよ」

「何であいつの住んでいる場所なんて知っているんだ」

困惑したように土岐が言う。

「あなたの知らないところで、もう何度も会っているわ。サイトウくんは、あなたと違って若いし、ずっと頼りになるわ」

小屋の中で呆然と立ち尽くす土岐を、床に倒れたままの姿勢で咲良は睨みつける。勝ち誇ったような気分だった。

ランタンの小さな炎が、紅茶で濡れた土岐の表情に影を作り、それが不気味に揺らめいている。

じっと咲良を見下ろしたまま小刻みに震えていた土岐が、押し殺した声を上げた。

「……出て行け」

「言われなくても出て行くわ」

「この小屋の中にあるものは、全て僕のものだ。何も持って行くな」

「ふん。馬鹿みたい。しょうもない男」

咲良の捨て台詞《ぜりふ》を、土岐は唇を噛むようにして我慢して聞いている。

今まで溜め込んでいた分、もう二言三言、罵ってやろうかと咲良は口を開いたが、土岐の瞳に宿っている暗い光に、冷たいものが背筋に走った。これ以上、何か余計なことを言って土岐のプライドを傷付けるようなことをすれば、何をされるかわからない。そんな怖さを感じた。

本当は着替えくらいは持って出て行きたかったが、そのまま咲良は無言で小屋を飛び出し、エデンを後にした。

喧嘩の直後で興奮していたが、不思議とすっきりしていた。これでもう、我慢して土岐と一緒にいる理由もなくなった。島を出るのも自由だ。お金もないし、島を出たとしても頼る相手はいないが、何か方法がある筈だ。

もしかしたらサイトウが現金を隠し持っているかもしれない。サイトウを説得し、一緒に島を出るという線もあり得る。

嘉門たちは、元々、咲良を島から追い出したがっていたから、少しくらい立ち退《の》き料を請求できないだろうか。彼らが乗ってきたプレジャーボートで、K島までは行けるだろう。一度、郵便桟橋の近くに立っている彼女らのテントを訪問してみるべきか。

暗い道をガマに向かって歩きながら、咲良はそんなことを考える。

やっと咲良が自分一人のものになることを、サイトウは喜んでくれるだろうか。

6

「あなた、最近ちょっと、おかしいわよ」

朝食を済ませ、諒が日課であるロビンの散歩に出掛けて二人きりになると、美千子は早速、久志に向かってそう切り出した。

二日酔いで頭痛がすると言って、久志は朝食にも殆ど手を付けず、薄めに淹れたコーヒーばかりを啜《すす》っている。昨晩も、ずいぶんと帰りが遅かった。

このところは、二、三日置きに嘉門たちに呼び出され、例の動画撮影や、阿久津と一緒に、オープンデッキや、新しく作るという薪ストーブ付きの浴槽を設置する作業まで手伝わされているらしい。

手伝いの後は、打ち上げと称して嘉門たちのテントに招かれ、夜遅くまで飲んで帰ってくることが多くなった。いくら人の少ないこの島でも、諒と二人きりで、夜も更けて暗い中、久志の帰りを待っているのは不安だったし、当の久志も酔って帰ってきた翌日は昼まで寝室で倒れていたりするので、見晴らし亭の作業の方は、すっかり停滞してしまっていた。

そのことも不満ではあったが、どうも様子がおかしいと美千子は感じ始めていた。

昨晩も、阿久津に肩を担がれて、久志は見晴らし亭に帰ってきた。

泥酔しているように見え、妙に機嫌が良くて、何を見てもゲラゲラと大声を上げて笑った。そんな酔っ払い方をしている久志は今まで見たことがなかったし、そもそも前後不覚になるまで酒を飲むような人でもないのだ。

「わかっている。次からは少し控えるよ」

面倒くさそうに久志はそう答えた。

それ以上、もう小言は受け付けたくないというような素振りだったが、少し強い調子で美千子は続けた。

「撮影や作業を手伝わされるのは仕方ないけど、お酒はもう断って」

「付き合いなんだ。そういうわけにはいかない。相手は将来の地主様だぞ」

やや投げやりな調子で久志が言う。

「それにしたって……」

「グランピング施設がオープンしたら、俺たち一家を管理人として雇ってくれると言っている。それも教師をやっていた時の三倍近い給料でだ」

「ねえ、それって重要なこと？」

話題を終わらせたがっている様子の久志に向かって、なおも美千子は言う。

「この島での生活の安定とか、お金のことよりも、引き籠もっていた諒を社会復帰させるのが、この島に来た目的でしょう？　嘉門さんたちと折り合いが付かないなら、一度、東京に戻ってから仕切り直したって……」

「うるさいな。俺のやり方にいちいち口を挟まないでくれ」

久志はそう言うと、カップに残っているコーヒーを飲み干し、テーブルから立ち上がった。

「家族や諒の将来にとって何がいいか、俺はいつも考えながら必死にやっているんだ。嘉門さんたちとの関係を良好にしておこうと俺が嫌な思いや苦労をしている間、お前や諒は、ここでのんびりと待っているだけじゃないか」

「そんな……」

「とにかく、この話はもう終わりだ」

言うだけ言うと、久志はさっさと寝室に入って行き、ふて寝してしまった。

小さく溜息をつき、美千子はテーブルの上に並べられた朝食の皿を片付け始める。

久志の話によると、嘉門たちが寝泊まりしている、郵便桟橋近くの砂地に立っているキャビン型の大きなテントの中には、清潔なシーツの掛かったダブルサイズのベッドがあり、クロスの掛かったテーブルや椅子、化粧台などもあるという。

また、通常のキッチン並みの火力が出るカートリッジ式のガスバーナーや発電機なども備えていた。食材などを冷やしておくだけでなく、製氷もできるという充電式のクーラーボックスまであり、生活インフラのまったく整備されていないこの島で、考えられないほど快適な生活を送っているようだった。

嘉門が連れている、亀石という名の体格の良い方の従者は料理も得意らしく、真空パックされたA5ランクの近江《おうみ》牛のステーキなど、聞いているだけで涎《よだれ》が出そうな料理を久志も振る舞われているらしい。

やがて諒がロビンの散歩から戻ってきて、早速、リビングとして使っている小屋の壁に掛けられているウクレレを手に取り、椅子に座って練習を始めようとした。

「お父さんが寝室で横になっているから、練習するなら表でして」

弦を爪弾き始めた諒に、唇に人差し指を当てて美千子は言う。

「今日も一日お休み？」

眉間に皺《しわ》を寄せて諒が言う。

小屋の細かい部分の仕上げや、別棟として建てている納屋、ロビンのための犬小屋など、このところ作業が遅れ気味なのを諒も気に掛けており、久志が嘉門たちとの作業を優先していることに、少し不満を感じているようだった。

「仕方ないのよ」

そう言って美千子は諒を促して表に出た。小屋の前の庭には細長いベンチが作ってあり、並んでそれに腰掛ける。そしてウクレレを練習する諒に、あれこれと美千子がアドバイスする。練習しているうちにだいぶ弾きこなせるようになってきた。

「ねえ、父さんって、昔は煙草を吸っていたんだよね」

指先で弦を掻き鳴らしながら、諒が妙なことを問うてきた。

「そうね。諒が生まれる前まではね」

久志は元々は喫煙者だったが、美千子が妊娠、つまり、諒をお腹の中に授かったのをきっかけにやめていた。だから、もう禁煙して十五年以上になる。

「じゃあ、また吸い始めたのかな」

「どういうこと」

訝しく思い、美千子は問い返す。

「嘉門さんたちの畑の近くで吸ってるのを見たんだ」

「畑？」

そんな話は初耳だった。

「島の北側の奥の、ちょっとわかりにくいところにあるんだけど、ロビンと一緒に探検している時に見つけた。きっと父さんの匂いがしたからだろうけど」

「行ったことあるの？」

「二、三回だけね。ここからだと遠いから……」

「何の畑？」

「さあ？　よくわからなかったけれど、大きめのプランターが百個くらい並んでいたな」

「そこにお父さんがいたのね？」

「うん。阿久津さんもいた。休憩中だったのかな。一緒に煙草を吸っていて……」

「声は掛けたの？」

諒は首を横に振る。

「あまり遠くまで出歩くなって父さんには言われていたから、怒られるかと思って」

「諒、そのこと、お母さんの他にも誰かに話した？」

声を潜め、美千子は問う。その真剣な様子に、諒も不安に駆られたような表情で首を横に振った。

「誰にも言ってないけど……」

「お父さん本人にも？」

「うん」

美千子は少しほっとする。

「よかった。だったら、誰にも言わないように約束して。それから、その畑にも、もう行ったら駄目。わかった？」

「わかったけど……」

「じゃあ、このことは一旦、忘れましょう」

努《つと》めて明るい声を出し、美千子は嫌な予感を振り払う。

「うん」

困惑した様子で諒が頷く。そして再び、ウクレレの練習を始めたが、奏でられる音色は、先ほど比べると、どこか弱々しかった。

7

困ったことになったな。

エデンを飛び出して咲良がガマにやってきた時、真っ先に公則が抱いた感想がそれだった。

咲良は妙に興奮していて、これからはここに住むと言い出した。正直言って迷惑だったが、咲良は居座ってしまった。

土岐と喧嘩をした咲良が、愚痴を言いにガマに姿を現したことは何度かあったが、今回は少し深刻な様子だった。どうやら、公則と関係を持ったことを、売り言葉に買い言葉で土岐に喋ってしまったらしい。

咲良は清々したと言っていたが、公則は頭を抱えたい気分だった。咲良が妙に甘えて絡んでこようとするのも、心底鬱陶しく感じる。

とりあえず咲良が、このガマの場所を土岐に話していないらしいことだけが救いだったが、本気で探し始めれば、数日とかからずに見つかるだろう。

どうするべきだろうか。土岐が咲良に愛想《あいそ》を尽かしているのならいいのだが、恨みに思っているのなら、この島に潜んでいる公則のことを、他人に話してしまうかもしれない。

それにしても咲良は、よく食う上に、ちっとも働かなかった。すっかり公則を頼り切っていて、日中はガマの寝床でごろごろし、夜は公則の体を求めてくるばかりだ。あの土岐という男も大概だったが、よくこれで無人島で暮らそうなどと思ったものだ。

珍しく、自分が苛々していることに公則は気がついた。これでは早晩、自分も土岐と同じようにストレスが溜まり、咲良との間に諍《いさか》いが生じるだろう。そうしたら今度は、咲良はどうするのだろう。土岐と寄りを戻すのか？　それとも島に新しくやってきた嘉門とかいう女のグループを頼るのだろうか。

毎日、午前中に見て回る括り罠や石のトラップの数か所目に、ウシガエルらしき大型のカエルが掛かっていた。見慣れた得物だ。こいつがいるからには、島のどこかに繁殖《はんしょく》可能な池か何かがある筈なのだが、今のところ公則は見つけられていない。

すぐにその場で両脚を束ねて持ち、石に頭を叩き付けて絶命させる。ナイフで軽く皮に切れ目を入れて剝ぎ、内臓を取り去って袋に入れた。

続けて数か所回ったが、後は体長十五センチ程度のトカゲが三匹ほど手に入っただけだった。

そういえば咲良は、あれほど固辞していた肉食を拒まなくなった。そこからも、土岐との間に深刻な仲違いがあったことが察せられる。

公則は、島にいる他のグループのように、島外から物資を入手しているわけではないから、食糧事情は遥かにシビアだった。自分自身が食うだけで精一杯で、正直、咲良まで食わしていく余裕はない。

あなたに守ってもらいたい。

これからはあなた一人だけのものよ。

体を絡めながら、咲良は聞いただけで耳が腐りそうな、そんな言葉を囁《ささや》いていた。

トカゲを締めようとしていたナイフに思わず力が籠もり、首筋を切るだけのつもりが首ごと切り落としてしまった。ぽたりぽたりと血が数滴、切り口から落ちる。

腰のベルトにぶら下げている袋にそれを放り込み、公則は次の罠の場所へと向かった。

そこで、妙な得物《えもの》が掛かっているのを見つけた。

犬だ。

雑種のようだが、小型犬の血が混じっているのか、さほど大きくはない。

細引きに前脚を括《くく》られ、きゃんきゃんと吠えている。まだ元気だから、罠に掛かってから、さほどの時間は経っていないようだ。

犬が暴れて引っ張る度に、罠を仕掛けた背の低い木の枝が揺れ、葉がざわめく。

この島で犬を見るのは初めてだった。

以前に調べたところでは、この島には野犬もいるし、野性の山羊《やぎ》や豚もいるらしいが、これまで足跡や糞のような痕跡すらも発見したことはない。

するとこの犬は、例の石毛家が飼っているという犬か。飼い主とはぐれて、こんな島の奥まで迷い込んできたのだろうか。

公則の存在に気づき、犬が唸《うな》り声を上げ始めた。

犬の肉は旨いと聞いたことがある。その味を思い浮かべ、公則の口の中にじんわりと唾液が溢れてくる。

罠を外す前に止《とど》めを刺すべきか。だが、公則は犬を殺したことなどないし、ましてや血抜きや解体をどのような手順で行ったら良いかもわからない。島に持ち込んだサバイバルに関する本にも、せいぜいヘビやカエル、鳥やウサギの捌《さば》き方くらいまでしか載っていなかった。

それに、やはり犬を殺すのは躊躇《ちゅうちょ》があった。子供の頃、実家で犬を飼っていたことがあるせいかもしれない。

だが、島で生きていくには、そんな甘い考えは捨てなければならない。

第一、自分は犬どころか人を殺《あや》めているではないか。そう考え直し、公則は腰のベルトのケースに収めている鉈の柄《つか》を握った。

可哀そうだから、できるだけ苦しめないよう即死させてやらなければ。やはり首筋の頸動脈《けいどうみゃく》を狙って切るか。血抜きしたり皮を剝いだりするのは、試行錯誤すれば何とかなるだろう。どちらにせよ、覚えておいた方がいい技術だ。

「おーい、ロビン！　どこ行ったんだよ」

その時、藪の向こうから声がした。男の……いや、少年の声だ。

それまで公則を警戒して唸り続けていた犬が、その声の主を呼ぶように、甲高《かんだか》いきゃんきゃんとした吠え声を上げ始めた。

公則が半分ケースから抜きかけていた鉈を元に戻すのと、藪の間から十四、五歳の少年が姿を現したのが、ほぼ同時だった。

少年が、驚いたような表情を浮かべ、動きを止める。

おそらく石毛家の一人息子である諒という少年だろう。

咲良から話だけは聞いていた。断崖から遠目に姿を見かけたこともあったが、こういうふうに接触するのは初めてだった。

「……ロビンに何をしている」

少年が、押し殺すような声を上げた。緊張しているのか、どこか声が上ずっている。

「何もしていない」

脅かさないように、公則は努めてゆっくりと声を発しながら、何も持っていないことを示すために両手を挙げる。ロビンというのは、この犬の名前だろう。

「仕掛けていた罠に、勝手にこの犬が掛かったんだ。今、紐を解《ほど》いて助けようとしていた」

鉈を打ち下ろして締めてしまう前でよかった。ほんの数分のタッチの差だった。

「だったら早くしてよ！」

少年が声を上げる。

公則は頷き、ロビンという名前のその犬の前脚を括っている細引きに手を伸ばす。

途端にロビンが火が付いたように吠え始める。うっかり前脚にでも触れようものなら、噛みつい てきかねない勢いだった。

「これでは外せない。宥《なだ》めてやってくれないか」

心配そうにロビンを見ていた少年が頷き、傍らにやってくる。

「大丈夫。今、外してあげるからね」

少年が背を撫でてやると、途端にロビンは大人しくなった。尻尾を振り、今度は甘えるように喉を鳴らし始める。だいぶこの少年に懐いているようだ。

少年が胴を抱えるようにして前脚を上げさせ、締め付けている細引きを公則が外す。幸いに、大きな怪我などはしていない様子だった。

「君は……石毛さんのところの諒くん？」

公則は問うてみる。

「何で僕の名前を知っているのさ」

警戒する様子で少年が答える。

「それは……」

「誰かに教えてもらったね。たぶん、土岐さんか咲良さんだ」

「ああ、そうだ」

「やっぱりね。土岐さんたちとは、前から知り合いなんでしょう？」

まるで、公則の存在を以前から察していたかのような口調だった。

「何だかおかしいと思っていたんだ。他にも誰か、この島にいるんじゃないかって……」

「僕の名前はサイトウという」

慎重に公則は口を開く。

「誤解しないで欲しいんだが、僕は危険な人間ではない。そっとしておいて欲しいだけなんだ」

果たしてそんな物言いが通じるかどうかもわからなかったが、一応、公則はそう言った。

諒は思案するような素振りを見せている。

「サイトウくん?」

そこに、咲良の声が聞こえてきた。

思わず公則はそちらを振り向く。

公則が貸してやった襟付きのシャツに短パン姿の咲良がそこに立っていた。

「咲良さん?」

ロビンを抱えたままの諒が訝しげな声を出した。

「何だか人と言い争う声が聞こえてきたから……」

罠はガマの半径二十メートル以内といった程度のところに点在して仕掛けてある。ちょっと大きな声を上げれば、人の話し声は、この密林の中ではよく通る。

「諒くんが、何でここに?」

「おばさんこそ、何でこんなところにいるのさ」

おばさんと呼ばれ、咲良は少しだけむっとした表情を浮かべた。

「エデンに住んでいるんじゃなかったの?」

諒の言葉に詮索めいたところはない。純粋に、こんなところで咲良に会ったのを不思議に思っているようだった。

「それは、いろいろとあって……」

「最近は水汲みに行っても、エデンには土岐さんしかいないみたいだし、何かあったのかなって父さんと話していたんだ」

公則は咲良と顔を見合わせる。

「どんな様子だった？」

咲良が探りを入れるように問う。

「土岐さん？　前とあまり変わらないけど……。僕や父さんが挨拶しても、だいたい無視されるし」

土岐が日中、このガマの場所を探し回っているのではないかと咲良は懸念していたから、様子を知りたかったのだろうが、これだけでは何もわからなかった。

「ロビン、ちょっとだけ擦り剝《む》いてる」

ふと諒がそう呟いた。見ると確かに、犬の前脚の毛に、少しだけ血が滲んでいる。

「この犬が、括り罠に引っ掛かっていたんだ」

公則が咲良に説明する。

「手当てした方がいいんじゃない？　化膿《かのう》したら大変……」

咲良が余計なことを言い出したので、心の内で公則は舌打ちしそうになる。

「薬があるの？」

「ええ」

できれば隠れ処にしているガマのことは諒には知られたくなかった。咲良は何日か滞在しているうちに、ガマのことを知っているのが自分と公則だけということをうっかり失念してしまっていたのだろう。

「こっちよ」

公則が文句を言おうかと口を開く前に、咲良が先に立って歩き始めた。

これで犬の前脚の手当てを拒否したら、怪我をさせたのが公則なだけに、諒の反感を買ってしまう。

仕方なく、公則も後に続いた。どうせいつかは石毛家の誰かにも存在を知られることになるだろうと覚悟はしていたのだ。そのタイミングが今だったというだけだ。

ガジュマルの気根《きこん》で隠されたガマの入口の裂け目をくぐると、諒が中の様子を見て感嘆の声を上げた。公則は、この島に住んでいる誰よりも原始的な生活を営んでいる。洞窟の住処は、まさにその極みだった。

「諒くんは、コーヒーは飲める？」

「はい」

咲良がお湯を沸かし始め、公則は防水バッグから薬の入った箱を取り出すと、ロビンの手当てを始めた。

やはり、ほんの少しだけ擦り剝いていたが、大したことはなさそうだった。人間の薬が犬にも効くのかどうかは知らないが、一応、消毒して化膿止めの抗生物質入りの軟膏《なんこう》を塗ってやり、簡単にガーゼを当てて包帯を巻いた。

手当てを終えると、ロビンは勢いよく諒の傍らに駆けて行った。治療は必要なかったのではないかというくらい元気だ。

「サイトウさん」

出されたコーヒーの湯気を吹いて冷ましながら、諒が言う。

「何だ」

「どうしてみんなから隠れて暮らしているの?」

「それは……」

「サイトウくんは、一人で静かに暮らしたいと思っているのよ」

フォローのつもりか、咲良が口を挟んだ。

「私や土岐さんが、この島に来るずっと前から、サイトウくんはここで暮らしているの。それを邪魔したくないから、私も土岐さんも、サイトウくんの存在は知っていたけど、黙っていたの」

「ふうん」

諒は納得いかないような表情を浮かべる。

「でも、いずれうちの親にも、嘉門さんたちにも気づかれると思うよ」

「だろうな」

唸るように公則はそう呟いた。

「ねえ、これは提案なんだけど……」

ここぞとばかりに咲良が口を挟んできた。

「一度、この島を出た方がいいんじゃないかしら。K島から沖縄本島に戻って、一度、態勢を立て直してから……隠れて暮らすにしても、他にもっといい場所があるかもしれないし……」

「どうやって？　僕はもう、できるだけ人目に触れたくない。この島に来るのだって苦労したんだ」

「でも……」

「もう少しだけ様子を見る」

公則は静かにそう答えた。

咲良はがっかりしたような表情を浮かべたが、もし島からこっそり出て行くにしても、その時は公則一人のつもりだった。

「なあ、諒くん」

そして公則は、諒の方に向き直って言う。

「君は、家に戻ったら、ご両親に僕のことを言うかい？」

「わからない。でも、たぶん言わないよ」

少し考えてから、諒はそう答えた。

「言っても何も得しないし、僕は別にサイトウさんに何かされたわけでもない。サイトウさんもその方がいいんでしょう？」

「ありがとう」

「それから、もし土岐さんに会っても……」

そこに慌てて咲良が付け加えた。

「私がサイトウくんと一緒にいたことは言わないでくれないかな。それに、この場所のことも」

今頃になって、このガマが隠れ処だということや、土岐が探しているかもしれないことを思い出したか。

「お願いだ」

公則の言葉に、諒が頷く。

「わかったよ。約束する。どっちみち僕は、土岐さんと話すこともなさそうだし」

その返事に、ほっとしたように咲良が胸に手を当てる。

「お礼は何もできないが、もし君に何か困ったことが起こったら遠慮なく言ってくれ。必ず手助けする」

「たぶん、何もないと思うけどね」

そう言うと諒は立ち上がった。

「道はわかるか？　途中まで送って行った方がいいなら……」

「大丈夫。ロビンがいるから、島のどこにいても必ず家に戻れる」

「そうか」

公則がそう答えた途端、諒が抱いていたロビンがその手の中から飛び出し、ガマの出入口に向かってちょこちょこと走って行った。

「じゃあ。コーヒーごちそうさまでした」

その後を追うように、諒がガマから出て行く。

「参ったな……」

諒がいなくなって暫くしてから、公則はそう呟き、大きな溜息をついた。

「たぶん、遠くないうちに島にいる人たち全員に僕の存在が知られる」

諒が黙っていてくれるとは限らないし、いつまでも隠れ続けることはできそうにないと感じた。

「だから、早いうちに島から出た方が……」

「咲良さん、君は僕と一緒に付いいてくる気か？」

「ええ、そのつもりだけど……」

「僕が何者なのかも知らないのに？」

「何者だって構わないわ。あなたが悪人じゃないことは、私はよく知っているもの」

咲良の言葉に、公則は苦笑いを浮かべた。

この女は、まるっきり何もわかっていない。

8

「雇用上の契約があって、僕は逃げたくても逃げられないんです」

見晴らし亭のリビングの椅子に腰掛け、先ほどから阿久津は、聞いてもいないことをずっと喋り続けている。

早く帰ってくれないかしら。

そわそわとした気分で、美千子はそう考えていた。

阿久津と二人きりなのは、どうも落ち着かない。

「嘉門さんも亀石も、K島に僕を連れて行ったら逃げ出すと思っている。だから、二人がK島の別荘に戻る時も、僕は置き去りなんです」

内容は、聞いているだけでげんなりしそうな、嘉門や亀石に対する愚痴ばかりだった。

特にこれといった用もなく見晴らし亭に阿久津が来る頻度は、どんどん多くなってきている。

それも、このところは久志や諒がいない時を狙って来ているような節があって、それも気持ちが悪かった。

適当に阿久津の話を聞き流しながら、美千子は洗濯物を取り込んだり、それを畳んだりして、できるだけ忙しそうに振る舞っている。

その一挙手一投足を、じっと阿久津が見つめているのを感じた。

久志は例によって、嘉門たちの用事に付き合わされている。阿久津は余程役に立たないのか、最近は撮影などで嘉門たちが留守の間は、テントに居残って他の作業や下働きをしているらしい。つまり、今ここに阿久津がいるということは、それすらもさぼっているということだ。

「そんなの法律的に認められないんじゃないの？　辞めたいのに辞められないなんて、それじゃまるで……」

「ええ、奴隷《どれい》ですよ」

椅子に腰掛けたまま、阿久津が頭を左右に振る。同情を誘うような素振りだった。

「だが、この島には客観的に物事を見て取り締まってくれる人はいない。僕がいくら不平を訴えても、嘉門さんが聞く耳を持つわけがありません」

阿久津はずっとこの調子で、美千子が出してやったコーヒーを片手に、椅子に座ったまま、もう一時間以上も喋り続けている。

せめてこちらの家事でも手伝ってくれるなら、愚痴くらい駄賃代わりに聞いてやってもいいのだが、美千子がせわしなく目の前を行ったり来たりしていても、何かしようという発想すら浮かばないらしい。

嘉門に疎《うと》まれたり、亀石に侮《あなど》られたりするのも、そういうところがあるからだろう。たぶん、仕事もあまりできなかったのではないだろうか。見たところ容姿は悪くないから、それで嘉門には気に入られていたのに違いない。おそらく、亀石が現れるまでは。

何もかも満たされた文化的な生活の中であれば、阿久津の頼りなさも、嘉門の母性本能をくすぐるものがあったのかもしれないが、この島での生活は、ある意味でそこに住む人間の本性や愚かさを浮き彫りにしてしまう。

それにしても、阿久津は何でそんなにつらい思いをしているのに、我慢して嘉門や亀石と一緒にいるのか。それが不思議だった。本気で離れようと思うなら、手段がないわけではない。定期的にやってくる照屋の船に乗せてもらってK島に逃げるとか、金がないなら警察に保護してもらうとか、やりようはある筈なのだ。

最初のうちは、阿久津は嘉門に未練があるか、または依存しているのだろうと思っていたが、だんだんとそれだけではないのではないかと美千子は思い始めていた。

「この島での僕の癒《い》やしは、奥さん、あなただけです」

不意に阿久津がそんなことを言い出し、コーヒーカップをテーブルの上に置いて立ち上がった。

「あの……お願いがあるんです」

「何かしら。私じゃ何もできないわよ」

阿久津の雰囲気がおかしかったので、美千子は少し後退《あとずさ》り、無理に笑って、この妙な空気を何とか吹き飛ばそうとした。

「ハグしてもらえませんか」

「え?」

思わず美千子は裏返った声が出る。

「僕の心はもう、本当に折れそうなんだ。この島での生活はつらくて……」

言いながら、阿久津はしゃくり上げ始めた。目から大粒の涙が零《こぼ》れ、それが土間床に落ちて染みをつくる。

「困るわ」

美千子は狼狽えた。正直、同情心はあまり湧いてこなかったが、阿久津はかなり精神が不安定になっているようで、切羽《せっぱ》詰まったものが感じられた。

「ほんの少し、誰かに抱き締めてもらえるだけで、僕の心は救われるんです。こんなこと奥さんにしか頼めない」

阿久津は一歩二歩と美千子に近づいてくる。

そして困っている美千子の肩を、阿久津の手が両側からしっかりと摑んだ。

「駄目ですか」

「わ、わかったわ。でも、本当に少しの間だけよ」

阿久津の様子が怖くて、思わずそんな返事をしてしまった。

そう答えた途端、阿久津がぎゅっと美千子を抱きすくめてきた。美千子は固く瞼を閉じて我慢し、この時間が過ぎ去るのを待つ。

だが阿久津は、五秒経っても十秒経っても離れようとしなかった。

「阿久津さん、もう……」

美千子がそう言って体を引き離そうとした時、阿久津が荒い息を吐きながら美千子の唇を奪おうとしてきた。

顔を逸らし、何とか抵抗しようとしているうちに足が縺《もつ》れ、美千子が仰向けになるような形で土間の上に倒れてしまった。

「や、やめてください、お願い」

美千子が嫌がって拒否しても、阿久津は無言のまま、飢えた犬のように息を荒くしながら、着ているシャツの中に手を入れてきた。そして、決して大きくはない美千子の乳房をまさぐろうとしてくる。美千子は島に来てから、ブラジャーを着けていなかった。

シャツをたくし上げ、阿久津が美千子の乳首にむしゃぶりついてくる。美千子が必死になって抵抗している最中、不意に小屋の外から激しく犬が吠える声が聞こえてきた。

「母さん……何してるの？」

続いて諒の声。

慌てて美千子は馬乗りになっている阿久津を突き飛ばす。そして顕《あら》わになった胸元を隠すようにシャツの乱れを直した。

「いや、何でもない。何でもないんだ」

美千子が何か言う前に、先に阿久津がそう言って誤魔化そうとした。

ロビンは阿久津に向かって頻りにきゃんきゃんと吠え声を上げている。

「もう帰らないと嘉門さんにどやされる。奥さん、お邪魔しました」

そして阿久津は、入口に立っている諒の脇を擦り抜けるようにして、逃げるように家屋から出て行った。

美千子は暫くの間、突き固められた土間の上に座り込んで放心していたが、ふと入口に立ったままの諒の視線に気づいた。

諒は、不審を顕わにした目差《まなざ》しで、じっと美千子を見つめている。

誤解されている。

直感的に美千子はそう感じた。

久志や諒の目から隠れて、不貞を働いていたように思われている。

「ほ、本当に何もなかったのよ。別にお母さんは何も……」

取り繕《つくろ》おうとして思わず口から出てきた言葉が、余計に場の雰囲気を嘘くさいものにした。

「いいよ、もう」

そう言って諒が視線を逸らす。

「ロビン、怪我したの?」

空気を変えるために、美千子はそんな言葉を口にした。

諒の足下にいるロビンの前脚に、包帯が巻かれているのが見えたからだ。

「うん。でも、もう手当てしたから……」

「手当て?　誰が」

「誰でもいいだろ」

諒が吐き捨てるように言う。

「父さんを呼んでくる」

そして踵《きびす》を返すと、帰ってきたばかりだというのに、諒はロビンを連れて小屋から出て行ってしまった。

一人になると、美千子は急激な不安に駆られた。

諒が、先ほど目撃したことを久志に言うのではないだろうか。

いや、自分は被害者で、別にやましいことは何もしていない。負い目や不安を感じる必要もない。むしろ、諒がいいタイミングで帰ってきてくれたお陰で助かったと思った方がいい。

もし阿久津がまた、ここを訪ねて来たら、すぐに追い返そう。

久志には、阿久津に襲われそうになったと、本当のことを言った方がいいのだろうか。

だが、そんなことをしたら久志は激昂して阿久津に暴力を振るうかもしれない。できれば何もかも穏便《おんびん》に済ませたかった。

椅子に座り、美千子は何度も溜息をつく。目の端に、阿久津の飲み残しのコーヒーが入ったカップが目に入った。触れるのも不潔に思われたが、そのままそこに置いておくのも嫌だった。

仕方なく立ち上がり、それを手にして、表にある洗い場のところに持って行く。

半分ほど残っていたコーヒーを捨て、水で軽く濯《すす》いでいるうちに、目元から涙が流れてくるのを美千子は感じた。

9

大人は嘘ばかりつく。そして秘密ばかり持っている。

諒は苛々とした気分のまま、見晴らし亭を後にした。

郵便桟橋の方に向かって歩きながら、諒はごちゃごちゃになった自分の頭の中を、必死になって整理しようとしていた。

嘉門たちが来るまで、諒もそれなりに島での生活は悪くないと思っていた。

騙されるような形で島に連れて来られたが、ずっと引き籠《こ》もっていた自分の将来を、不安に思っていなかったわけではない。表に出るきっかけは、諒自身も求めていたものだ。

何よりも、頭が堅くて融通の利《き》かない人だと思っていた父親の久志が、これほど自分のことを考えていてくれたこと、ここまで思い切った大胆な行動を取ってくれたことに、最初のうちは反発心を持っていたものの、今では感謝していた。久志を見直し、尊敬すらし始めていた。二人で釣りをしたり、薪を拾い集めたり、家を建てたりするのは、充実した楽しい時間だった。

それが今はどうだ。

あの嘉門とかいう女に、いいように顎で使われ、その腰巾着《こしぎんちゃく》である亀石という若い男にも侮られ、くだらない動画撮影やテント周りの作業の手伝いなどをさせられている。

見晴らし亭での小屋造りを放ったらかして、夜遅くまで嘉門たちのテントで飲んで帰ってくるのも気に入らなかったし、その翌日は二日酔いだとか言って昼頃まで寝ているだらしない姿を見るのも嫌だった。長らく学校に行っていない諒のために、以前は毎日時間を決めて久志が勉強を見てくれていたが、今はそれも滞りがちだった。

大人の事情があるのは、さすがに諒もわかっている。だが、このところの久志は、不満や鬱憤《うっぷん》が溜まっているせいか、苛々していて不機嫌な日が多くなり、家の中の雰囲気は以前に比べて明らかに悪くなっている気がした。

そして先ほど見かけてしまった光景。

嘉門のもう一人の従者である阿久津という男と、母親の美千子のあられもない姿。取り繕うような二人の態度。久志や諒がいない間に、阿久津が時々、見晴らし亭を訪ねて来ていることは知っていたが、まさかそんなことになっていたなんて。

足を止めた諒の足下で、心配そうに鼻を鳴らしていたロビンを抱き上げる。ロビンが、諒の瞼から零れ落ちて頰を伝っている涙を舐《な》め始めた。

「信じられるのはお前だけだ、ロビン」

呟くように諒は言う。

この島での、もっと素晴らしいものになるかもしれなかった生活を、嘉門たちが壊してしまった。

ほんの二か月ほど前の、誕生日の時のことを諒は思い出す。

美千子の焼いてくれたバナナのパンケーキも、プレゼントでもらったウクレレやアディダスのスニーカーも、これまで祝ってもらったどの誕生日よりも嬉しかった。思えば、あれが島に移住してから最良の日だった。

問題はそれだけではなかった。

小屋で見た光景があまりに諒にとって衝撃的だったから混乱していたが、もしかすると、こちらの方が重大なことかもしれない。

この島に住んでいる殺人の逃亡犯のことだ。

間違いない。諒は確信していた。顔にはっきりと見覚えがある。諒は記憶力には自信があった。

あれはおそらく、交際していた女の人を殺し、自宅のマンションの風呂場で死体の解体中に逃亡した大学生だ。

逃亡後はまったく行方がわからず、一時期はネットでも盛んに潜伏先の憶測や無責任な目撃情報が飛び交っていた。

一応、気づいていないふりはしておいたが、向こうはどう思っているのだろう。

それに、咲良が一緒にいたのも不思議だった。土岐もあの男のことを知っているのだろうか。

だが、あのサイトウという男からは、不思議と危険なものは感じられず、誠実な人間に見えた。殺人犯だとしても、嘉門たちや土岐など、この島にいる他の連中よりも、ずっとまともに思えた。

あの殺人犯の存在を久志に言うべきかどうか。それに小屋で見た阿久津と美千子の様子も。だが、躊躇があった。そんなことをしたら、今のところ何とか表面上は上手くいっている島での生活が崩壊しそうな予感がした。その一方で、自分一人で抱えるには問題が重すぎる。

郵便桟橋の辺りに出ると、嘉門たちのプレジャーボートの隣に、見慣れた漁船が停まっていた。

照屋さんだ。

思わず諒は足を速める。

嘉門が来てからは、K島からの渡しをやっていた船も、以前はよく訪れていた釣り客も、めっきり姿を見せなくなった。

照屋は郵便物や荷物や物資を運ぶ契約を土岐や石毛家と結んでいるので定期的に訪れるが、それでもやはり嘉門たちに遠慮してか、以前のような頻度ではなく、ひと月に一度程度になっている。

「諒くん」

漁船のデッキにいた照屋が、諒の姿を見つけ、嬉しそうに相好《そうごう》を崩して声を掛けてきた。

どうやら到着したばかりのようだ。船に向かって歩いて行くと、どうやら照屋一人ではないのがわかった。桟橋にもう一人誰か立っている。見たことのない男だった。

「先生、諒くんですよ。例の石毛さんのところの……」

「ああ」

照屋がそう言うと、男は得心したように頷いた。

誰だろう。男は照屋と同じく日焼けしており、サングラスを掛け、アロハ風のシャツを着ていた。少し白髪のまざった髪は長く、後頭部でひっつめにしている。袖口から覗く腕は太く、印象としては年季の入ったサーファーといった感じだった。

照屋が「先生」と呼んでいるからには偉い人なのかもしれないが、何者なのかは見ただけでは見当がつかなかった。

「ちょうど良かった。島内の案内は彼にしてもらおう」

男が言う。不安に駆られ、諒は照屋の方を見た。

「心配ない。この人はお医者さんだ。K島で診療所をやっている杉本先生だよ」

諒の心中を察したのか、照屋が男を紹介するように言った。

「やあ、挨拶が遅れてすまないね。この島に来るのは初めてだから……。本当は、照屋さんに案内してもらうつもりだったんだが……」

杉本は気さくな様子でそう言うと、手を差し出してくる。遠慮がちに諒はそれを握り返した。

「僕は土岐の友人だ。ちょっと用事があってね。他にも嘉門さんという人がこちらに来ているだろう。そっちとも話をしなきゃならないんだが……。案内してもらっていいかな」

「嘉門さんたちのテントなら、あれです」

ずっと先の砂地に立っているキャビン型の大きなテントを、諒は指し示す。

「なるほど」

額に手の平を当てて太陽の光を遮りながら、杉本が答える。

「土岐はどこに住んでいるんだい?」

「ここから三、四十分くらい登っていったところに……」

「じゃあ、先に嘉門さんのところに寄っていくか。いいかな?」

「ええ。どうせ僕も嘉門さんのところに行くつもりでしたから」

杉本の様子を窺いながら、諒は答える。

不意に杉本が口元に笑みを漏らした。

「そんなに睨まないでくれよ。身分は明かしたし、僕は怪しい者じゃないよ」

「……すみません」

思わず、諒はそう答えた。知らない人と話すのは久しぶりで、警戒心が丸出しになっていたようだ。これが釣り客などであれば、愛想よく笑っていられるのだが。

「付いてきてください」

諒は踵を返し、郵便桟橋から離れるように歩き出した。

後ろから杉本が付いてくる。初めての人には諒と同じくらい警戒心を見せるロビンは、不思議とこの杉本相手には唸り声ひとつ上げない。

「土岐とはよく会うの?」

歩きながら、気さくな感じで杉本は話し掛けてくる。土岐の友人で同じ医者だと言っていたが、土岐のような神経質そうな雰囲気はない。

「僕はあまり……たまに顔を合わせたら挨拶するくらいです」

「咲良さんは元気？　僕は彼女とはこの島に渡る前に会ったきりだけど」

「はい。たぶん元気だと思います」

少し迷ったが、とりあえず諒は適当にそう答えた。

「杉本さんは、嘉門さんたちともお知り合いなんですか」

「まあね。彼女、K島に別荘を持っているだろう？　僕は島では一人だけの医者だから、何度か往診したこともある」

「何の用事なんですか？」

「まあ、君たちにとっては、あまり良くないことかもしれないな」

杉本の態度から、何となく諒もそうなのではないかと踏んでいた。

桟橋からも見えるくらいの距離なので、嘉門たちのテントにはすぐに辿り着いた。

嘉門たちが寝泊まりしているキャビン型の大型テントの他に、今はもう二つ、テントが立っていた。

一つはカマボコ型のガレージ用か何かのテントで、久志の話によると、これは倉庫として使われているらしい。

もう一つは、遊牧民の住居を思わせるようなお洒落《しやれ》なデザインのワンポール型のベルテントで、これは近いうちにグランピング施設のモニター客を呼んで泊めるためのゲスト用だということだった。

他にも大きな日除《ひよ》けのタープが張ってあり、野外用のテーブルと椅子のセット、バーベキュー用のグリルなども置いてある。少し離れた場所には、持ち込んだ材料と流木などを利用して作られたデッキがあり、その先には柵で囲われた風呂場まであった。

いずれも嘉門の思い付きで亀石が指示し、阿久津と久志が苦労して作ったものだ。

その一角だけを見れば、確かに嘉門が構想しているグランピング施設そのものだった。

だが、テントに近づいても、人の気配は感じられなかった。

「すみませーん。誰かいますか」

早速、杉本が声を上げた。よく通る、張りのある声だった。

杉本がもう一度、声を上げると、倉庫として使われているカマボコ型のテントから、訝しげな表情を浮かべた阿久津が顔を覗かせた。

そして、杉本の傍らにいる諒の姿を見て、ぎょっとした表情を浮かべる。

諒は阿久津から目を逸らした。ついさっき、見晴らし亭での美千子との光景を目にしてから、まだ二十分も経っていない。

「誰です?」

「K島で診療所をやっている杉本といいます。阿久津さんですよね? 前に会ったことが……」

「ああ……」

そう言われ、阿久津も心当たりがあったのか、そう声を上げた。

「用事があって、照屋さんの船で送ってきてもらったんですよ。嘉門さんは?」

「出掛けています」

「うーん、そうか……」

困ったような声を杉本が上げる。

「この島に住んでいる人たちは、意外に忙しいようだね。どうしよう。ここで待たせてもらった方がいいかな」

「だったら、僕はこれで……」

阿久津と一緒にいるのは気まずくて堪えがたかった。おそらく、阿久津の方も同じだろう。

「帰っちゃうの? 君に案内してもらわないと、土岐の住処の場所がわからないんだけど」

「嘉門さんなら、今日は釣り磯の方に撮影に行くと言っていましたが……」

困惑したような様子で阿久津が言う。

「諒くん、場所わかる?」

諒は頷いた。以前、この島に釣り客が来ていた時には、何度も足を運んだ場所だ。

「じゃあ、彼に案内してもらうよ。もし入れ違いに嘉門さんたちが戻ってきたら、僕が訪ねて来たと伝えておいてくれ」

「用件は?」

「この島の権利に関することですよ」

杉本はそう言うと、諒を促して歩き始めた。

少しテントから離れたところで振り向くと、阿久津と目が合った。

その姿に、言いようのない嫌悪感が這《は》い上がってくるのを諒は感じた。喧嘩はしたことがないが、杉本がいなかったら、阿久津の顔に拳を叩き入れたいところだった。こんな衝動が自分の中に眠っていたことに、諒自身が驚いている。

杉本は、そんな諒の心中を知ってか知らずか、海の景色を眺めながら暢気《のんき》に口笛など吹いていた。

10

「あれは誰だ?」

ガマの近くにある断崖から郵便桟橋を見下ろしていた公則は、船から下りてきた男を見てそう呟いた。

「たぶん、杉本さんじゃないかしら……」

同じように身を屈め、一緒に見下ろしていた咲良が呟く。

「K島で医師をやっている、土岐さんの友人よ」

そして付け加えるように言う。

桟橋には、公則も何度か見たことがある照屋という漁師の船が停まっていた。

「あ、諒くん……」

咲良が声を上げる。

つい一時間ほど前までガマにいた諒とロビンが、その桟橋に向かって歩いて行くのが見えた。

それから桟橋で照屋と何か言葉を交わし、杉本というその男と諒が握手を交わすのが見えた。

そしてそのまま、諒は杉本を連れて砂浜を歩いて行く。方向からいって、嘉門たちのテントへと案内するのだろう。

「何しに来たんだろう」

「さあ……」

困惑気味に咲良も答える。

「親友っていうわりには、私たちがこの島に住み始めてから一度も遊びに来なかったけど……」

「咲良さんも親しいんですか？」

公則のその問いに咲良は小さく首を横に振る。

「私は杉本さんとは、この島に渡る前に、K島にある診療所兼住居に泊めてもらったことがあるだけ。その時に初めて会って、土岐さんに紹介してもらって、それっきり」

「君が土岐さんと一緒じゃないのを知ったら、どう思うのかな」

「わからないわ」

溜息まじりに咲良が答える。

「ひと先ず、ガマに戻ろう」

公則が促し、二人は断崖を後にした。

ガマに戻ると、早速、咲良は寝床に転がって寝始めた。

少し呆れたが、このところ咲良は妙に疲れやすいらしく、昼も夜も殆どの時間を寝床で横になって過ごしている。どこか具合が悪いとかいうわけではないようだったが、ちょっと異常な感じもした。

咲良が寝息を立て始めたのを確認すると、公則はバックパックを手にした。そして水筒や隠してあった非常用の缶詰類などの食料、着替えといった最小限の荷物を、手早く、そして咲良を起こさないよう気をつけながら詰め込み、ガマの外に出て歩き出した。

途中、何度か確認したが、咲良が気がついて後を追ってきたりする様子はなかった。

この島の北側から西側にかけての海は、殆どが断崖に接している。

だが、ほんの一部だけ、海の際《きわ》まで降りられる、タコノキが密生している場所があった。そこに至るまでの道は、いくつも大きな岩を越えたり急斜面を下って行かなければならないので、詳しくこの島を歩き回って調べた者でなければ、辿り着けない。

そのタコノキの密生地を越えたところに、ほんの十数メートルほどの幅のゴロタ石の浜があった。断崖と断崖に挟まれているので目立たず、海上からでも注意していないと気づきにくいし、エンジン付きのボートなどが入れるような場所でもない。

さらに干潮時になると、潮が引いた後にゴロタ伝いに歩いて行くことができ、その先には大きな海蝕洞《かいしょくどう》があった。

この場所に公則が来るのは数か月ぶりだった。ガマからは片道四十分といったところで、郵便桟橋とは、ちょうど島の真反対に位置する。

公則は腕に嵌めている腕時計のタイドメーターを見る。時間を見計らってガマを出てきたから、今はちょうど干潮のピークだ。波も穏やかで、海蝕洞の入口に向かう十数メートルのゴロタの道筋も、波は被っているが簡単に渡れそうだ。

壁のようになっている断崖に体を密着させるようにして、公則はゴロタ場を渡って行く。海蝕洞の中に入ってしまえば、その先は存外に広い。間口も高さも十メートルはあるだろう。洞窟は奥まで続いているが、公則は外からの明かりが届く十数メートル先ほどまでしか入ったことがない。

満潮時には海蝕洞の中まで水が上がってくるが、奥に行くに従って岩の床が高くなっているので、台風でもない限りは、安全な場所だといえた。

その海蝕洞の中に、この島に渡る時に使ったインフレータブルカヤックが隠してあった。

最初に公則が上陸した場所は、やはり郵便桟橋だったが、そちらには渡しの船や釣り客がやってくる。近くに隠しておくと、島に誰かが無断で上陸したことに気づかれそうな予感がした。そこでカヤックを使って島を一周し、この場所を見つけたのだ。

誰かに盗まれる心配もないが、前に来た時のままそこに置いてあるのを見て、ひと先ず公則はほっとする。専用の防水ケースに入っているそれに、さらにシートを被せ、濡れたり黴《かび》が生えたりしないよう、丁寧に保管してある。

被せてあるシートをどけると、公則はインフレータブルカヤックの入ったケースの防水ファスナーを開く。中にはジップロックに入れた現金が隠してあった。荒らされた跡はなかったが、一応、確認する。

残っている金は、万札が五枚に、五千円札と千円札が一枚ずつ。あとは小銭ばかりだ。

よし、と公則は思った。

これなら何とかK島から沖縄本島までのフェリー代と、数日の間、過ごす分は間に合う。

公則はこの島を捨て、一人で出て行くつもりだった。

諒にガマの場所を知られ、やっと決心がついた。むしろ判断が遅すぎたくらいだ。本当は、土岐や咲良にその存在を知られた段階で、島から出ていくべきだったのだ。

この島での暮らしがやっと安定してきたところだったので、それを捨てることに躊躇があったのだが、甘かった。すっかり警戒心が鈍《にぶ》っていた。大阪で設備屋の寮に入っていた時は、同僚と食事に入ったラーメン屋で、自分に関するニュースがテレビで放送されていただけで逃亡を決意したというのに。

捕まるか捕まらないかは運だ。逃亡を始めてから、もちろん頭も体も使ったが、公則は自分が一番恵まれていたのは運だったと思っている。だがそれも、的確な判断や行動の上に引き寄せているものだ。

この島にいる人間で公則の存在を知っているのは三人。土岐と咲良、そして石毛諒。

十人に満たない人間しかいないこの島で、三人知っていたら、もう十分だ。全員が知るところになるのは、おそらく時間の問題だ。

くそっ、何でこんなことになった。

公則は心の中で悪態《あくたい》をつく。結局、大阪や沖縄の寄せ場で働いたり、漫画喫茶やネットカフェを根城《ねじろ》にして逃亡生活をしていた時と同じ結末だった。この日本国内に、純粋な無人島や、人を寄せ付けぬ人跡未踏の場所などあるわけがない。結局は同じことを繰り返し、いつか捕まるのだ。そう思うと虚《むな》しい気持ちに駆られた。

ケースの中の現金を確認すると、公則は防水ケースからインフレータブルカヤックを取り出し、パドルを組み立て、付属の手動式のエアポンプを使って本体に空気を入れ始めた。

いつでも出せる状態にしておいて、夜までこの海蝕洞で過ごし、日が暮れてから出発するつもりだった。暗くてもK島には明かりがあるので、そちらを目指して漕げばいい。K島から、このフリムン島に渡って来た時は、二時間ほどで辿り着けた。

左の肩口に、強い衝撃を受けたのは、その時だった。

油断していた公則は、思わず呻き声を上げ、手からエアポンプを取り落とし、洞穴の岩の上を転がる。這いつくばりながら振り向くと、そこには土岐が立っていた。

薄暗い洞穴の中で、眼鏡のレンズの向こう側にある瞳だけがぎらぎらと輝いているように見えた。以前とは違い、全体に薄汚れていた。顔の下半分は髭に覆われ、シャツも、下に穿いている短パンも、ひどく垢《あか》じみていた。

その手には、長さ一メートルほどのバールが握られており、土岐はそれを正眼に構えていた。奇声を発しながら、土岐は容赦《ようしゃ》なくそれを叩き込んでくる。公則は頭と顔を守るので精一杯だった。

五分以上に亘《わた》って、全身を叩きのめされ続けた。時々、バールの尖端の鉤《かぎ》状になった部分が当たり、体に刺さりそうになる。公則は両手で頭を抱え、亀のような格好で蹲《うずくま》りながら、何とか身を守る。

打たれ続けながら、どうやら土岐はこちらの命まで奪う気はなさそうだと、公則は冷静に推し量っていた。殺す気なら他にいくらでもやりようがある。

やがてバールを叩き下ろし続けていた土岐も疲れたのか、ぜいぜいと息を切らしてその場にへたり込んだ。

「お、お前みたいなやつに咲良は渡さないぞ」

叫ぶように土岐が言う。その声が海蝕洞の壁に反響する。

公則は呆れる思いだった。プライドを傷つけられた腹いせに公則を襲ったのかと思っていたが、まだ咲良に未練があるらしい。

「咲良はどこにいる」

どうやら、土岐はまだガマの場所を突き止めていないようだ。

公則は失神しているふりをする。別に咲良のことを庇《かば》ってやる義理もなかったが、土岐のこの剣幕だと、殺されないにしても、咲良も相当、痛めつけられるかもしれない。

「ふん。だんまりか。まあいい。島の中にいるなら、すぐに見つけ出してやる」

おそらく土岐は、公則がガマを出てこの海蝕洞に来る道のりの途中のどこかで公則を見つけ、後を付けてきたのだろう。行く先に咲良がいると思っていたが、当てが外れたといったところか。

「これは何だ」

膨らましかけたインフレータブルカヤックに土岐が手を触れる。

やめろと叫びたい気分だったが、公則は黙っていた。ここは大人しくしていた方がいい。反撃に転じる体力も残っていないし、そんなことをするメリットは何もない。

「ゴムボートか？　これで島の外に出るつもりだったのか。それなら、照屋さんか嘉門たちに頼めばいいだろうに、やっぱりお前、何かから逃げているのか？　借金か、それとも犯罪者か……ん？」

どうやら土岐は一緒にケースに入れていた現金を発見したようだ。

「これはもらっておくぞ」

土岐はそれをポケットにねじ込む。

「咲良と一緒に島を出るつもりだったのなら、お前の好きなようにはさせない」

土岐はそう言うと、カヤックに付属していた組み立て式のパドルを足で踏み折ろうとした。だが、ジュラルミン製のシャフトは見た目以上に丈夫で、折るのに苦労している姿が滑稽《こっけい》だった。

続けて土岐は、バールの尖端で何度もゴム部分を突き、破ろうとしたが、その程度で穴が開くような安物のカヤックではないことがわかると、腰回りからナイフを取り出し、悪態をつきながら、カヤックを切り裂き始めた。

何だ、刃物を持っているじゃないか。

やはり本気でこちらを殺そうという度胸《どきょう》はないわけだ。いや、止《とど》めを刺すのが怖いのか。

そんなことを思い、公則は思わず笑い声を漏らしそうになった。

土岐は、最後に腹いせに二、三度、公則の脇腹を強く蹴り上げると、公則を置いて去って行った。

公則は呻き声を上げる。

散々に殴打されたせいで体中が痛かったが、それを我慢して確認のために両手両足の関節を動かしてみる。指先まで正常だった。どうやら打撲《だぼく》だけで、骨折はしていないらしい。バールの鉤状の尖端が何度か刺さったので出血はしているようだが、傷は浅く、致命的な怪我にはなっていないようだ。これなら一週間も我慢していれば、八割方は治癒するだろう。

暫くの間は動けそうになかった。カヤックを壊されてしまったから、もうこの方法で一人で島から出るのは無理だ。

多少の食料と水を持ってきているのが救いだったが、ガマに戻る道は険しく、いくつも岩を越えたり急斜面を登ったりしなければならない。健常な時でもしんどいのに、この体の状態では、回復を待ってからでないと、おそらく無理だろう。誰かが助けに来てくれるのも期待できそうになかった。土岐はまた戻ってくるだろうか。

このまま衰弱して死ぬのかもしれないなと、投げやりな気持ちで公則は思った。

それならそれでもいいが、だとすると、自分はいったい何を恐れ、何から逃げていたのだろうか。

警察に自首しようと思ったことは何度かある。だが、その考えが浮かぶ度に後回しにしてきた。

逮捕によって世間から注目を浴び、法廷に引っ張り出され、裁かれることを自分は恐れている。死刑になる可能性は低いと思っていたが、怖いのは死ぬことよりも、人生に於ける自由を奪われ、自分が犯した罪を一生背負って生きていくことだった。

両親の顔が浮かんだ。逃げ続けている公則のせいで、きっと世間からひどいバッシングを受けているに違いない。公則が生まれ育った世田谷《せたがや》にある実家も、引き払ってしまっただろうか。殺してしまった雅美の親兄弟は、公則のことをどう思っているだろう。公則から雅美を奪った、あのゼミの指導教授は、知らん顔をして今も大学で教鞭《きょうべん》を執《と》っているのだろうか。

あと何年、いや、上手く逃げおおせたとしてもこの先ずっと、こんな思いを抱きながら逃げ続けなければならないのだろうか。

そんな絶望的な思いに駆られながらも、公則はやはり死ぬのは怖かった。

11

「その件は、早く土岐さんに知らせた方がいいですね」

見晴らし亭に招いた杉本医師に向かって、久志が真面目な表情を浮かべて頷いた。

「ええ。本当は土岐に直接会って、そのことを伝えたかったんだが……」

リビングの土間床の隅に座り、テーブルに向かい合って話している二人の会話に耳を傾けながら、諒はちらりと美千子の方を見た。リビングの片隅に作られた竈に大きな鍋を掛け、杉本が手土産に持ってきたパスタを茹でている。

外はもうすっかり日が暮れていた。

美千子は昼間のことについて、何も言い訳をしてこない。もっとも、久志や杉本がいる前でそんな話はできないのだろうが。

杉本が島に持ってきた話は、嘉門にとっては朗報、土岐たちにとっては悲報だった。石毛家の立場としては、どちらともいえない。

この島の所有権が、嘉門に……正確には、嘉門の夫が経営する不動産会社に譲渡される手続きが始まったという話だった。

杉本の話によると、元の地主は、ずっと島を他者に譲ることを渋っていたらしいが、説得が成功し、金銭や条件面での細かい部分について折り合いをつける、具体的な話し合いに入っているという。

そこで問題になっているのが、土岐が元の地主と結んでいる借地権だった。公正証書も交わしており、すでに二十年分を先払いしているらしく、たとえ島の権利が嘉門たちの側に移ったとしても、法的には立ち退きを強要することはできないらしい。そのため、嘉門が土岐を追い出そうとするなら説得が必要だということだった。

「でも、嘉門さんはそのことに納得していないようなんですよね。地主は自分なんだから、この島にいる他の連中は、全員、自分の命令に従うべきだなんて言っていて……」

杉本は肩を竦める。

「悪く言えば、女王様気取りっていうのかな」

「だけど、何でまた杉本さんが連絡役をなさっているんですか？」

仕上がったパスタを運んできた美千子が、それをテーブルの上に並べながら言う。ニンニクとベーコンの美味しそうな香りが、部屋の隅に座っている諒のところまで漂ってくる。

「おっ、ペペロンチーノですね」

杉本が嬉しそうな声を上げる。

「はい。お口に合えばいいんですけど……」

「使われている島唐辛子は、こちらで？」

「はい。栽培したものです」

「すると、見晴らし亭の特製パスタということですね」

そう言って屈託《くったく》なく笑う杉本に、釣られるように久志と美千子も笑みを浮かべる。

だが、どうも諒は、この杉本という医師の態度がしっくりと来なかった。どこがどうというわけではないが、直感のようなものだ。

「諒も、こっちに来て食べたら？」

「僕はいらない」

諒のその返事に、美千子が少しだけ哀しそうな表情を浮かべる。

「おい、諒……」

「まあまあ、いいじゃないですか。僕がいるから遠慮しているんでしょう」

久志の言葉を遮《さえぎ》り、杉本が諒の方を向いて、わかってるよとでも言いたげに頷いてみせる。

こういうところも、何か嫌だ。

「えーと、何で僕が連絡役をやっているか、でしたっけ？」

パスタを食べながら、杉本が口を開く。

「実を言うと、嘉門さんからグランピング施設を造る計画の相談を、前から受けていたんですよ」

「えっ、どういうことです」

久志が受け答える。

「嘉門さんはK島に別荘を持っているでしょう？　島に医者は僕一人だから、何度か往診に行ったことがあるんですよ。一度など、深夜の二時に電話で起こされて、出向いて行ったこともあります。ホームパーティの最中に急性アルコール中毒で倒れたお客さんがいましてね。まあ、大事には至らなかったんですが、その時は、だいぶ感謝されました」

「なるほど」

久志が頷く。

あの嘉門という女の人、K島でもいろいろな人に迷惑を掛けているんだな、と諒は思った。

「それからの付き合いで、別荘でのパーティにも呼ばれるようになりましてね」

「あの話、本当なのかしら」

テーブルに着いて一緒に食事を摂っていた美千子が口を挟む。

「あの話とは？」

「別荘に嘉門さんの知り合いの有名人がたくさん来るって」

「ああ、まあ嘘じゃないですよ。俳優とかタレントさんとか、どっかのIT企業の社長とか。あとは有名な動画配信者なんて人もいたな。まあ、どいつもこいつも金の話しかしないつまらない連中でしたけどね」

毒を交えて話す杉本に、また久志と美千子が笑う。

「それはいいとして……。それで嘉門さんから相談を受けましてね。土岐が地元新聞のインタビューを受けた記事を見せられて、この島にグランピング施設を造りたいと……」

「ああ、自分たちもその記事を見て、家族でここに来る決意をしたんですよ」

久志が答える。

「だが、何でまた杉本さんに？」

「パーティの時に話していたんですよ。医学部時代の物好きな友人が、この近くの島でサバイバル生活を始めたから、いろいろ面倒を見ているって」

確かにそんな話はパーティでは受けそうだ。

それに、土岐たちからお金を預かって、物資を調達したり郵便物の受け取りをしているのも、確か、この杉本という医師だった筈だ。

「それで僕の知り合いだと、ぴんときたんでしょうね。フリムン島の存在を土岐に教えたのも、お願いされて所有者を調べたのも僕なんですよ。東京に住んでいる地主と土岐が交渉した時も、推薦状を書いたり東京まで行って立ち会ったりしました。こう見えても一応、医者ですし、K島では信頼も厚いんですよ」

「それで……」

「ええ。嘉門さんのことも島の所有者に紹介しました。まあ、こんな感じになるとは思っていませんでしたがね。仲良くやってくれると思っていたんだが、お陰で僕は板挟みですよ」

食事を終え、大人たちは酒を飲み始めた。

諒の膝の上にいるロビンはすっかり寝入ってしまっている。

「結局、今日は土岐には会えなかったし……」

嘉門たちのいた釣り磯に案内した後、諒が一人でエデンまで土岐を呼びに行ったが不在だった。そこで仕方なく、杉本が来島しており、見晴らし亭に滞在しているという置き手紙を残してきたが、今のところ土岐が姿を現す様子はない。

「嘉門さんには、土岐たちのことは大目に見てくれないかとお願いするつもりだったんだが、逆に土岐たちが島を出て行くように説得を頼まれてしまった」

困った様子で頭を掻きながら杉本が言う。

「実際のところ、どうなんですかね。土岐と咲良さんは上手くやっているのかな？」

その質問に、久志と美千子は目を見合わせて首を傾げてしまった。

「うちは土岐さんたち二人とは殆ど交流がないんですよ」

久志が答える。

「そうですか。土岐のやつはプライドが高いから、もし島での暮らしが破綻《はたん》していたり後悔していたとしても、意地になって動こうとしないかもしれない。まあ、僕はあいつの性格や扱い方もよく知っているし、嘉門さんも借地権の前払い金の返還や立ち退き料に関しては応じてもいいと言っているから、必要なら説得しますが……」

少し考える様子を見せて杉本は言葉を切る。

「土岐が今の生活を続けたいというなら、友人として僕は協力するつもりです。まあ正直、嘉門さんの説得は難しそうですけどね」

「私たちに関しては、嘉門さんは何か言っていませんでしたか？」

酒のつまみを用意するために美千子がテーブルを立ったタイミングで、久志が、少し身を乗り出して杉本に問うた。

「石毛さん御一家についてですか？　いや、特には……」

釣り磯から郵便桟橋近くのテントまで戻ってきた後、杉本は一時間近く、嘉門のテントで話をしていたらしいが、久志はそれには加わっていない。

「グランピング施設ができたら、私にこの島の管理人を任せてもいいと嘉門さんは言ってくれているんだが……」

「それは条件次第じゃないかな」

少し真剣な表情を浮かべながら杉本が言う。

「嘉門さんは、セレブだけを対象にした会員制のグランピング施設を構想している。特別なサービスを考えているようだから、会員はかなり厳選されるでしょうね。この意味、わかります？」

「ええ、まあ」

緊張を孕《はら》んだ様子で久志は頷く。

「だったら大丈夫なんじゃないですか。嘉門さんも、島に住み込みで働いてくれる、信頼できる人物をわざわざ探すのは大変でしょうしね。嘉門さんの構想では、最初は土岐を管理人として雇えないかと考えていたみたいだけど、あいつは人柄にひと癖ありますからね。ああ見えて、妙な正義感もあるし。実際に会ってみて、石毛さんの方が適任だと思ったんでしょう」

「杉本さんは、土岐さんとは学生時代からのご友人なんですよね」

作り置きの島らっきょうの醬油《しようゆ》漬けや、水で戻した高野豆腐《こうやどうふ》とゴーヤのチャンプルーなどの載った皿を手にテーブルに戻ってきた美千子が、杉本に話し掛ける。

「ええ。馬が合うんですよ、昔から」

明るく人当たりが好《よ》い感じでよく喋る杉本と、無口で神経質そうな土岐では、まるで正反対に見えるが、お互いに補いあうようなものがあるのかもしれない。

「土岐の奥さん……いや、もう元奥さんになってしまったのか。その三人で、よく学生時代は連《つる》んでいました」

少し酔ってきたのか、杉本はやや饒舌《じようぜつ》になってきている。

「土岐の元奥さんは違う学部に通っていたが、医学生だった僕や土岐と一緒にいたのは、今思うと、お婿《むこ》さん候補を探していたのかもしれないな」

その後も、杉本の取り留めもない話が続く。

土岐の元妻の実家は、原宿《はらじゆく》で大きな病院を経営しており、元々は杉本の方がイベント系サークルを通じて知り合いだったらしい。

自称、杉本は不真面目な学生だったらしく、土岐の元妻に医学部生との合コンのセッティングを頼まれ、人数合わせに土岐に声を掛けたのが最初だったという。勉強一辺倒で友達もおらず、合コンの日に杉本の周りで何の予定も入っていなかったのが土岐だけだったのだ。

土岐はもちろん渋っていたが、強引に杉本が連れて行き、そこで麻理子《まりこ》という名の元妻と出会った。土岐の一目惚《ひとめぼ》れだったという。

そこまで杉本は、昔を懐かしむように目を細め、楽しそうに喋っていたが、ふと寂しげな表情を浮かべた。

「それにしても土岐のやつ、入り婿して大病院の跡継ぎに収まって、娘さんまでいたのに、それを全部捨てて医者まで辞めちまうんだから、本当の変人ですよ。僕もまあ、同期の中では大概だと思っていたけど……。気が合ったのはそのせいかな」

「でも、僻地医療に従事していらっしゃるのは立派だと思いますけど……」

気を遣うように美千子が言う。

「ああ、僕の場合は、志があってやっているわけじゃないんですよ。ちょっとやらかしましてね。教授と大喧嘩しまして、大学病院にいられなくなりました。医局からの左遷《させん》人事ですね。まあ僕は、サーフィンや釣りが趣味でしたから、願ったり叶ったり。ざまあみろって感じですよ。これは強がりかな」

明るくそう言う杉本の冗談めかした口振りに、三人の間に笑い声が上がる。

端《はた》から見ていると、本当に杉本は人から好かれるのが上手い。諒にはそう見える。

その様子が、先生や女子たちの受けがとても良かった、諒を虐《いじ》めていた連中の主犯格にそっくりだということに諒は気づいた。どうも杉本を生理的に受け付けないのはそのせいか。

「しかし、まさか土岐に会えないとは思わなかったな。診療所に戻らなければいけないから、何日もこちらに滞在するわけにはいかないんですよ」

杉本の話によると、K島の診療所には、杉本がやってくる以前から二十年以上勤めているベテランの看護師と、僻地医療の研修に来ている若い医師が留守番をしているというが、明日の午過《ひる》ぎには照屋が迎えに来る予定で、K島に戻らなくてはならないらしい。

「諒くんが置き手紙をしてくれたみたいだけど、明日、早起きして直に訪ねてみますよ。あいつが島でどんな暮らしをしているのかも見てみたいしね。いいかな、諒くん」

そして杉本が諒の方を見る。仕方なく諒は頷いた。エデンまでの案内を頼みたいということだろう。

「しかし今日は、石毛さんたちのところに泊めてもらえてよかったですよ。嘉門さんたちにテントに泊まっていくように誘われていたんだが、どうもあの人たちは苦手で……」

「杉本さん、スマホか携帯電話は持ってきていないんですか」

ふと思い付き、諒は杉本にそう問うた。

「うーん、スマホは持ってきているけど、ここは圏外だからネットには繋がらないよ」

諒の聞き方が唐突すぎたのか、大人たちの会話が途切れてしまった。

「諒、駄目だぞ。もしネットが使えるのだとしても、お前には触らせない」

まだ諒にネットやゲームへの依存心があるとでも思ったのか、久志が厳しい表情を浮かべて言う。

「わかってるよ」

一応聞いてはみたが、やはり無理か。もしネットに繋がるようなら、ガマで会ったあのサイトウという男が、諒が考えている殺人の逃亡犯と同じ人物か、確認したかったのだ。

杉本の来訪で、日中に目撃した美千子と阿久津の様子などを、久志に言い出すきっかけを完全に失ってしまった。

だが、むしろそれで良かったのかもしれない。杉本が見晴らし亭を去るまでは、とりあえず問題を先送りにできる。その間に考えればいい。

「諒、外にハンモックを吊してきてくれ」

そんな諒の思いも知らず、酒が入ってやや呂律《ろれつ》の回らなくなった口調で久志が言った。

「誰が寝るの」

「杉本さんにはベッドを使ってもらおう。父さんが外で寝る」

普段は寝室にある二段ベッドを諒と久志で使い、もう一つのベッドで美千子が寝ている。

「ああ、お構いなく。ハンモックがあるの？　だったら僕が外で寝ますよ。星空を見ながら寝られるなんて、実にいいね」

気を遣って言っているのか、それとも本当にそう思っているのか、杉本はそんなことを言い出した。

諒は眠っているロビンを起こさないように、そっと土間床の上に降ろすと、表に出ようとした。

「その犬、可愛いね。君によく慣れているようだ」

酒の入ったコップを傾けながら杉本が言う。

「怪我しているじゃないか」

ロビンの前脚に巻かれている包帯を見て、今さらのように久志が言った。

「あら、そうだったわ。どうしたの？」

「大丈夫。もう手当てしたから。……じゃあ」

諒はそう言うと、急いで外に出た。

納屋の中から、ハンモックの入った袋を取り出す。天気の良い日は、外にそれを吊して寝たりもしているから、設置は慣れたものだ。

月明かりを頼りに、小屋のすぐ近くに生えている木の幹に補助ベルトを巻き付け、カラビナでハンモックのロープと連結する。ほんの十分ほどの作業だった。

「やあ、小用はその辺で済ませればいいのかな？」

その時、唐突に背後から杉本に声を掛けられた。

はっとして諒は振り向く。そこには欠伸《あくび》をしながら頭を掻いている杉本が立っていた。

「ええ」

諒がそう答えると、杉本は少し離れた繁みに立って小便を始めた。

「お父さん、ちょっと飲み過ぎだね」

「すみません」

用を足しながら話し掛けてくる杉本に、諒は答える。

「ところで、さっきの犬の手当て、誰がしたの？」

「それは……」

気づかれていないと思っていたが、杉本は何かを察したようだ。

「君のご両親の口ぶりからすると、どこか他で手当てしてもらったみたいだね。だが、桟橋で会った時には、その犬はもう包帯を巻いていたから、少なくとも嘉門さんたちではない。土岐は留守だった。じゃあ誰が？」

「僕が自分で手当てしたんですよ」

焦りを悟られないように諒は言う。

「君は嘘をついているなあ」

笑いながらズボンのチャックを上げ、杉本が振り向く。

「包帯はどこから？」

「それは、土岐さんの家にあったものを借りて……」

「ふうん。何でわざわざそんなことをする必要があるの？　ここにも包帯くらい置いてあるだろう？」

完全に受け答えに失敗した。

「手当てしたのは土岐か？　それとも咲良さん？　何だか事情があるみたいだけど、君はどちらかの居場所を知っているね。僕は時間がないんだ。だから明日の朝、土岐がエデンにいなかったら案内してくれよ。ご両親に言えない事情があるなら君に合わせる」

「それは……」

どう答えるべきか、諒は困惑した。手当てをしたのは土岐でも咲良でもない。だが、それを説明しようとすると、どうしても杉本にサイトウの存在を明かすことになる。

そうすると自分は、誰にも教えないと言ったサイトウとの約束を破ったことになる。相手は殺人犯だ。いや、殺人犯の可能性がある。サイトウは見た感じは理性的だったが、印象だけでは人はわからない。

「ま、返事は明日の朝でいいや。もうこれ、設置は完了したの？」

「はい。後でブランケットを……」

「今日は暖かいからいいよ。じゃあ僕は寝るから、小屋に戻ったら、お父さんに杉本は疲れているからもう寝たと伝えてくれ」

杉本はそう言うと、さっさとハンモックに横になり、本当にすぐ鼾《いびき》を掻いて寝始めた。

小屋の中に戻ると、杉本はもう寝たと久志と美千子に告げ、諒は自分も寝ると言って寝室に入ると、二段ベッドの上にある寝床に潜り込んだ。

心臓が早鐘《はやがね》のように鳴っている。

先ほど杉本を、以前、自分を虐めていた連中の主犯格に似ていると感じたが、ああいうふうに人目につかないところで二人きりの時に脅《おど》しめいたことを言ってくるのもそっくりだ。

この島に来てからは殆ど思い出すことがなかった、小学校時代のことが次から次へと頭に浮かぶ。

虐めが始まったきっかけは、ごく些細《ささい》な出来事だった。馬鹿馬鹿しいというか、見方によっては笑い話のようなことだった。それだけに、思い返すとつらさが増す。

授業中に、我慢できずに大便を漏らしたのだ。

漂う臭いに教室中が大騒ぎになった。諒は泣きながら担任教師にトイレに連れて行かれ、綺麗にした後は体操着に着替えて終業時間まで保健室で過ごし、その日は家に帰った。美千子にも久志にも、その日、学校で何があったかは言えなかった。

翌日には、同じ学年の他のクラスにもその一件が知れ渡っていた。それまでの諒は、どちらかというと順風満帆《じゅんぷうまんぱん》の学校生活を送っていた。成績は上位に入っていたし、スポーツも得意だった。バレンタインには、女の子にチョコをもらって告白されたこともある。

だが、その日を境に、諒の学校生活はがらりと変わってしまった。まず、女の子たちからはキモいと言われて避けられるようになった。仲の良かった友達は気にするなと励ましてくれたが、何かというとその一件のことをいじられるようになった。

真剣に怒ったり泣いたりすると余計に変な空気になるので、諒はいじられキャラに徹しておどけて明るく振る舞うことで何とか凌《しの》いでいたが、その態度が、諒をスクールカーストの下層へと、どんどん追いやることになった。

決定的だったのは、担任の教師が、授業中に受け狙いで諒のその一件をいじって笑いを取りにきたことだった。クラスの爆笑の渦の中、諒はいつものいじられキャラを演じることができず、衝動的に教室の窓を開けてそこから飛び降りようとした。

顚末を聞いた久志が怒り狂って学校に乗り込んできて、諒の担任教師を罵倒《ばとう》し、校長とその学校を所管《しょかん》する教育委員会に訴え、半ば脅すようにしてクラス担任を替えさせた。それが却《かえ》って、諒の学校での立場を悪くした。担任教師は生徒たちに人気があり、諒の起こした行動は狂言だと見做《みな》されていたので、担任を首になった教師の方に同情が集まったからだ。

それから徐々に諒は学校に行かなくなった。もう今更、自らいじられキャラを演じられるような空気ではなく、諒を標的にした明確な虐めが始まったからだ。もっとも嫌な思い出は、誰かがどこかで拾ってきた犬の糞が、諒の席に置いてあったことだった。

杉本に似た虐めの主犯格は、諒が大便を漏らす事件を起こす前は、比較的、仲の良かった友達だった。かつての諒のように勉強もスポーツもできて、友達も多くて女の子にもモテる。諒も以前は、その子のことを、ずっといいやつだと思っていた。

不登校になってからも、諒は独学で勉強しようとしたが、気持ちが焦るばかりで少しも捗《はかど》らず、買い与えられたスマホでゲームやネットに依存するようになった。

久志の提案で、私立中学も何校か受験したが、勉強の遅れは取り戻せず、何よりも諒自身がモチベーションを保てなくて、どこにも合格できなかった。それで仕方なく公立に通うことにした。

それでも、中学に入れば少しは状況も変わるかもしれないという、淡い期待を胸に入学式だけは美千子に付き添われて出席したが、クラス分けが小学校時代に自分を執拗《しつよう》に虐めていたそいつと一緒なのを知って、式には出ずに隙を見て学校を抜け出し、そのまま家に帰ってしまった。そうとは知らない美千子は、新入生の中に諒の姿を見つけられず、だいぶ気を揉んだらしい。

人生は、そんなちょっとした、くだらないことで大きく暗転することがある。

あの時、諒は授業中に手を挙げてトイレに行きたいという言を教師に言うのが恥ずかしくて、ずっと我慢していた。あと五分ほど我慢すれば授業が終わるという微妙な時間だったのも、諒に選択を誤らせた。その後だってもっと堂々としていれば、自らいじられキャラなど演じなければ、自殺未遂などしなければ、もっと勉強して私立に合格していれば……。今更どうにもならないことが、ぐるぐると頭を巡る。

それからはゲームやネットに夢中になっている時だけ、将来への不安や、過去の虐めへの恨みつらみ、後悔などを忘れることができた。それらに依存し没頭していたのは、決して面白かったからではない。現実から目を背《そむ》けるためだ。

ベッドに仰向けになりながら、涙が頬を伝って落ちてくるのを諒は感じた。かつての友達は皆、ちゃんと学校に通っている。来年は高校受験だ。自分の将来はどうなってしまうのだろう。

この島に来てからは、不思議と忘れられ抑えられていた不安が、杉本の登場で一気に噴出していた。

三章

■北郷咲良によるフリムン島事件に関する『独占手記』からの抜粋③

石毛さんたちの一家と、嘉門さんたちのグループが、どういう形で接近していったのかは、私はよく知りません。

何しろ、私と土岐氏は島では孤立していましたから。

その頃の私は、一時的に土岐氏とは仲違《なかたが》いをしていました。島での過酷な生活から、土岐氏は常に苛々していて怒りっぽくなっており、あれほど信念をもって続けていたヴィーガンも、飢えに打ち勝つことができず、やめてしまっていました。その事実だけでも、いかに土岐氏が精神的に弱っていたか、おわかりになると思います。

逃亡犯の苅部公則……島では「サイトウ」と偽名を使っていましたが、彼と私が出会ったのはその頃です。

些細《ささい》なことから喧嘩になり、土岐氏にエデンを追い出された私は、女一人の身で、どうやってこの島で生きていこうかと途方に暮れていました。

その時に現れたのが苅部だったのです。もちろん、その時の私は、苅部が殺人を犯して逃亡中の犯罪者だとは知りませんでした。

苅部はとても紳士的で、困っている私を、隠れ家にしていた洞穴……彼は「ガマ」と呼んでいましたが、そこに連れて行き、ほんの数日の間のことですが、助けてくれました。

誓って言いますが、私と苅部との間には何もありません。そのことは苅部も取り調べや裁判で否定していますし、憶測であれこれとネットなどで中傷を行っている方たちがいますが、それに関しては今、弁護士さんと相談して法的措置をとる準備をしている最中です。

石毛家のご子息であるRくんが、私と苅部が一緒に洞穴で過ごしていたと証言しているのは、この時のことです。Rくんも、比較的早い段階で、苅部が島に潜伏しているのは知っていました。もちろん、苅部が逃亡中の犯罪者だということには気づいていなかったと思います。

K島に住んでいる土岐氏の旧友で医師であるS氏が島を訪れたのは、ちょうどその頃でした。

私はすでに体調を崩しており、K島の診療所まで来て診察を受けるべきだと説得されましたが、今でも、あの時、素直にS氏の好意に従っておけば良かったと後悔しています。

S氏が去った後、あんな恐ろしいことが立て続けに島で起こるとは、その時の私は思っていなかったのです。

1

「何でこの島が『フリムン島』と呼ばれているのか知っているかい？」

諒の後ろを付いて歩きながら、杉本が話し掛けてくる。

結局、今朝もエデンに土岐はおらず、昨日、諒が机の上に残していった書き置きは、誰にも触れられた様子もなく、そのままだった。

杉本は同じ机の上に置いてあった、何だか難しそうな横文字の題名が書かれたノートを手にしてパラパラと捲《めく》るとぷっと噴き出し、やがて我慢できないといった様子でそれを読みながら笑い声を漏らし始めた。

「さて、じゃあ次のところに案内してもらおうか」

笑いすぎて目元に浮かんだ涙を拭《ぬぐ》いながらノートを机の上に戻し、杉本が言う。

「次のところって？」

「誤魔化《ごまか》しちゃいけない。土岐か咲良さんの居場所を君は知っている筈《はず》だ」

杉本の口調は飽《あ》くまでも穏やかだったが、威圧感があった。

情けない話だが、諒は何となく杉本が怖く、逆らえなかった。

「わかったよ。でも、絶対に内緒だぜ」

精一杯の虚勢を張って、諒はぶっきらぼうに答える。

「もちろんさ」

そして諒と杉本は今、エデンの小屋を出て断崖の上にあるガマへの道を歩んでいる。

「……琉球王朝で尚円王《しょうえんおう》が即位した頃だというから、時は十五世紀頃の話かな。K島に住んでいた一組の夫婦が、この島に移り住んできた」

この島の名前の由来について、杉本は聞いてもいないのに勝手に喋り続けている。

「どうしてです」

「人足《にんそく》狩りから逃れるためさ。当時のK島は琉球王朝の支配を受けていたから、時々、兵が現れては労働力として人を連れて行った」

「へえ」

歴史にはあまり詳しくないし、さして興味もなかったが、仕方なく諒は適当に返事をしながら歩いて行く。

「続けて一組の家族と、政変で琉球から逃れてきた、二人の家来を連れた武士が、やはり隠れるためにこの島に流れてきた。最初のうちはお互いに上手くやっていたが、やがて一人二人と気が触れて、狂《ふ》れ者……つまりフリムンとなって殺し合いを始めた」

何だか怖くなるような嫌な話だ。

「K島の名主《なぬし》家に残っている『球真島世譜《くまじませいふ》』っていう記録簿みたいな書物に載っている故事来歴《こじらいれき》だよ」

「どうしてその人たちはフリムンになったんです？」

「この島は、島全体が御嶽《うたき》だったらしい。つまり神域だ。昔から誰も住もうとしないのはそのためだ。だから、罰《ばち》でも当たったんじゃないの」

鼻歌まじりに、世間話のような口調で杉本はそんなことを話す。

「何でそんなこと知っているんです」

「調べたのさ。だってフリムン島なんて、何だか不吉な名前じゃないか。気になってね。フリムンという言葉は、関西弁に於ける『アホ』みたいに親しみを込めて使われることもあるが、この島の場合は明らかに違う」

「その話は、土岐さんにはしたんですか」

「もちろんしたよ。だけど、自分は唯物《ゆいぶつ》論者だからと意にも介さない様子だったね」

「ユイブツロンシャって何です」

「まあ、ものすごくざっくりと言えば、神をも畏《おそ》れぬ者ということさ。実際、二十数年前までは、この島にも入植者がいてサトウキビ畑なんかもあったらしいけど、殺し合いをしたなんて話は聞いたことがないしね」

何がおかしいのか、杉本は声を上げて笑った。

「しかしその犬は、本当によく君に懐《なつ》いているね」

諒の足下をちょこちょこと付いていくロビンを見て杉本が言う。

ロビンが、あまり杉本を警戒していないのが不思議だった。案外、動物の勘など当てにならないのかもしれない。

歩きながらも、諒の胸の内は、サイトウとの約束を破ってしまったことへの罪悪感で一杯だった。

だが、辿り着いたガマにいたのは、咲良一人だけだった。

入口を覆っているガジュマルの気根《きこん》の束を横に避け、背を屈《かが》めながら諒が中に入っていくと、背後で杉本が小さく口笛を吹く音が聞こえた。

「こりゃすごい。中は洞穴になっているのか」

「サイトウくん？」

ガマの奥から、咲良の声が聞こえてくる。

見ると、ガマの中に張られたシートの下で、寝床に横になっていた咲良が上半身を起こしたところだった。

「やあ、咲良さん。お久し振りです」

諒に続いてガマに入ってきた杉本が、場違いに明るく気さくな声を出す。

「諒くん……それに、杉本さん」

咲良が戸惑ったような声を上げる。

「よかったよかった。僕のこと、覚えていてくれたんですね」

「諒くん、この場所のこと喋っちゃったの？」

責めるような咲良の言葉に、思わず諒は視線を逸らす。

「まあまあ……。彼はちゃんと秘密を守っていますよ。僕以外には誰にも喋っていない筈です。だよな？」

杉本の言葉に、諒は不承不承《ふしょうぶしょう》に頷いた。

「具合が悪そうですが……」

そして杉本は医師らしく、目ざとく咲良の様子を見て言った。

確かに、咲良は調子が悪そうだった。貧血でも起こしているのか、顔色もどこか白っぽい。

「ええ、まあ。たぶん栄養が足りていないからだと思うんですが……。何だか最近、だるくて、すごく眠いんです。横になっていないと、すぐ疲れちゃって……」

「小屋の方には戻らないんですか。ええと……何と言ったっけ」

「エデンです」

咲良の代わりに、諒が小さな声で答える。

「そうそう。エデンだった」

苦笑いを浮かべながら杉本が言う。

「こちらに引っ越したんですか？　土岐のやつはどこです」

どうやら杉本は、まだ土岐が咲良と一緒だと思っているようだった。

「土岐さんは、ここにはいません。私たち、別れたんです」

目元に涙を溜め、重苦しい口調で咲良が答える。

この答えは杉本も意外だったようで、少しばかり困惑したような表情を浮かべた。

そして眉間《みけん》に皺《しわ》を寄せ、ガマの内部を見渡している。

「だが、一人で暮らしているようには見えないが……」

呟くように杉本が言う。生活調度品などを見ても、最近、ここに住み始めたようには見えず、咲良が一人で住んでいるのでないのは明白だった。

「僕は土岐に会いに来たんです。この島の所有権について進展があったので、それを伝えて今後について相談しなければならない」

杉本は落ち着いた静かな口調で咲良に話し掛ける。敢《あ》えて土岐との関係がどうなっているかは、今ここでは問わないつもりのようだ。

「だが、その前に……咲良さん、熱があるのでは？　ちょっと横になってもらえますか」

杉本の口調は真剣だった。困惑しながらも咲良は頷き、寝床に横になる。

咲良の手首を取り、杉本は腕時計を睨みながら、脈拍を計り始めた。

「九十ってところか。少し速いな。最後に生理があったのはいつです？」

「それは……」

言われて初めて気がついたとでもいうふうに、咲良は表情を変える。

「もう二か月来ていませんけど、元々、生理は不順な方で、そのくらいの遅れはよく……」

「飽くまでもこれは直感で、検査のために必要な道具も薬も何もないから確定はできないが、咲良さん、あなたは妊娠しているかもしれない」

「え……」

「心当たりがあるっていうことですか？」

咲良は無言で俯《うつむ》いた。

困ったような表情を浮かべ、杉本は腕組みして唸る。

「もし、そうじゃなかったとしても、顔色からして少し貧血気味なようだし、実際、体調も悪そうだ。一度、K島の診療所で詳しく調べた方がいい」

「でも……」

「エデンに戻るのが嫌なら、一度、石毛さんのお宅に行きましょう。今日の午後には、照屋さんが僕を迎えに来るから、一緒に船に乗って……」

「待ってください」

杉本の言葉を遮《さえぎ》り、咲良が言う。

「私、すぐには行けません」

「どうしてです」

杉本の質問に、また咲良は黙り込んでしまった。

「あっ、ロビン」

その時、諒の足下から、ロビンが駆け出し、ガマの外に出て行ってしまった。

慌てて諒はそれを追って外に出る。幸い、そこでロビンは待っていた。ほっとして諒はロビンを呼び寄せ、抱き上げる。

「諒くん、ちょっといいかな」

少し遅れて、杉本がガマの外に出てきた。

「サイトウっていうのは、いったい誰だ？」

「えっ、何のことです」

「誤魔化さないでくれ。さっき、この洞穴に入った時に、確かに咲良さんは『サイトウくん？』と言っていた」

とぼけようとする諒に、杉本は険しい表情を浮かべる。

「僕の知っている限り、この島にそんな名前の人物はいない筈だ。それに、どう考えても咲良さんがこの洞穴に一人で住んでいるとは思えない。他の人たちが知らない何者かが、この島にはまだいるってことかな？」

強い調子で問うてくる杉本に、仕方なく諒は小さく頷く。

「何者だ」

「僕もよくは知りません」

「本当かい？」

諒の心の内を見透かそうとするように、杉本がじっと見入ってくる。

それで少し心が揺らいだ。この人は今日のうちにK島に戻る。だったら、むしろサイトウのことを話してしまった方がいいかもしれない。

「たぶん……たぶんなんで、間違っているかもしれませんけど……」

「うん。何だい」

「二年半くらい前に東京であった、小田急線沿線のマンションで女子大生を殺した犯人だと思います。死体の解体途中に逃亡した……」

もっと驚くかと思ったが、杉本は案外冷静で、表情を変えなかった。

「土岐は、その人とは会ったことがある？」

「おそらく……」

「わかった。それじゃ言い出せなかったのも無理はない。恨みでも買ったら大変だもんな」

納得したように杉本は頷いた。

「咲良さんは何とか説得して、見晴らし亭に連れて行く。時間が掛かるかもしれないから、君は先に戻っていてくれ」

「サイトウさんが帰ってくるかもしれませんよ」

「それなら、そのサイトウくんと話をするまでだよ」

肩を竦めて杉本が言う。

「あの……僕が、サイトウさんが殺人犯じゃないかって言ったことは……」

「わかってるわかってる。言わないさ。じゃあ、また後で。もし照屋さんの方が先に着いたら、待っていてくれるように伝えてくれ」

杉本はそう言うと、再びガマの中へと戻って行った。

2

誰かがやってきた気配に、美千子が見晴らし亭の小屋の入口を見ると、そこには杉本と、その後ろでばつが悪そうに俯いている北郷咲良の姿があった。

咲良と会うのはいつ以来だろう。下手をすると二、三か月ぶりだ。

以前に会った時の咲良は、島暮らしではあるが清潔にしていて、身だしなみもきちんとしていたが、今はずいぶんと薄汚れてうらぶれている。髪も洗っていないのかごわごわで、シャツもずい分と着替えていないのか、汗染みができていた。

「あら……」

「土岐に会いに行ったんだが、いませんでした。代わりに咲良さんとは会えましたが……」

杉本が言う。

「ご主人は？」

「出掛けています」

今日もまた、久志は朝から何かの用事で呼びつけられて、嘉門たちのところに行っていた。午後までには戻ってくると言っていたが、このところは毎日だ。

「実は、咲良さんはちょっと体調を崩していましてね。一応、僕も医者ですから、K島の診療所に来るように勧めました」

「ああ、そうなんですか」

言われてみると、確かに咲良はちょっと顔色が悪く、元気もなかった。

「あの、私……」

そこでふと咲良が口を開く。

「私、K島に行くとは言っていません」

「何だって」

その咲良の言葉に、杉本が声を上げる。

「ごめんなさい。でも、そんなに緊急の感じではないですよね？　少し考える時間をくれませんか」

「いや、確かに今すぐにとは言わないが、それにしたって……」

「とにかく座ったら？」

美千子は二人に椅子《いす》を勧めた。

「諒くんは？」

「一度帰ってきて、ロビンを連れて郵便桟橋に行きました。照屋さんが到着したら、すぐに知らせるって……」

本当は、この小屋に美千子と二人きりでいたくなかったのだろう。口には出さないが、諒はまだ美千子と阿久津との関係を疑っているようだった。

「それは助かる」

頷き、杉本は咲良の方に向き直る。

「その船に乗らないと、次に僕がこの島に来られるのは何週間か後になりますよ」

「ええ、わかっています。でも万が一、何かあったら嘉門さんたちのボートもありますから、お願いすればK島まで送ってもらえると思いますし……」

湯冷まししたサンニン茶を美千子はコップに注ぎ、二人に出してやった。

嘉門たちに、果たしてそんな親切心があるだろうか。石毛家ともそうだったように、咲良は嘉門たちとも殆《ほとん》ど付き合いがなかった筈《はず》だ。

それに阿久津から、嘉門が土岐と咲良の二人を毛嫌いしているという話は何度も聞いていた。

嘉門はもちろん、土岐と咲良を島から追い出そうと考えている筈だが、いざ咲良が困って嘉門を頼ろうとしたら、嫌がらせにボートに乗せることを拒否しそうな気もした。

「それまでは、私、こちらの石毛さんたちにお世話になるつもりです」

「えっ、ちょっと待って」

急に咲良がそんなことを言い出したので、美千子は慌てた声を出した。

「困るわ。私たちだって家族三人の生活で手いっぱいだし……」

「それは、以前に石毛さんたちがこの島に来た時に、私が手助けをすることを拒否したことへの意趣返しですか？」

目元に涙を浮かべながら、咲良が軽く美千子を睨みつけてくる。

美千子にそんなつもりはなかったが、確かに思い出してみると、石毛家が島に上陸した時の土岐と咲良の態度は冷たかった。交流が殆どなかったのもそのせいだ。

それが立場が変わったら、こうして当たり前のように助けを求めてくるとは。

「あの時は、私も不本意だったんです。本当は、石毛さんたちとも仲良くしたいと思っていたのに、土岐さんが相手にするなって言うから……」

とうとう咲良は顔を手で覆って泣き始めてしまった。

どうも鵜呑《うの》みにできない雰囲気だったが、腕組みした杉本が、困ったような顔をして美千子の方を見てくる。

「私、もうエデンには戻れません。行くところがないんです」

「土岐さんはどうしているの？」

久志や諒から、最近、エデンは留守が多く、特に咲良の姿はまったく見かけないという話は聞いていた。

「私、土岐さんとは別れたんです。それでエデンを出て……。土岐さんがどうしているかは、私もわかりません」

美千子は困った。だが、咲良の面倒を見るのは本音では願い下げだったし、久志のいないところで勝手に承諾もできない。

「体の調子が悪いなら、杉本さんと一緒にK島に行って診てもらった方が……」

どう考えてもそれが最善だ。むしろ何で島に居残ろうとするのかが不思議だった。

その時、小屋の入口の柱を拳《こぶし》でノックする音がした。

「杉本か。久しぶりだな」

風通しを良くするために戸は開け放たれていたが、そこに立っていたのは土岐だった。

小屋の入口に背を向ける形で椅子に腰掛けていた咲良が、驚いてそちらを振り向き、土岐の姿を確認する。そして今度は、慌てて目を逸らしてテーブルの上を見つめたまま、固まってしまった。

「土岐か？」

杉本が声を上げる。こちらは驚き半分、喜び半分といったところだった。

「ずいぶんとワイルドになったな」

椅子から立ち上がってそちらに行き、握手を交わしながら、心から可笑《おか》しそうに杉本が言う。

土岐は以前に見かけた時にはなかった髭《ひげ》を蓄えていた。

「エデンに書き置きがあったのを見た。僕に何か用事があって来たんだろう？」

「そうなんだ。ああ、ちょうど良かった。今、咲良さんも一緒なんだ。中に入れよ」

杉本はそう言って土岐を中に招じ入れようとしたが、土岐は小屋の中で縮こまって震えている咲良の背中を冷たい目で一瞥《いちべつ》すると、口を開いた。

「いや、いい。他に行って話そう」

「おい、待てよ。照屋さんが午後には迎えに来るから、あまり時間が……」

引き留めようとする杉本を置いて、土岐はさっさと歩き去ってしまった。

「すみません。ちょっと行ってきます。もし照屋さんが郵便桟橋に着いたら、僕が戻ってくるまで待っていてくれるようにお願いしておいてください」

慌てた様子でそう言うと、杉本も土岐を追って行く。

二人がいなくなって少ししてから、固まっていた咲良はやっと呪縛《じゅばく》が解けたように、呼吸を整えるように息を吐き出した。

「私、きっと殺される……」

そして呟《つぶや》くように言う。

「いったい何だ。今、杉本さんたちと擦れ違ったが……」

入れ替わるように、今度は小屋の入口に久志が姿を現した。

「相変わらず礼儀知らずだな、あの土岐って人は。挨拶《あいさつ》したのに無視されたよ。……ん？」

そこでやっと、久志は小屋の中に咲良がいるのに気がついた。

「咲良さんじゃないですか。最近見かけなかったが、今までどこにいたんです？」

「それは……」

困ったような表情を浮かべ、咲良が口籠《くちご》もる。

だが、久志はさして咲良には興味がないらしく、小屋の中に入ってくると、手に持っていた発泡スチロールの箱を、どんと咲良の目の前のテーブルの上に置いた。

「朝から動画撮影で釣り磯に行っていたんだ。島のアクティビティ紹介で亀石さんが釣りをしたんだが、思い掛けず大漁で、もらってきた」

咲良を無視するような感じで、久志は箱の蓋《ふた》を開く。中には、四十センチほどの大きさの、こちらではシチューと呼ばれている黒い光沢のあるメジナの一種と、やはり同じくらいの大きさのソウダガツオ、それから名前も知らない小物が数匹入っていた。一緒に氷も入っている。嘉門のところには、製氷可能なバッテリー式のクーラーボックスがあると聞いていたが、本当のようだ。

「いいのかしら、いただいちゃって」

「ああ、嘉門さんは、スーパーとかで切り身とかサクで売っている魚以外は、気持ち悪いから食べないって言っていたよ。亀石さんも料理が得意と言っているわりには、魚は捌《さば》けないんだそうだ」

「ふーん。変な人たちね」

「とりあえずこれを置きに来ただけだから、すぐ嘉門さんたちのところに戻らないと」

「あの……」

「諒はどこに行った？」

咲良が口を開こうとしたが、それに被せるように久志が言った。

先ほどから、あからさまに咲良をいないもののように扱っている。

初対面の時の咲良の態度を、まだ根に持っているのかもしれないし、今やもう久志は嘉門側の人間みたいになっているから、同調して土岐や咲良を疎《うと》ましく思っているのかもしれない。

「郵便桟橋に行っているわ。照屋さんを迎えるって」

「そうか。じゃあ心配ないな。魚は今日のうちに刺身にして食ってしまおう。食べきれない分は干物だな」

「あの……私、少しの間、ここに置いてもらえないでしょうか」

「断る」

意を決したようにそう口にした咲良に向かって、久志は即答した。

「家族以外の人間を、同居人として招き入れる気はない。他を当たってくれ」

「他といっても……」

言い掛けて咲良は黙ってしまった。この島にいるのは、あとは嘉門たちと土岐だけだ。それがわかっていて久志も言っているのだろう。

「あなたも言っていたじゃないですか。人を頼りにしたり手を借りるつもりなら、そもそも島での暮らしは無理だってね」

確かに、そんなことを言われた記憶はあった。それを理由に、諒の家庭教師も断られたのだ。

「それは私じゃなくて土岐さんが言ったことで……」

「だったら、以前のように土岐さんと一緒に暮らしたらどうです」

どうも久志は、土岐と咲良が仲違いしているのを察した上で言っているようだ。

「ねえ、あなた。少しの間だけなら……」

さすがに少し可哀そうに感じてきて、思わず美千子は口を挟む。

「君は黙っていてくれ」

だが、久志のひと言で、美千子の声は打ち消されてしまった。

「とにかく、うちには食べ盛りで思春期の息子もいるんだ。あなたの面倒までは見られない」

「わかりました」

それまで目に涙を浮かべて必死に訴えていた咲良が、途端《とたん》に表情を変え、久志を睨みつける。

「もうあなたたちにはお願いしません。こんなに心の冷たい人たちだとは思っていませんでした。諒くんって、引き籠《こ》もっていて中学校もろくに通っていなかったんですよね？　原因って、もしかしたら、あなたたち両親にあるんじゃないですか」

「何だと？」

久志が低く唸《うな》るような声を上げる。

この物言いは、さすがに美千子もやり過ごせなかった。

「咲良さん、取り消して」

「思ったことを言っただけです。他の人たちもみんなそう思っているんじゃないかしら。義務教育も修了させずにこんなところに連れてきても、問題を先延《さきの》ばしにしているだけで何も解決しないし、却《かえ》って諒くんの将来の可能性を狭めているだけだと思いますけど」

咲良が腹立ち紛れに思い付くままに言っているのはわかっていたが、久志は怒りのあまり、真っ赤な顔をして握った拳を震わせている。

「あなた、やめて」

久志が咲良を殴りつけてしまうのではないかと感じ、慌てて美千子は止めに入る。

「私、女性ですよ？　暴力を振るうつもりですか。最低ですね」

煽《あお》るように咲良が言う。

「出て行ってくれ。二度とあなたの顔は見たくない」

「言われなくてもそうします」

咲良はそう言うと、椅子から立ち上がり、さっさと小屋から出て行ってしまった。

久志は怒りを抑えるためか、小刻みに震えながら何度か深呼吸をした。

咲良の発言は、美千子も許せなかったが、どこか自暴自棄になっているような雰囲気があり、そのことが気に掛かった。

「ふざけやがって……。俺たち家族が、どんな思いでこの島に来たかも知らないくせに……」

怒りが収まらないのか、久志はまだぶつぶつと文句を言っている。

「何であんな女を小屋に入れたんだ」

その矛先が美千子に飛んできた。

「杉本さんが勝手に連れてきたのよ。私に怒らないで」

「今後、あの女が泣いて謝ったり助けを求めてきたとしても、絶対に許すな。この家にも、見晴らし亭の敷地にも入れるな」

「……わかったわ」

今は何を言っても、久志を刺激するだけだろう。

「でも、咲良さん、どうするのかしら……」

「知ったことか」

吐き捨てるようにそう言うと、久志はテーブルの上に置いてあった、杉本のために淹《い》れたお茶を一気に飲み干し、再び小屋から出て行った。

3

「じゃあ、また二、三週間後くらいに来るよ」

「はい」

「できれば、咲良さんにK島に来て診察を受けるよう説得をしておいてくれ」

「わかりました」

照屋の漁船の甲板からそう声を掛けてくる杉本に、諒は適当に返事をする。

できれば、もうあまり杉本とは会いたくなかった。

桟橋の杭に結ばれたロープを外し、それを船の中にいる照屋に向けて放り投げると、ゆっくりと漁船は桟橋から離れ、エンジン音を立てて海の向こうに見えているK島に向かって去って行った。

ロビンを連れ、諒は重い足取りで見晴らし亭までの道を歩く。

杉本がいなくなったから、いよいよ昨日の件について美千子に問い質《ただ》さなければならない。それが憂鬱だった。

「あ、諒、お帰りなさい」

見晴らし亭に戻ると、日に焼けないように首回りにタオルを巻き、麦わら帽子に軍手を着けた美千子が、敷地内にある菜園で土いじりをしている最中だった。

美千子を無視し、諒は小屋の中に入る。ロビンは定位置になっているリビングの隅の土間の上に行き、大人しくそこに座った。

少し遅れて、美千子がタオルで顔の汗を拭きながら小屋に入ってくる。

「父さんは？」

諒は小屋の中を見回す。寝室の方からも人の気配はしない。

「湧き水を汲みに行っているけど……」

「ねえ、母さん、昨日は、あの阿久津って人と何をやってたんだ」

久志がいない時に、納得のいく答えがあるなら聞いておきたいと思ったのだが、その時に目にした光景が頭に浮かび、思わず強い口調になってしまった。

「えっ、それは……。別に何もないのよ。たまたま……」

途端に美千子はしどろもどろな口調になる。

「たまたま？　どんな偶然があったら、あんなふうになるんだ。僕だってもう子供じゃないんだ。母さんが、あいつと何をしていたかくらいわかるさ。誤魔化《ごまか》しても無駄だよ」

美千子は弁解しようとしない。もしかしたら自分の誤解なのかもしれないと諒は思っていたが、その美千子の態度のせいで、またわからなくなった。

「昨日から、ずっと考えていた。やっぱり父さんに言おうと思う」

「それは……」

「黙っていたら父さんが可哀そうだ」

「やめて、諒。誤解しているわ」

「何であいつを庇《かば》おうとするのさ」

美千子の態度がそんなふうに見えて、思わず吐き捨てるように諒はそう言った。

「奥さん……？」

阿久津の間の抜けた声が小屋の入口から聞こえてきたのは、まさにその時だった。

「あ……やあ、こんにちは」

そして諒の姿を見て、困惑したように声を掛ける。

諒は阿久津を睨みつける。頭に血が上ってしまい、返事をする気にもなれなかった。

「北郷咲良さんが、嘉門さんのテントに来て、ちょっと揉めていましてね……」

「だから何！」

遠慮なく小屋の入口の敷居を跨《また》いでこようとする阿久津に、美千子が鋭く言い放つ。

こんなふうに他人に向かって声を荒らげる美千子の姿を、諒は初めて見た。

「いや、だからその……少しの間、こちらで過ごさせてもらおうかと思って……」

「ふざけないで！　出て行って」

さらにヒステリックに美千子が声を張り上げる。

「息子に誤解されています！　もう二度とここには来ないでください！」

美千子にそう言われても、阿久津は困ったようなきょとんとした表情を浮かべて辺りを見回しているだけで、動こうとしなかった。

この人は少し鈍いか、そうじゃなければ空気が読めないのだろうかと諒は思った。

「そんなことを言わないでくださいよ。奥さんに見捨てられたら、僕はもう……」

そして今にも泣き出しそうな情けない声を出す。

「帰りなよ、おじさん」

それでも動こうとしない阿久津に向かって、諒は冷ややかに言い放った。

途端に阿久津が、むっとしたような表情を浮かべる。

「えーと、諒くんだったよね。そんな怖い顔で睨まないでくれよ。昨日のことを、何か誤解しているのかな。あれは本当に何も……」

「失せろよ」

自分でも吃驚《びっくり》するような声が出た。諒はこれまで、他人を殴ったことは一度もなかったが、握っている拳が震えた。

阿久津はさらに強《こわ》ばった表情を見せ、声のトーンを落としてきた。

「君は、目上の人への言葉遣いに気を付けた方がいい」

「目上？　誰がだよ」

「僕が穏やかな性格だから済んでいるが、そんな口の利《き》き方を亀石のやつにでもしたら……」

一瞬、誰のことを話しているのかと思ったが、嘉門が連れてきたもう一人の男のことだと気づいた。諒は口を利いたこともない。

「上がってもいいかな。僕は奥さんと話がしたいんだけど」

何というしつこさだろう。こいつ、頭がおかしいんじゃないかと諒は思ったが、よくよく見ると阿久津の目はとろんとしており、上体がずっと小刻みに揺れている。実際、ちょっと普通には見えなかった。病的というか、何か危うい雰囲気があった。

ふと諒は、杉本がエデンへの道すがらに話していた「フリムン」のことを思い出し、少し背筋が寒くなる。

「奥さん……」

阿久津が小屋の中に入って来ようとする。

美千子が狼狽《うろた》えて、短く悲鳴のようなものを上げた。

「誰が入っていいって言ったよ！　帰れよ」

思わず諒は阿久津の前に立ちはだかり、押し返すように、阿久津の腹の辺りに思い切り蹴りを入れた。

弱々しく、うっと呻き声を上げて阿久津が前屈し、二、三歩、後退《あとずさ》る。

「やめなさい！　諒！」

背後で美千子が驚いたような声を上げる。

「だから、何でこんなやつのことを庇うんだよ！」

思わず諒は美千子に向かってそう怒鳴《どな》っていた。

「くそ……どいつもこいつも、僕を馬鹿にしやがって……」

腹を押さえて蹲《うずくま》りながら、阿久津が恨みがましい目を諒に向ける。

「二度とここに来るな。次にこの辺りでお前の姿を見かけたら、容赦しないぞ」

言いながら、怖くて自分の唇が震えているのがわかった。

容赦しないどころか、阿久津が本気で反撃してきたら、大人と子供の腕力の差ではひとたまりもない。

だが、阿久津はすごすごと逃げるように小屋から出て行った。

「やめて、もう……こんな……諒は優しい子なのに」

どうやら美千子は、自分の目の前で諒が赤の他人に暴力を振るったことに、ひどくショックを受けているようだった。力が抜けたようにリビングの椅子に座り、手で顔を覆って泣き始める。

「誰のせいだと思ってるんだよ！」

諒の心は掻き乱されていた。

まだ興奮が続いており、美千子への口調も思わず乱暴になる。

「諒、何をやっているんだ？」

そのまま暫くの間、気まずい無言の時間が続いた後、久志が帰ってきた。

そしてすぐに、小屋の中に流れている普段と違う空気を察したのか、困惑したような表情で諒と美千子の顔を見比べた。

「父さん、話がある」

「やめて、諒。誤解されるから……」

美千子が泣きそうな声を出す。

「戻ってくる途中、阿久津さんと会わなかった？」

「いや、見ていないが……。ここに来ていたのか」

「母さん、あの人と……」

美千子は頭を抱えるようにして、「違う、違う」と何度も繰り返していた。

4

「あなた、妊娠しているかもしれないんですって？」

ベッドの縁《へり》に腰掛けて足を組んでいる嘉門が、値踏みするように咲良を見下ろしながら、そんなことを言った。

思わず咲良は顔を上げる。

「杉本さんがそう言っていたわ。帰り際に、このテントに寄って行ったのよ。もし何かあったら、私たちのボートでK島まで送ってくれだってさ」

どういうわけか、嘉門は、半ばにやけた表情を浮かべている。

この人は、前歯が出ているせいか、どうもちゃんと口を閉じることができないようで、ずっと口を半開きにしていた。

咲良は、嘉門たちが寝泊まりしている大きなキャビン型のテントの中で、床に敷かれた絨毯《じゅうたん》の上に正座していた。

嘉門は椅子なども勧めてくれず、そこに座れと命じられたからだ。

テントの中には、男がもう一人いた。嘉門たちがエデンに姿を現した時を入れても、数度しか姿を見かけたことがないが、確か亀石とかいう名前の男だ。

島にやって来た時から浅黒い肌をしていたが、さらに日焼けして真っ黒になっている。

今は短パンに上半身は裸で、胸元に下品な金のネックレスを掛けていた。がっしりとした体付きをしていると思ってはいたが、念入りに筋トレでもしているのか、それとも格闘技でも齧《かじ》っているのか、よく仕上がった筋肉質の体をしていた。

そして亀石は、右の肩口から胸元にかけて、蔦《つた》が絡まるような柄のタトゥーを入れていた。

「あの土岐とかいう医者崩れとは別れたの」

「はい、ええ……」

俯《うつむ》き加減に咲良がそう答えると、何が可笑しいのか、嘉門は声を上げて笑い出した。

「それで石毛さんのところも相手にしてくれなくて、ここに来たってわけね」

惨めさに目元に涙が浮かんでくるのを感じながら、咲良は無言で頷く。

「ちゃんと返事しなよ」

嘉門と並んでベッドの縁に腰掛けていた亀石が、促すように咲良に言う。

「はい」

その亀石の口調が怖くて、思わず咲良はそう口にしていた。

嘉門を頼りにしようとこのテントに来たことを、早くも咲良は後悔し始めていた。前にも思ったことだが、どうやらこの人たちと自分では人種が違う。

何とか口実を作ってこの場を辞したかったが、こちらからそんなことを言い出せるような雰囲気ではなくなっていた。

やはり照屋の船に乗ってK島に行けばよかった。サイトウはガマを出て行ったまま、すでに咲良を捨てて島から去ってしまったのかもしれないと思っていたが、もしかしたらという気持ちがあり、つい待つことにしてしまった。

嘉門も頼りにできないとなると、もう本当に自分は、次に照屋がこの島に来るまでの何週間かを、誰にも頼らず自力で過ごすより他なくなる。

そうでなければ、土岐と何とかして仲直りするか。

「私、あなたみたいな女が嫌いなのよ」

嘉門はベッドサイドのテーブルの上に置いてあったビニール袋から、何か乾燥した植物の固まりを取り出すと、手の平大の円筒形の容器に入れた。

「お高く止まって、鼻につくのよね。湧き水で足を洗ったくらいで文句言って……」

容器には、ちょうどコーヒーミルのような把手《とって》が付いており、嘉門はそれを回し始める。

「あれは失礼だったよね。まるで嘉門さんを汚いものみたいに」

同調するように亀石が言う。

テーブルの上に置いてあった、ガラス製と思《おぼ》しきパイプを手に取り、嘉門は容器から細かく粉砕されたものを取り出すと、火皿に詰めてマッチで火を付けた。

「それは……あの、すみませんでした」

「だから、あなたのことを助ける気はないわ。私たちのボートを貸すつもりもないから」

何だか嗅《か》いだことのない香りのする煙を鼻から吐きながら、嘉門が言う。

咲良は煙草《たばこ》を吸わないのでよくわからないが、セレブの間ではパイプ煙草が流行《はや》っているのだろうか？

「わかりました。お邪魔してすみませんでした」

先の心配よりも、今ここで嘉門や亀石と一緒にいることの居心地の悪さの方が、何倍も勝った。

「じゃあ、私はこれで……」

「そう急ぐこともないでしょう」

これを機にして立ち去ろうとした咲良を、どういうわけか亀石が引き留めてきた。

そして亀石は、隣に腰掛けている嘉門に何か耳打ちをした。

それまで不機嫌そうだった嘉門の表情が、みるみる変化していくのがわかる。

「まあ、私も鬼じゃないわ」

手に持っていたパイプを亀石に手渡し、嘉門がそんなことを言い出す。

「ずっとは困るけど、とりあえず今日は泊まっていったら？　すぐ隣にゲスト用のテントを立てたのよ。グランピング施設を開設するに当たって、是非、モニターとして宿泊して、女性の視点からいろいろと意見を聞かせてもらいたいわ」

「はあ……」

急に態度を変えた嘉門を訝《いぶか》しく思いながら、咲良は答える。

「夕食もご一緒にどうです？　僕が腕によりを掛けて何か作りますよ」

嘉門から受け取ったパイプを吸い、鼻から煙を吐きながら亀石が言う。

「亀石の料理の腕はプロ並みよ」

「あれこれとこの島独自のメニューを考案中でしてね。咲良さんは、我がグランピング施設のお客様第一号になるのかな」

亀石が笑い声を上げる。

「あら、でも咲良さんはヴィーガンじゃなかったかしら」

「えっ、そうなんですか？　じゃあ、それに合わせたメニューを……」

「いえ、それはもうやめました」

咲良が小さな声でそう言うと、嘉門が呆れたような表情を浮かべる。

「そうなの？」

「だが嘉門さん、今、セレブの間ではヴィーガン食が流行《はや》っているらしいですよ。メニューに加えれば、受けるかもしれない」

自分はそんな流行とか、軽薄な理由でヴィーガンだったわけではない。

そう言い返したかったが、咲良は黙っていた。

「それと、阿久津にお湯を沸かすように言うから、お風呂に入ったら？　あなた、少し臭うわよ」

嘉門はそう言うと、冗談めかした感じで自分の鼻を摘まんで眉根を寄せてみせた。それを見て亀石がまた声を上げて笑う。

「すみません……」

情けなさと恥ずかしさで、咲良は涙が出そうになったが、それを必死に堪えた。

夕食を一緒にするのも、ゲスト用のテントとやらに泊まるのも断ろうと思っていたが、お風呂に入れると聞いて気持ちが変わった。

エデンを飛び出して、サイトウの住むガマに住み着いてからは、せいぜい鍋で沸かしたお湯でタオルを絞り、清拭《せいしき》するくらいで、まともに体を洗っていなかった。

体の調子が悪かったこともあるが、このところはそれすらも面倒になり、髪も体も砂埃《すなぼこり》や汗でベタベタだった。悔しいが、嘉門に臭うと言われても、間違っているとは言えない。

「お客様をゲスト用のテントにご案内して」

「わかりました。ついでに阿久津のやつに、風呂を沸かすように命じてきます」

嘉門の指示に、亀石がパイプをテーブルのトレーの上に置き、腰掛けていたベッドの縁から立ち上がる。

「付いてきて」

亀石が先頭に立ち、続けて咲良もテントの外に出た。

砂浜から見える空は夕焼けで朱色に染まっており、海面に照り返して煌《きら》めいている。白い泡を立てながら、波が静かに打ち寄せていた。

こんなふうに、この島の景色を綺麗だと感じたのはいつ以来だろうと咲良は思った。

確かに、嘉門たちが寝泊まりしているキャビン型の大型テントから十数メートルほど離れたところに、以前にはなかった、遊牧民の住居を思わせるようなお洒落なデザインの、大きな白いベルテントが立っていた。

だが亀石はそちらではなく、すぐ隣に立っている、ガレージ風のカマボコ型をしたテントに向かって歩を進めた。

「おい、阿久津。仕事だ。風呂を沸かしてくれ」

殆ど怒鳴るような大きな声で、亀石は声を掛けたが、中から返事はなかった。

入口の幕を横に開き、亀石は中を確認する。

「サボりか。少しスカンクの匂いがするな」

鼻をくんくんと鳴らしながら亀石が言う。スカンクとは何だろう。危険を感じると刺激臭を発する、あの動物のスカンクのことだろうか。

「まったく、勝手にどこをほっつき歩いてるんだ。本当に使えないやつだ」

舌打ちまじりに独《ひと》り言《ご》ちている亀石の肩越しに中を覗くと、そのテントは建材やシートなどの資材や、拾い集めた薪《まき》、食料などの倉庫として使われているようだった。隅っこの方に、薄っぺらい寝袋が敷いてある。どうやら阿久津は、こちらで寝泊まりしているらしい。

「まあ、戻ってきたらすぐにやらせますよ。先にゲスト用のテントに案内しますから、少し休んで待っていてください。お風呂に入ってから、外で食事といきましょう」

「はい」

気さくな様子で話し掛けてくる亀石に、咲良は返事をする。

その亀石の視線が、自分の胸元をじろじろと見ているような気がして、少しだけ咲良は不安な気持ちに駆られたが、気にしないことにした。

亀石に通されたゲスト用のテントの中は、驚くほど豪華だった。

先ほどまでいた、嘉門と亀石が宿泊しているテントほどの広さはないが、それでもたっぷりと直径五メートルくらいの広さがある。中央にアルミ製の太いポールが立っていて、天井も高く、咲良くらいの身長なら、屈む必要もないくらいだった。

天幕に使われているシートは厚手だったが、換気のためのメッシュ状の大きな開口部が天井と足下付近にあり、風通しは良く中は涼しかった。

床のシートの上には、やはり絨毯が敷いてあり、シングルサイズのベッドが設置されていた。清潔そうなシーツが敷かれ、枕が置いてある。化粧のための鏡台もあり、小さなテーブルの上にはヴィンテージ風のランタンと、良い香りのするポプリの入ったガラスの器が置いてあった。

「新品の下着や着替え、それにタオルを後で持ってきますよ」

ランタンに火を点しながら亀石が言う。仄《ほの》かに室内が明るくなる。

「ありがとうございます」

同じ島の中に、こんな場所があることが信じられなかった。確かに、これだけの施設を島内に何か所か造れば、高めの料金を払っても遊びに来たいという人はいるだろう。

亀石がテントから出て行った後も、薄汚れた自分が足で踏んだり腰掛けたりしては、高価そうな絨毯やシーツを汚してしまうのではないかと、中にいても何となく落ち着かなかった。

「おいっ、僕や嘉門さんの許可なく出歩くなって何度も言っているだろう！　もう忘れたのか」

その時、テントの外から亀石の声が聞こえてきた。どうやら阿久津が戻ってきたらしい。

「ぼさっとしてないで、さっさと風呂を沸かしてくれ。僕は食事の仕度をしなきゃならないんだ」

すみませんすみませんと頻《しき》りに謝り続けている阿久津を、さらに亀石が怒鳴りつけている。何だか嫌な感じだったが、知らないふりをすることにした。

この島に来て、こんなにリラックスした気分になったのは、もしかしたら初めてかもしれない。

ゆっくりと湯船に浸かりながら、咲良はそんなことを思っていた。

嘉門たちが使っている風呂場は、ゲスト用のテントが立っている場所からさらに十数メートル先に設置されており、天井はなかったが、周囲を咲良の背丈より高い柵で囲って目隠しされていた。

野外に設置されている風呂だというから、ドラム缶風呂のようなものを想像していたが、アウトドア用のポータブルバスとかいうものらしく、直径二メートルほどのアルミ製の円形の浴槽に、薪ストーブのようなものがパイプで連結されており、その中を水が循環してお湯を沸かすシステムになっていた。ちょっとした露天風呂のような感じだ。

備え付けのボディソープやシャンプー、コンディショナーは海外ブランドのもので、配合されているハーブの良い香りがした。浴槽の中のお湯にも、ラベンダーの香りがする入浴剤が入れられている。

土岐と一緒にエデンで暮らしていた時には、できるだけ自然へのダメージが少ないようにとオーガニックの石鹸を使っていたが、そんなことが馬鹿らしくなるような贅沢《ぜいたく》さだった。

湯船に浸かる前に、一応、髪と体は洗ったが、髪を濯《すす》いだ時はまるで炭のようにお湯が黒くなった。

嘉門たちのテントの方から、肉を焼く良い匂いがしてくる。食事は表のオープンデッキで摂るようだ。

　夜空には星が煌めいており、穏やかに打ち寄せる波の音が微《かす》かに聞こえてくる。

　お湯を手で掬って何度か顔を流すと、咲良はもう一度、浴槽の傍らの砂の上に敷かれた広い簀《す》の子《こ》の上で、念入りに体を洗うことにした。あまり嘉門や亀石を待たせては悪いが、折角の風呂だ。次はいつ入れるかわからない。

　こんなことなら、最初からもっと嘉門たちと親しくしておけば良かった。

　さっきまで感じていた嫌な気分も忘れ、咲良はそんなことを思い始めていた。これもみんな土岐のせいだ。土岐があんなふうに大人げなく嘉門たちを拒絶するような態度を取らなければ、すぐに良好な関係を結べていたかもしれないのに。

　それにしても、これだけの風呂を沸かすのは、ずいぶんと重労働だろう。

真水を汲んでここまで運んでくるだけでも大変な労力だし、沸かすのも手間だ。全て、あの阿久津という人がやっているのだろうか？

　咲良は湯船から出ると、もう一度髪を洗ってコンディショナーを付け、スポンジで念入りに体の隅々まで擦った。

　そして備え付けの剃刀を使い、伸び放題だった無駄毛の処理を始める。

　咲良が片腕を上げ、腋《わき》の毛を剃っている時、ふと視線を感じた。

見ると、風呂場の入口に阿久津が立っていた。

思わず咲良は手で胸元を隠し、そちらに向かって鋭く声を出す。

「何をしているんですか！」

「その……嘉門さんが、咲良さんが脱いだ服は、ゴミにして燃やせっていうから……」

わざとそんなふりをしているのか、それとも本当に鈍いのか、呆けたような表情で阿久津は辺りを見回している。そして入口付近に置いてある籠の中に脱ぎ捨てられた、咲良の汚れた衣服と下着に手を伸ばした。

「やめて！　自分で処分しますから」

着ていたシャツは汗などで変色しており、下着の汚れもひどかったので、人に見られたり触られたりしたくなかった。

「でも、嘉門さんに怒られるし……」

「いいから！　それから、早く出て行ってください」

そう言われて、初めて咲良が全裸で入浴中だということに気づいたかのように、虚《うつ》ろな表情だった阿久津は目を見開き、そして今度は明らかに情欲に憑《つ》かれたような視線でじろじろと咲良の体を見た。

「これ、持って行きますね」

そして阿久津は短くそう言うと、咲良が脱いだものをひと纏《まと》めに抱え、風呂場から逃げるように去って行った。

追い掛けようにも、裸のままではそういうわけにもいかない。心底気持ち悪かったが、咲良は諦めた。せっかく風呂に浸かって気分良くなっていたのが台無しだ。

もう一度、湯船に肩まで浸かって気を取り直してから出ると、咲良は用意してもらった新品の下着のパッケージを開き、それを穿いた。服の方も新品で、どうやらワンピースのムームーのようだ。紫色の花柄がプリントされている。幸いに、嘉門とは背丈などもそれほど違わないので、どちらもサイズはぴったりだった。

濡れた髪を手で軽く絞り、バスタオルで水分を拭き取る。ドライヤーが欲しかったが、流石《さすが》にそこまでは用意されていない。

さっぱりした気分で咲良はサンダルに足を通し、嘉門と亀石が待っているデッキの方へと向かった。すでにボウルに入ったサラダや、カットされたチーズなどの前菜が並べられている。最近はサイトウのガマで、塩で味付けした野草やヘビやカエル、時には羽根を毟《むし》ってフライパンで炒《いた》めたクマゼミなどのひどい食事ばかり口にしていたから、とてつもないご馳走に見えた。

「阿久津さんはいいんですか？」

食前酒のシャンパンで乾杯し、嘉門と亀石と三人での夕食が始まったが、一緒に食事を摂るものだと思っていた阿久津は姿を現さない。

「あいつは残り物でいいんですよ」

苦笑いを浮かべて亀石が答えた。

デッキにはカセットボンベ式のツーバーナーコンロが出されており、亀石はシェフよろしく嘉門と咲良の会話に加わりながら、手際よくスープや前菜を拵《こしら》え、自分もそれを摘まみながら料理を出してくる。

「バッテリー式のクーラーボックスがあるんで、肉は数日なら真空パックで保存できるんですけどね、新鮮な野菜や果物は、この島ではなかなか入手できません」

笑いながら亀石が言う。

「いずれ菜園も作る必要があるな。そうすると、その世話をする人も雇わなきゃならないか」

「K島から運べばいいのよ」

「でも、さすがに冷蔵庫は発電機を動かしっ放しじゃないと使えませんからねえ」

「何かいい方法がある筈よ」

「じゃあいっそ、ソーラーパネルを設置しますか？　数百万あればできると思いますが……」

嘉門と亀石は親しげに会話を交わしている。この人たちは、毎日こんなものを食べ、酒を楽しんでいるのだろうか。

「この島の所有権を私に移す具体的な手続きが始まったわ」

やがて食事がひと通り済むと、嘉門はそんなことを言い出した。

「今は条件面で最終的な調整をしているところよ。正式に所有権が、私の夫の経営する不動産会社に渡ったら、グランピング施設開業への諸手続きを始めるわ。土岐さんにはこの島から出て行ってもらうことになるわね」

「あの人は、素直には出て行かないと思いますけど……」

「そんなことは許されないわ。この島は、私の物になるんだもの」

強い口調で嘉門が言う。

少し酔っていたので、余計なことを言ってしまったかもしれない。

「杉本さんが今日、話したんだけど、やはり出て行く気はないみたいね。元の地主との借地権の契約もあるみたいだから、弁護士を雇ってでも争うつもりだって言っていたらしいわ」

「ゴネ得を狙っているんですよ。きっと立ち退き料を吊り上げるつもりだ」

肩を竦めて亀石が言う。

「だったらまだいいんだけど、お金で解決できそうにないから厄介なのよ」

嘉門の方が、土岐の性格をよく見抜いている。

「咲良さんに、説得のお手伝いをしてもらわないとね」

何故か嘉門はそう言って亀石と視線を交わし、口元に笑いを浮かべた。それが妙に咲良の心に引っ掛かった。

「でも私、土岐さんとはもう……」

「いいのよ。任せておいて」

咲良に向かって、嘉門が片目を瞑《つぶ》ってみせる。意味がわからなかった。

「さあ、もっとお酒を。特製のカクテルがあるのよ」

嘉門に促されて亀石が立ち上がり、また何か作り始めた。

「私はもう……」

「いいじゃない。後はもう寝るだけなんだし」

断り切れず、仕方なく咲良は、あと一杯だけのつもりで亀石が出してきたカクテルを飲んだ。

記憶が途切れたのは、そこからだった。

男の荒い息遣いが聞こえ、咲良が微かに瞼《まぶた》を開くと、全裸になって自分の上にのし掛かっている亀石の姿が見えた。

すぐに状況は察せられた。自分もどうやら裸になっているようで、下腹部に異物感があった。抵抗しようとしたが、手にも脚にも力が入らなかった。もしかしたら、最後に出されたカクテルに、何か仕込まれたのかもしれない。

朦朧《もうろう》とした意識の中、咲良は眼球だけを動かして辺りを見回す。おそらく、ゲスト用のテントのベッドの上だ。

そして傍らには嘉門の姿があった。下着姿で椅子に腰掛けて脚を組み、にやにやとした笑いを浮かべてこの光景を眺めている。その隣では、阿久津が片膝立ちでビデオカメラをこちらに向けていた。

ああ、最初からそういうつもりだったのか。

意識が混濁《こんだく》しているせいで、悔しさや怒りもぼんやりとしている。まるで悪夢でも見ているかのような感覚だったが、瞼から涙が止めどなく溢れてくるのを咲良は感じた。

「もうやめましょうよ」

ふと、カメラを構えている阿久津の声が聞こえた。

「あ？　何だ」

咲良の上に乗っている亀石が、そちらに顔を向け、鋭い視線を投げつけた。

海岸のデッキで手料理を振る舞っていた時の、気さくで紳士的な雰囲気は綺麗さっぱり消えている。テントの中を照らしているランタンの柔らかい光の中、肩口のタトゥーがいやらしく揺れているのが見えた。

「とても見ていられません。もう嫌だ」

阿久津は涙声だった。

「本当に使えないわね。連れて来るんじゃなかったわ」

紙巻きの煙草のようなものを吸っていた嘉門が、心から呆れたように声を上げる。

そして阿久津の手からビデオカメラを奪い、それを構えた。

「じゃ、私がカメラマンね」

そしてふざけた調子で言った。

「やめてください、嘉門さん」

阿久津が嘉門の手から、ビデオカメラを奪い返そうとした。

「痛いっ、何するのよ！」

手首を摑《つか》んだ阿久津に向かって、嘉門がヒステリックな声を上げる。

「てめえ……」

咲良の上で腰を動かし続けていた亀石が、低く押し殺したような声を上げ、咲良から離れた。

そして、嘉門の手首を摑んで引っ張り合いになっている阿久津の傍らに行くと、強《したた》かにその顔目掛けて肘《ひじ》を叩き込んだ。

うっと呻き、阿久津が摑んでいた嘉門の手首を放す。

そこからは一方的で執拗《しつよう》な暴力が始まった。床に転がった阿久津を、何度も何度も膝を高く上げて亀石が踏みつける。阿久津は顔を両手で覆うようにして守っているが、亀石は容赦なく、その上から何度も顔を踏みつけ、脇腹に爪先で蹴りを入れた。その度に鈍い音が響く。やはり何かの格闘技を経験しているか、相当に喧嘩慣れしているように見えた。亀石は全裸なので、足を振り上げる度に、中途半端に萎えた股間のものが揺れて、それが妙に滑稽《こっけい》に咲良の目には映った。

「その辛気臭《しんきくさ》い面《つら》を見ているだけでむかつくんだよ。人のことを恨みがましい目で見やがって」

散々に蹴って少し気が済んだのか、やがて息を切らしながら亀石がそう言い捨てた。

「何だか白《しら》けちゃったわねえ……」

嘉門が溜息まじりに呟く。

そして、ぐったりとしてベッドに横たわっている咲良が、朦朧《もうろう》とした瞳で嘉門たちを見ていることに気づいた。

「あら、意識戻っていたのね。じゃあ、私が言っていること聞こえる？」

返事をする気もなかったが、頷いたり声を出すことも咲良にはできなかった。

「正直ね、土岐さんを法的に正式な手続きを踏んで島から追い出すのは難しいみたいなのよ。お金の話にもできないようだし、杉本さんも説得は無理そうだって言っていたわ」

煙をくゆらせながら嘉門が言う。

「ここだけの話、この島に造る予定のグランピング施設では、ちょっと特殊なサービスを提供するつもりなの」

録画された内容を確認しているのか、嘉門の傍らに立っている亀石は、立ったままビデオカメラの液晶画面を眺めている。

「石毛さんのご主人は理解を示してくれたわ。秘密を守ってくれるなら、グランピング施設がオープンした暁には管理人として雇って十分な給料を払うって約束したら、すぐに納得してくれた」

「だが、土岐さんやあんたに居座られると困るんだよな。特に土岐さんは融通が利かなそうだしね」

ビデオカメラをテーブルの上に置きながら、亀石が言った。

「それから、あんたの浮気相手の逃亡犯くんもね」

サイトウのことか。咲良は声を出そうとしたが、口の端からだらだらと唾液が垂れてきて、微かな呻き声が漏れてくるだけだ。

「そうそう。困るのよね。杉本さんが言っていたように、もし本当にあの女子大生を殺した犯人がこの島に隠れているんだったら、日本じゅうにこの島のことが知れ渡っちゃうわ。余計なことで、あまり目立ちたくないのよね」

嘉門は大袈裟に溜息をついてみせる。

「まあ、そっちの方はいいわ。問題は土岐さん。一緒に食事していた時にも言ったけど、あなたに説得のお手伝いをして欲しいのよね。土岐さんと寄りを戻すのでもいいし、泣きつくのでもいい。方法は任せるわ。上手くいかなかったら、今、撮影したこの動画がネットの裏サイトに流出することになるかもね」

ビデオカメラを指差しながら嘉門が言う。

「僕の顔にはちゃんとモザイクを入れてくれよ」

冗談めかした口調で亀石が言う。

「ああ、それからあなた、妊娠中かもしれないのよね？　土岐さんと逃亡犯くんのどちらの子かは知らないけど、だったら後から亀石に妊娠させられたとか、変な言い掛かり付けてこないでね」

何よりも、嘉門のその一言が咲良の怒りに火を付けた。同じ女なのに、咲良が妊娠している可能性を知った上で、咲良を薬か何かで酩酊《めいてい》させ、亀石にこんなことをさせたのだ。だとしたら鬼畜だ。いや、この島の名前に等しい狂《ふ》れ者か。

「うわっ、こいつ吐きやがった」

唐突に、亀石が素《す》っ頓狂《とんきょう》な声を上げる。どうやら脇腹を何度も蹴られた阿久津が、絨毯の上で、たまらず嘔吐したらしい。

「汚いわねえ……。この絨毯、高いのよ。何十万円だったかしら。弁償してもらわないと」

「おい、聞いてるのかよ」

阿久津の顔の辺りを亀石が爪先で小突いたが、阿久津は痙攣《けいれん》を続けており、呻き声も上げなかった。嘉門と亀石が顔を見合わせる。

「ちょっとまずいかな」

「いいわよ、放っておけば。明日になったら、自分が吐いたものを綺麗に掃除させましょう」

嘉門が椅子から立ち上がる。

すかさず亀石が、その嘉門を抱きすくめ、いやらしく唇を重ね、お互いの体をまさぐり始めた。

そして亀石がエスコートするように、嘉門と腕を絡めながらゲスト用のテントから出て行く。

やがて、微かにテントの外からスピーカー越しの音楽が聞こえてきた。

ゲスト用のテントの中には、咲良が洟《はな》を啜る音と、阿久津が時々えずく音だけが響いていた。

5

「本当に、あの阿久津という男とは何もなかったのか？」

「ええ……」

項垂《うなだ》れている美千子に向かって、久志は眉間に皺を寄せ、執拗に何度も同じ質問を繰り返している。

「君を信用しないというわけじゃないが……明日、嘉門さんのテントに行って、阿久津に直接、問《と》い質《ただ》してみる」

その言葉で、久志が心からは美千子の言うことを信用してはいないのが伝わってきた。

諒からも疑われているのは明白だったが、それが誤解であり、無理やり阿久津に襲われそうになったことを美千子は訴えた。

この島に来て以来、もっとも重苦しい空気が家庭の中に流れたが、昨晩は、それ以上に深い話にはならなかった。

久志は朝から庭仕事に精を出しているが、表面的には冷静を保っているように見えても、内心に怒りを湛《たた》えているのは明らかだった。阿久津の返答次第では、何か争いが起こるかもしれない。

日課のロビンの散歩から戻ってきても、諒はひと言も口を利いてくれない。

「ごはんよ」

美千子は二人に声を掛け、気まずいままにリビングのテーブルに着いた。

小麦粉を練って焼いたパンや、最近、やっと完成した鶏小屋で飼い始めたニワトリが産んだ、新鮮な卵で作ったスクランブルエッグなどをテーブルに並べ、三人で朝食を摂り始めても、会話は殆どなく、諒は料理にもあまり手を付けなかった。

阿久津が姿を現したのは、その朝食の席だった。

「奥さん……助けて。お願いです」

小屋の入口に姿を現した阿久津は、ぎょっとするような様相だった。片方の眼は赤黒く腫れ、瞼が膨れ上がっている。折れているのか、鼻が少し曲がっていた。唇の端も切れており、生々しい傷が開いている。顎には、乾いた吐瀉《としゃ》物のようなものがこびりついていた。歩き方もおかしく、体の至る箇所を打撲しているようだった。

今までも、亀石から暴力を受けたと思《おぼ》しき状態で姿を見せたことはあったが、今回はかなりひどい。阿久津が息をする度に、唇からひゅーひゅーと変な音が漏れてくる。

「もう無理だ。あいつらと一緒にいたらいつか殺される。それに、いくら何でも、あんなひどいことを……」

情けない声を上げ、阿久津はふらふらと小屋の中に入って来ようとした。

「ひどい怪我……手当てしないと……」

久志が怒鳴り声を上げたのは、美千子がそう言ってテーブルから立ち上がろうとした時だった。

「勝手に人の家に入ってくるな！」

激昂《げっこう》して立ち上がり、久志が阿久津に詰め寄る。

「私の妻に、いったい何をしようとした？　諒からも美千子からも話を聞いている。ふざけるなよ」

そう言うと久志は阿久津の胸倉を掴み、顔の真ん中を目がけて強く拳を叩き込んだ。

諒の足下でエサを食べていたロビンが、吃驚して激しく吠え始める。

殴られた勢いで阿久津は二、三歩後退し、へたり込むように地面に倒れた。

「やめて、あなた……」

怯《おび》える阿久津を相手に、久志は小屋の入口に立てかけてあった農作業用の鍬《くわ》を手にすると、それを威嚇《いかく》するように振り上げた。

止めに入らないと本当に阿久津に振り下ろしそうに見えたので、美千子は必死になって久志のシャツを後ろから掴む。

「何でこんなやつを庇うんだ！」

やはり、久志はかなり怒りを抑えていたらしい。

そう叫ぶと同時に、今度は美千子を片手で突き飛ばす。

あっと短く声を上げ、美千子は土間床に尻餅をついた。

「母さん！」

諒が叫び、美千子の傍らに駆け寄ってくる。

「一昨日にあったことは謝ります。奥さんが親切にしてくれるものだから、僕もつい魔が差したんです。本当にすみません」

土下座するように地べたに伏せ、額を擦りつけて阿久津は必死の声を上げる。

「謝って済む問題か」

その阿久津を、さらに久志が怒鳴りつける。

「もう嘉門さんたちのところには戻りたくありません。他に行く当てがないんです……」

「知るか」

吐き捨てるように言い、久志が振り向く。

「諒、嘉門さんのところに行って、この迷惑なやつを引き取りに来るよう伝えてきてくれ」

はっとした表情で阿久津が顔を上げる。

「あそこに戻ったら、また亀石に……」

「だから、こちらの知ったことじゃないと言っているんだ」

聞き分けのない阿久津に、苛々した様子で久志が答える。

「妻に手を出そうとした男など、同じ屋根の下で面倒を見られるか！　行くところがないなら、勝手に密林の奥にでも行って一人で暮らしたらどうだ」

「せめて怪我の手当てだけでもお願いできませんか。食料を少し分けてもらえるだけでも……」

「断る。さっさと消えろ。いつまでもそこにいるつもりなら、本当に嘉門さんのところに使いを出して、亀石さんを呼んでくるぞ」

それでも入口でぐずぐずしていた阿久津に向かって久志がそう言い放つ。

亀石の名に、阿久津は怯えたようにびくっと震えた。そして諦めたように立ち上がると、久志に向かってじっと恨みがましい視線を向けてきた。それは、端で見ていた美千子ですら背筋が寒くなるほど、暗い光を湛えていた。

「あなたも、それで済むと思っているんですか」

それまでと打って変わった、静かな口調で阿久津が言う。

「僕自身も捕まることになるから、今まで躊躇《ちゆうちよ》がありましたけど、もう腹を括《くく》りましたよ。僕は何とかしてK島に渡り、警察に行きます。石毛さん、あなたも無関係ではないですよね」

その阿久津の言葉に、明らかに久志は狼狽《うろた》えた様子を見せた。そして阿久津は、現れた時と同じ、よろよろとした頼りない足取りで小屋から去って行った。

それを見届けると、久志は手にしていた鍬を壁に立てかけ、落ち着かない様子で食べかけの朝食が並んだテーブルに着き、コーヒーを飲み干した。

「母さんに謝りなよ、父さん」

まだ土間の上に座ったままの美千子の傍らで、諒が怒りを抑えた声を上げる。

「必要ない。勘違いされるような行動を取ったお前も悪い」

美千子の方を見もせずに、憤然とした様子で久志は言う。

「違う。母さんを突き飛ばしたことをだよ！　最低だよ」

「うるさい。子供は黙っていろ」

今度は久志と諒の間で口論が始まった。

二人がこんなふうに激しくやり合うところを、美千子はこれまで一度も見たことがない。久志が引き籠もっている諒を無理やり勉強部屋から引き摺り出そうとした時だって、無言で抵抗していただけだった。

「いいのよ、諒」

美千子は諒を何とか宥《なだ》めようとする。

何だかんだいって優しい子なのだと、むしろ美千子は少しほっとしていた。

「ねえ、そんなことよりもあなた、阿久津さんが最後に言っていたのはどういう意味？」

警察が云々と阿久津は言っていた。久志も無関係ではないと。

「知らん。ただの捨て台詞《ぜりふ》だろう」

だが、久志は取り付く島もなかった。

やがて居心地が悪くなってきたのか、久志は小屋を出て、どこかへ出掛けてしまった。

美千子と諒はテーブルに戻り、残った朝食を黙々と片付け始めた。

何だか嫌なことが起こり始めている。

虫が知らせるというのだろうか。美千子はそんな気がした。

6

エデンまでの道のりを、どんなふうにして歩いたのか、咲良は思い出せなかった。

ベッドの上で意識が途切れたり、また戻ったりしているうちに、夜が明けていた。

いつの間にか阿久津はテントから去っており、絨毯の上に広がった血の混ざった生乾きの吐瀉物が、昨晩あったことが夢や幻ではなかったことを物語っていた。

ゲスト用テントの天井近くにあるメッシュ状の開口部から、朝の日射しが入り込み始めた頃、咲良はまだ具合が悪かったが、逃げるようにテントの外に出た。

まだ朝靄《あさもや》が掛かっており、周辺に人の気配はなかった。嘉門と亀石は、おそらく自分たち用のキャビン型テントの中だろう。できれば顔を合わせたくなかった。

サンダルが見つからず、咲良は裸足のまま、生温かい砂地の上を歩き始めた。身に着けているのは、テントの中にあった昨晩のムームーと下着だけだった。

郵便桟橋の辺りから、エデンへと向かう道に入る。普段なら何か履いていなければ足の裏がすぐに痛くなるところだろうが、何も感じなかった。

ふつふつと、咲良の胸の内に暗い怨念のような怒りが膨れ上がってくる。

だが咲良は不思議と冷静だった。ドラッグか何かを飲まされていたせいで、意識が混濁し朦朧としており、その最中の記憶が、あまり現実味を帯びていなかったからだろう。

泣いたり喚いたり叫んだりするような気分ではなかったが、このままでは済まさないという、断固たる決意のようなものがあった。

ここは、愚か者ばかりが住む島だ。

自分も含めて、本当に馬鹿ばかりだ。人は何かが足りていて初めて、人にそれを分け与えることができる。他人の目があるから理性的でいられる。どちらも失えば、人はただの弱い動物に過ぎない。

黙々とエデンへと向かって歩きながら、咲良は旧約聖書の楽園の名が付けられたその場所に、土岐が待っていることを望んだ。

自分だけの力では、単純に腕力の面で敵《かな》わない亀石や、嘉門への報復は無理だ。

K島に渡って警察に訴えるにしても、こちらの手元には証拠がない。第一、K島に渡る手段は、照屋の船が島を訪れるのを待つ以外には、嘉門たちのボートを使うしか方法がない。

その行為の最中をビデオカメラに録画されていたようだが、それが他人の目に触れるのは絶対に嫌だった。そんな事実があったことすら、できればなかったことにしたい。

時間を巻き戻したいと思った。土岐と出会う前の、妙な自然主義哲学に染まる前の生活に戻りたい。殆ど縋《すが》るような思いで咲良はそんなことを念じていた。別れた夫の守雄は待っていてくれないだろうか。そんなことまで考え始める。自分がエデンを離れている間に、土岐は守雄から送られてきた復縁を訴える手紙を見つけてしまってはいないだろうか。

あの動画が保存されているカードなり何なりの記録媒体を奪い返さなければならない。その上で、嘉門や亀石を殺してやりたい。

法などに訴えて世間に恥を晒《さら》すのはご免だ。あれこれと考えているうちに、咲良はそういう結論に至った。代わりにこの島なら、事故や行方不明に見せかけて報復を実行する方法はありそうだ。だが、自分一人ではどうにもならない。

頼れる相手は……いや、咲良の思うように動いてくれそうな相手は、土岐だけだと直感していた。

だが、エデンに土岐の姿はなく、久しぶりに訪れた小屋は、すっかり荒れていた。

食器や衣服などが雑に放り出されており、片付けられてもいない。壁の一部が壊れていたが、補修した様子もなかった。寝室に入ると、ベッドはすっかり黴臭くなっている。咲良が出て行ってから、一度も干していないのだろう。

それらはまるで、土岐の心の荒《すさ》み具合を表しているかのようだった。

咲良は諦め、エデンの近くにある湧き水へと向かった。

そしてムームーと下着を脱ぎ捨てて裸になり、必死になって体を洗い始めた。

ここで体を洗ったりするのは、この湧き水を飲料水に使っている者たちの間ではルール違反になっているが、あの亀石という男の汗の臭いが微かに肌に残っているような気がして、どうしても我慢できなかったのだ。

土岐が捨てていなければ、エデンの小屋の中に、たぶんまだ着替えがあるだろう。このムームーと下着は、一刻も早く燃やしてしまいたかった。

手の平に掬《すく》った水で、必死に顔や胸の谷間、股間などを擦って洗い流す。裸足でここまで歩いてきたせいで、足の裏の皮膚が破け、血だらけになっているのに今さら気づき、途端に痛みを感じ始めた。

「戻ってきたのか」

不意に声がして、驚いて咲良は振り向いた。

そこに土岐が立っていた。腕組みし、じっと咲良を見下ろしている。

「土岐さん……」

思わず咲良は震えた声を出す。

土岐に会うためにこのエデンまで上がってきたのだが、それでも本人を目の前にすると怖さの方が先に立った。

「どうせ、石毛さんのところも嘉門たちのところも追い出されて、行くところがなくて戻ってきたんだろう」

湧き水の傍らに蹲り、体を震わせて呻いている咲良に向かって、責め苛《さいな》むような口調で土岐が声を張り上げる。

「生憎《あいにく》だが、あのサイトウとかいう男は、もう帰ってこない」

どういう意味だろう。やはりもうサイトウは、何らかの手段でこの島から出て行ってしまったということだろうか。

何で土岐がそんなことを知っているのだろう。一瞬、そう思ったが、今はそんなことはどうでもよかった。

嘉門と亀石に復讐するために、この思慮深そうに見えて恐ろしく単純な男を、どうやって味方につけるかしか考えていなかった。

「ごめんなさい。私が間違っていました。ごめんなさい……」

咲良は、しおらしく涙声を出す。

土岐が、もし咲良を殺したいほど憎んでいるなら、こんなふうに恨み言をぶつけてくる前に、背後からいきなり襲い掛かるなり何なりしていたに違いない。

できるだけ下手に出て、自分は馬鹿な女だったと後悔しているところを見せれば、上手く乗り切れるかもしれない。

「許してもらえないのはわかっているわ。でも、どうしても謝りたくて……」

目に涙を浮かべ、わざと自らの裸身を晒すように土岐の方を振り向く。

その咲良の態度に、土岐が戸惑っているのがわかった。そして喉仏を上下させ、生唾を飲む音が聞こえた。

「ここであなたに殺されたって構わないの。だってもう、私は……」

「殺す？　いったい何を言っているんだ。意味がわからない」

土岐が話を聞く態勢になった。

「昨日、嘉門たちのテントに泊まったの。それで、たぶんお酒に変な薬を混ぜられて……」

「何だと」

動揺を隠さず、土岐が眉間に皺を寄せる。

「亀石っていう男に、思い出したくもないようなことをされた。それに……」

語っている咲良も平常心を保つのは難しかったが、それでも何とか、昨晩あったことを土岐に細かく伝えた。

あからさまに土岐は強いショックを受け、呆然としていたが、やがて体中を小刻みに震わせて怒りを湛え始めた。

語り終えたところで、くしゅんっ、と咲良はくしゃみをした。

土岐は、それで我に返ったように、全裸のまま湧き水の傍らに立っている咲良の手を掴んだ。

「とにかく一度、小屋に戻ろう。何か着るものを……」

「ごめんなさい。ありがとう」

感極まったように咲良はそう言い、土岐と寄り添うようにしてエデンの小屋に入る。

土岐が奥から着替えを引っ張り出してきて、竈《かまど》で火を起こし、お湯を沸かし始めた。

二人分のコーヒーを淹れ、着替えた咲良にそれを勧めてくる。

「昨日、杉本と話をした」

咲良がカップに入ったコーヒーを半分ほど飲み、落ち着いた頃を見計らって、土岐が口を開いた。

「近く、この島の所有権が、嘉門の夫が経営する不動産会社に移る」

咲良は頷いた。

「杉本の話だと、嘉門たちはこの島にオープンする予定の会員制のグランピング施設で、客に大麻を提供するつもりらしい」

「大麻……マリファナのこと？」

「そうだ」

土岐が頷く。

嘉門たちが吸っていたパイプ煙草のようなものを咲良は思い出す。あれがそうだったのだろうか。

「おそらく島内で大麻草の栽培もしているだろうと杉本は言っていた。その証拠を握るために、僕は嘉門たちの大麻畑を探すつもりだ。まだ見つかってはいないが……」

「でも、嘉門さんたちはグランピング施設の宣伝のために動画を撮ってネットに投稿しているみたいだって聞いたけど……」

「それは対外的に健全な施設であることをアピールするためか、明確に普通の客とＶＩＰの客を分けて経営するつもりなんだろう」

「それにしたって、何で杉本さんがそんなことを知っているの」

「Ｋ島にある別荘でも、嘉門はしょっちゅう、大麻やドラッグを使ったパーティを開いていたらしい。嘉門が言っている有名人とかの知り合いは、おそらくみんなそっち方面の繋がりだ。一度、パーティの最中に薬物中毒を起こしてぶっ倒れたやつがいたらしくて、杉本が別荘まで往診に呼ばれたらしい」

「それで？」

「大事には至らなかったが、口止め料にその場で百万ほど手渡されて、急性アルコール中毒ということにして警察には通報しなかったそうだ。杉本にはそういうところがあるんだ」

咲良は杉本の顔を思い出す。確かに、土岐とはまた別の意味で、医師という仕事にあまり誇りを持っているようなタイプには見えなかった。

「私と土岐さんが島を出て行かなければ、私がひどいことをされているところを撮影した動画をネットの裏サイトに流すって嘉門は言っていたわ」

「卑怯な」

吐き捨てるように土岐が言う。

「もし警察に大麻のことを告発したりすれば、きっと動画をばらまかれるわ。ねえ、データを消すなら今のうちだと思うの。K島の別荘に戻らない限り、記録カードのバックアップは取れないと思うわ」

それは確信していた。嘉門たちのテントにノートパソコンのようなものは置いてなかったし、あったとしても、この島からはネットには繋げられないから、データをクラウドなどに保存するのも無理だろう。あとはせいぜい、スマホに動画のコピーを置いておくくらいか。

K島まではエンジン付きのボートなら片道二十分から三十分程度だ。嘉門と亀石は、週に一度くらいで、わりと頻繁に行き来している。一度、島外に持ち出されたら、どこかにファイルのコピーを作られてしまう可能性がある。

「だとしたら、今晩のうちに、郵便桟橋にある奴らのプレジャーボートを動かないようにしてしまおう」

「どうやって?」

「わからない。今から考える」

首を捻り、土岐がそう答えた。

この島で、船舶の免許を持っており、操縦ができるのはおそらく亀石だけだ。動かないようにするには、どうしたらいいのかもとりあえずはわからない。

「ボートを動けなくすれば、あの二人も当分はＫ島には戻れない。照屋さんがここに来るのは早くても二週間後といったところだろう。もっと先かもしれないが……」

咲良は頷いた。

とにかく足止めしておけば、方法は後から考えればいい。後は、今日のうちに嘉門たちがＫ島に戻らないことを祈るだけだ。

「どうするの？」

「どうするって？」

「あの二人を。嘉門と、それから亀石」

咲良にそう聞かれ、土岐はまた腕組みして考えている。

「私は許せない」

目に涙を浮かべ、咲良は言う。

「一生忘れられない、あんなこと」

「……わかった」

少しの思案の後、土岐がそう言って頷いた。

そして立ち上がり、椅子に座っている咲良の肩に手を乗せる。咲良が立ち上がると、土岐がその体をそっと抱き締めた。

「これは神が与えたもうた僕たちへの試練だ。乗り越えなければならない」

「ええ」

何を言っているのだこの男はと思いながらも、咲良は返事をする。

「石毛家の連中の目さえ盗めれば、あの二人は始末できる。証拠など何も残さずに」

咲良は無言で、ぎゅっと土岐にしがみついた。

「とりあえず、燃料タンクに海水でも入れるか……」

「それ、キーがないと無理なんじゃやないの？」

ボートの操縦方法などは咲良もわからないが、自動車ですら施錠されていれば外から給油口は開けられないのだから、誰にでも簡単にタンクの蓋《ふた》が開けられるようになっているとは思えない。

「それだ」

だが、土岐が短く声を上げた。

「たぶん、車と同じようなセルモーターを始動させるためのキーがある筈だ。それを盗み出して、捨ててしまえばいい」

ボートに何か仕掛けを施すよりも、確かにそちらの方が手っ取り早いし確実だ。

但し、上手くそれを見つけられればの話だが。亀石がキーを持ち歩いている可能性もある。

「それから、ボートに無線機が積んであるかもしれないわ」

「そうだな。キーを盗んだら中に入って、それらしいものは壊しておいた方が良さそうだ」

土岐が頷いた。

そしてふと、小屋の外を見て呟く。

「……風が吹いてきたな」

確かに、先ほどまではなかった風が吹き始めていた。雨の音もまざり始めている。

そして徐々にそれは、強さを増してきていた。

7

二日ぶりに公則がガマに戻ってくると、咲良はいなくなっていた。

海蝕洞の中で身動きが取れずにいた間に、ガマにあった保存食は咲良が洗いざらい食べてしまったようで、残っていたのはコーヒーとお茶の葉が少しだけだった。

仕方なく、公則はガマの奥から缶詰を取り出してきた。放っておくと、公則の留守中に咲良が見つけ出して後先考えずに勝手に食べてしまうので、目に付かないところに隠しておいたものだ。

缶詰のプルを上げて開き、スプーンを使って中身のシロップ漬けのみかんを食べ、甘い透明な汁を最後の一滴まで飲み干した。

この島に来る以前は、甘ったるくてあまり好きではなかったが、今は甘味が体中に染み渡っていくようだった。

しんどかったが、体力が回復したら、明日辺りから、また罠を仕掛けたり果物や野草などを採取しに出掛けなければならない。煮炊きに使う薪も、だいぶ減っているようだから、拾いに行かなければ。

すっかり火の消えている竈の灰を取り除いて新たに火を起こすと、公則は浄水ボトルで濾過《ろか》した雨水を鍋に入れ、湯を沸かし始めた。空腹よりも喉の渇きの方が深刻だった。何しろこの二日ほどの間、水筒に入ったほんの一リットルほどの水で何とか凌《しの》いできたのだ。

「へえ、本当にあるとはな……」

ガマの入口の方から男の声が聞こえてきたのは、鍋の内側に泡が付いて、お湯が沸騰し始めた時だった。

がさがさと入口を覆っているガジュマルの気根を掻き分ける音がし、見たことのない男が入ってくる。

「誰だ」

思わず公則は身構えた。

「おお、逃亡犯はっけーん」

公則の姿を見て、男は軽く口笛を鳴らす。

黒いタンクトップを着ており、右の肩口から胸元にかけて、蔦が絡まるようなデザインのタトゥーが彫られている。下はポケットのたくさん付いた、カーキ色のカーゴパンツ姿だった。手には何故か、表面をゴムでコーティングした厚手の軍手を嵌《は》めていた。

男は鼻歌まじりにガマの中を眺め回しながら、遠慮なく入ってくる。

「誰ですか」

竈の前で胡座《あぐら》を掻いていた公則は、思わず腰を浮かせる。

「まあまあ」

にやけた表情を浮かべながら、男は公則を宥めるような声を出す。

「しかし、本当にこんなところに人が隠れ住んでいるとはね。杉本さんから聞いた時には半信半疑だったんだが……」

「あなたは、嘉門さんのところの人ですか」

おそらくそうだろうと公則は踏んだ。

「うん。一応、名乗っておこうか。亀石だ」

そう言って男は肩を竦めてみせた。

「間もなく、この島は嘉門さんのものになる。無断で勝手に住み着かれたら困るんだよ。商売の邪魔になる」

「警察に突き出すということですか」

先ほど、亀石は公則のことを「逃亡犯」と呼んだ。理由はわからないが、公則が何者なのか把握しているようだった。

これが潮時かと公則は観念したが、亀石は妙なことを言い出した。

「いや、この島に警察に上陸されて隈無《くまな》く調べられるのは、こちらも避けたいんだ。それに、君みたいな逃亡犯が隠れ住んでいたなんてことになったら、この島が無駄に全国的に注目されることになるしね」

「じゃあ、黙って出て行けばいいんですか」

慎重に公則は口を開く。

「いや、逆さ。永遠にこの島で眠っていればいい」

言葉を発すると同時に、亀石は公則の目の前にある鍋を蹴り上げた。

沸騰していたお湯が飛び散り、それが公則の体にも掛かった。熱さに思わず公則は声を上げる。

転げた鍋から零《こぼ》れた熱湯が、燃え上がっている薪の上に掛かり、音を立てて白い水蒸気が噴き上がった。

それで一瞬、視界が奪われたところに、白い靄《もや》の向こう側から足が飛んできた。

鳩尾《みぞおち》の辺りを正面から強かに蹴られ、公則は後ろに吹っ飛ぶ。幸い、倒れた先は枯れ草とマットが敷かれた寝床で、後頭部を強打するのは免れた。

亀石は余裕の足取りで公則に近づいてくる。

「お前がこの島で死んでも、誰も気づかない。これだけ広い島だし、私有地だから、どこかに埋めちまえば、偶然、発見される恐れもない。そういうことだ」

さらに亀石は、公則のことを踏みつけようとしてきたが、何とかそれは避けて立ち上がった。

「たとえ島から出て行ったとしても、いつかお前が捕まったら、逃亡中の潜伏先としてこの島も調べられる。グランピング施設を開業した後に、そんなことになったら困るんだ。顧客は名声や地位のある人たちばかりになるからな」

何のことを言っているのかはさっぱりわからなかったが、公則は自分の身を守ることで精一杯だった。

亀石は半身立ちになり、手袋を嵌めた拳を構えながら、じりじりと摺《す》り足のような動きで間合いを詰めてくる。素人の動きではない。何か格闘技の経験があるのだろう。

実際、腹に受けた一撃は、海蝕洞で土岐から打ち下ろされた何十発ものバールを使った殴打《おうだ》よりも遥かにきつかった。

まともにやり合って勝てそうな相手には思えなかった。これは何とか隙を見て、ガマの外に逃げ出した方がいい。

ふと、公則は腰のベルトに鉈の入ったケースを下げていることを思い出した。ガマの中にいる時は薪を細く割ったり、外を歩くときは草木を薙《な》ぎ払ったり捕まえた獲物を締めたりと使用頻度が高いので、いつも身に着けている。ケースは腰の後ろ側なので、亀石からは死角だ。公則が刃物を持っていることには、たぶんまだ気づいていない。

公則は、じりじりとガマの岩肌の壁際まで下がっていく。

「どうした？　反撃しないのかよ」

挑発するように亀石が言ってくる。

腕力で自分より劣る人間をいたぶるのが楽しくて仕方ないという様子だった。

相手に気づかれないよう、公則は腰の後ろに手を回し、鉈の柄を握る。たとえこちらに刃物があったとしても、加減したり躊躇していたら、おそらくすぐに反撃を受ける。

公則はケースから鉈を抜くと、すぐ横にあった、天井に吊しているシートを支えている紐を断ち切った。

ばさりと音がして、シートが亀石の上に落ちる。

油断していた亀石が、視界を遮られ、あっと声を上げる。

シート越しに、公則は思い切り鉈を叩き込んだ。

手応えがあった。

硬い感触からいって、額か頭頂部辺りだろう。

倒れる時に、亀石が内側からシートを摑んだのか、その重みに耐えかね、シートを張っている他の紐も切れた。

完全にシートが落ち、その下で蠢《うごめ》く亀石から呻き声が聞こえてきた。

深追いはせず、咄嗟《とっさ》に公則は駆け出し、逃げるためにガマの外に飛び出した。

シートの上から切り裂いたので、おそらく致命傷は与えられていない。それでも、ハンマー並みに重い鉈で、思い切り頭を殴ったのだから、暫くは動けないだろう。

そう思っていたが、甘かった。

「てめえっ、許さねえ！」

公則がガマの外に出てから十秒と経たないうちに、亀石が這い出てきた。頭から止めどなく血が流れ出しており、顔を真っ赤に濡らしている。手に鉈を握ったまま、公則は藪《やぶ》の中を走り出した。

それを亀石が追ってくる。血が目に入って周りがよく見えないのか、頻りに顔を手で拭《ぬぐ》っているせいで、あまり動きは速くない。

だが、公則も腹部に入れられた蹴りが効いていた。加えて、ガマに戻ってきたばかりでまだ十分に体力も回復していなかった。

徐々に距離が縮んでいく。さっきは不意打ちだったから、何とか鉈を亀石に当てることができたが、もう通用しないだろう。下手をすると逆に鉈を奪われ、それで叩き殺されるかもしれない。

これまでか。

公則がそう思った時だった。

背後で、ばさっと木の枝の跳ねる音がした。

「なっ……!」

驚くような亀石の声が聞こえる。

公則は振り向く。

足首に細いロープが引っ掛かり、亀石が転倒するところが見えた。

一瞬、何が起こったのかわからなかったが、すぐに公則は理解した。

括《くく》り罠《わな》だ。

海蝕洞に行く前に公則が仕掛けておいたものだ。獲物がかからず、そのままになっていたのだろう。

よくしなる背の低い木の枝に結ばれた細いロープによって、反動でその先端に作られた輪っかが引き絞られる、単純な構造の罠だ。

「くそっ、何だこれは！」

悪態をつきながら、亀石が足に絡みついたロープを引っ張り、それを解《と》こうとしている。

枝が折れるか、亀石がロープを解くまで、三十秒とかからないだろう。

おそらく、これが最後の幸運《ラッキー》だ。これを逃したら、すぐに亀石に捕まり、今度こそ確実に殺される。

「や、やめろ！」

鉈を握り直して近づいていく公則に向かって、狼狽えた様子で亀石が声を上げた。

8

「おかしいな。嘉門さんたち、いつ戻ってくるんだろう」

朝から諒と一緒に釣りに出掛けていた久志が、見晴らし亭の小屋に戻ってくるなり、首を傾げながら、美千子に向かってそう言った。

久志に続いて、リール付きの釣り竿を手に諒が小屋に入ってくる。

「釣れた？」

「まあまあかな」

美千子の問いに、諒はそう答え、手にしている発泡スチロールの箱をリビングのテーブルの上に置いた。蓋を開くと、カサゴが二匹と、ハタ科と思しき赤色をした魚が一匹、入っていた。

「郵便桟橋で釣っていたんだ」

二人分の釣りの道具を片付けながら久志が言う。

諒は早速、壁にハンガーで吊してあったウクレレを手にして椅子に座り、練習を始めた。

「だが、何か変な感じがするんだよな」

「どういうこと？」

嘉門の所有するプレジャーボートは、今は郵便桟橋には係留されていない。

確か、咲良が見晴らし亭を訪れた翌日くらいからだったから、嘉門たちがボートでK島に戻っているなら、もう三日は帰ってきていないことになる。

これまでも、ちょくちょく嘉門はK島との間を行き来している。その時は、桟橋からボートがいなくなるのですぐにわかるが、大抵は一日か二日、場合によってはその日のうちに、このフリムン島に戻ってくることが多かった。

「釣りをしながら、何時間も嘉門さんたちのテントの方を見ていたんだが、阿久津の姿すら見かけない」

「一緒にK島に戻っているんじゃないの」

「それはどうかな」

この見晴らし亭に阿久津が助けを求めてきたのを追い返してから、久志は一度もその姿を見かけていないという。

「もしかしたら、咲良さんを杉本さんの診療所に送り届けに行ったのかも……」

そして咲良とも会っていなかった。

「かもしれないな」

久志がそう返事をし、その話題は終わった。

美千子は表に出ると、何時間もかけて盥《たらい》と洗濯板を使って洗っていたシャツやズボン、下着やタオルなどを、木と木の間に張り巡らしたロープに干す作業を始めた。

今日は朝から日射しが強く、洗濯日和だった。こんな日は、美千子はとても忙しい。

杉本が島に訪ねてきて泊まっていったり、阿久津との関係を誤解されたりと、いろいろあったが、この二、三日は、いつも通りの平穏な日常が戻ってきていた。嘉門たちの用事に久志が駆り出されることもなく、遅れていた農作業や小屋の修繕、見晴らし亭へ至る道の整備なども捗《はかど》っており、日が暮れてからは、久志がまた諒の勉強を見てやれるようになった。

まるでこの島に来たばかりの頃のように充実していた。

小屋の中から、諒が奏でるウクレレの音色が聞こえてくる。ほんの二か月ほど練習しただけなのに、だいぶ上達した。

嘉門さんたち、このまま戻って来なければいいのに。

洗濯物の皺《しわ》を伸《の》ばして洗濯バサミでロープに吊しながら、ふと美千子がそんなことを思い浮かべたのは、何かの予感だったのだろうか。

「諒と二人で、ちょっと水を汲みに行ってくる」

ちょうど洗濯物を干し終わる頃に、久志がそう声を掛けてきた。

節水はしているのだが、洗濯をしたので汲み置きの水が少なくなっていた。

小屋の軒先に雨樋《あまどい》を設置し、雨が降った時にはそれを伝って雨水タンクに溜まるような工夫をして、洗濯の下洗いや農作業などに使う水はそれを利用しているが、さすがに飲料水や炊事、食器や洗濯物の濯ぎなどは、湧き水でないと使えない。

「ついでにエデンに寄って、土岐さんに会ってくる。何か知っているかもしれない」

「私も行っていいかしら」

不意に美千子の口からそんな言葉が出た。自分でも何故かよくわからないが、虫が知らせたのかもしれない。

「一緒に？」

「ええ。私、島に来てから、一度しかエデンにも行ったことがないし……」

それどころか、よく考えると普段は、見晴らし亭から徒歩十五分程度の範囲しか出歩いていない。一番遠くて、せいぜい郵便桟橋までだ。

「諒、水汲みに行くぞ。今日は母さんも一緒だ」

小屋の入口から、中でウクレレの練習をしている諒に久志が声を掛ける。家族三人で出掛けるのは久しぶりだ。

見晴らし亭からは、一度、郵便桟橋の辺りまで行き、そこからエデンへと向かうルートを登って行くことになる。

前方を歩いて行く久志と諒は、それぞれ十八リットル入りの空のポリタンクを、手作りの背負《しょい》子《こ》に載せて担いでいた。その後ろを、尾っぽを振りながらロビンが付いて行く。

なかなかの重労働だと思うのだが、今では二人とも、平気でこれを背負って、エデン近くにある湧き水への片道三、四十分はある道のりを行き来してくる。

それだけではない。諒は泳ぎもずいぶん上手くなり、素潜りで魚や貝を捕って来られるようにもなった。農作業や小屋作りなどの手伝いも、体力があって若い分、今は久志よりも頼りになるところがある。本当に逞《たくま》しくなった。

一方の美千子は、ちょっと歩いただけで早くも息切れがしてきた。

少し太り気味だったのが、島に来てからだいぶ痩せたが、自分は二人に比べると少し運動不足のようだ。

郵便桟橋の辺りに出ると、嘉門たちの住むキャビン型の大きなテントが、少し先に見えた。

阿久津からいろいろと愚痴を聞いていたせいで、美千子は、どうも嘉門やその従者である亀石に良い印象を持っておらず、怖いイメージもあったので、挨拶に訪問したことすらない。

「まだ戻っている様子はないな」

そちらを眺めながら久志が言う。確かに、テントの周りに人の気配はないし、桟橋にはプレジャーボートもなかった。

「テントの中は見てみたの?」

「外から声は掛けてみたが、中までは覗いていない。留守のところを勝手に中に入って、後で文句を言われても嫌だしな」

諒の質問に、久志が答える。その口ぶりから、やはりいつもと様子が違っていると感じているようだった。

「後でもう一度、行ってみるよ。その時も人気《ひとけ》がなければ、嘉門さんたちが寝泊まりしているテントの中も見てみる」

どんなに立派な作りでもテントはテントだから、入口はジッパーで閉じられているだけだ。鍵が掛けられていたとしても、せいぜいワイヤー錠くらいのものに違いない。むしろ鍵が掛かっているのなら、本当にただの留守という可能性もある。

そのまま再び三人で歩き出し、エデンへの道を登り始めた。美千子は上陸したばかりの頃に挨拶に行った時以来だった。

湧き水に辿り着くと、その傍らにポリタンクを置いて口に漏斗《ろうと》を差し、浴槽ほどの大きさしかない窪みから、持参してきた器で水を汲んで流し入れる。美千子は手の平で水を掬《すく》い、それを口ビンに飲ませてやった。

水汲みの作業は十分足らずで終わり、満杯になったそれをひと先ず湧き水の傍らに置いたまま、すぐのところにあるエデンへと足を向けた。

そのエデンの小屋の軒先に、咲良が立っていた。

そして、美千子たち石毛一家の姿を一瞥《いちべつ》して、あからさまに表情を歪める。

不安になり、美千子は傍らに立つ久志を見た。こちらも広い額に溝が浮かぶほど険しい顔つきをしている。諒のことについて侮辱を受けたのを思い出したのだろう。

「何しに来たの？」

驚くほど冷たい口調で、咲良が言う。

「あなたに用はない。土岐さんに会いに来たんだ」

抑えた口調で久志が答える。

一触即発の雰囲気だった。

「私たちも、あなたたち一家に用はないわ」

吐き捨てるように言って、咲良は踵を返して小屋の中に入ろうとした。

「咲良さん……」

その背中に美千子が声を掛けようとした時、奥からのそりと土岐が姿を現した。

「誰だ？」

数日前に会った時とは、雰囲気が一変していた。

どこがどうとは言えないが、まず、目付きが違っていた。どんよりと濁っており、それでいて警戒するように忙《せわ》しなく眼球が動き続けている。

「……お前らか」

そして久志たちを見て、舌打ちまじりに土岐は言った。

お前ら呼ばわりされ、久志がむっとした表情を浮かべる。

不穏な空気を敏感に察知し、ロビンが土岐に向かって吠え始めた。

「耳障《みみざわ》りだ。その小うるさい犬を黙らせろ。殺すぞ」

諒が慌ててロビンを抱え上げる。

うっかり土岐に向かって行ったりしたら、本当に蹴り上げられでもしそうな雰囲気だった。

「土岐さん、話がある。嘉門さんが戻ってきていない様子なんだが……」

「僕の方は、お前らと話すことは何もない」

にべもなく土岐が答える。

「テントの中を見てきたのか？　あれは僕がやったわけじゃない。何があったのかは知らない」

この人は何を言っているのだろう？

思わず美千子は久志と顔を見合わせる。だが、土岐はこちらが質問を挟む暇を与えず、続けて声を荒らげた。

「お前らを頼って行った咲良を、無下《むげ》に追い返したそうじゃないか。彼女は妊娠しているかもしれないんだぞ。この人でなしどもが！」

最後のひと言は、殆ど怒号に近く、話が通じるような雰囲気ではなかった。

そして土岐は、入口に立てかけてあった長さ一メートルほどのバールを手に取り、それを久志に向けてきた。

「こう見えても僕は、大学時代まで剣道をやっていた。有段者だ。その気になれば、君らを殺すくらいのことはわけない」

土岐はバールを正眼に構え、続けて奇声を上げながら素振りのようなことを始めた。

思わず美千子は諒の前に立ちはだかるように動く。

実際、いつ襲い掛かって来てもおかしくないような雰囲気だったからだ。

「フリムン……」

胸にロビンを抱えた諒が、震えるような声でそう呟くのが聞こえた。

土岐の背後では、腕組みをして立っている咲良が、勝ち誇ったように、にやにやとした笑いを浮かべている。

「もう一度言う。失せろ。これでも僕は我慢しているんだ」

「わかった」

土岐を刺激しないように久志が短くそう答え、美千子たちに目配せする。

じりじりと後退するように距離を置くと、数メートル離れたところでやっと土岐は構えていたバールを下ろし、小屋の中へと戻って行った。

それから少し間を置いて、咲良は美千子たちを嘲笑うような表情を浮かべると、土岐に続いて小屋に戻った。

「ポリタンクを取り行こう」

久志が小声で言い、美千子たちはそれを置いたままの湧き水の方へと引き返した。

土岐が追い掛けてきて襲い掛かってくるのではないかと思い、美千子は怖くて何度も後ろを振り向く。

久志と諒は、無言でポリタンクを背負い、郵便桟橋の方へと道を下り始めた。

もう大丈夫だろうというところまで歩いてきてから、やっと久志が口を開いた。

「あの目付き、普通じゃなかった。いったい何があったんだ」

「土岐さんと咲良さん、仲直りしたのかしら……」

つい先日、見晴らし亭に来た時、咲良は、土岐とは別れたと言っていた。

その時の咲良は土岐のことを怖がっているように見えたが、先ほどの様子は、土岐とは別の意味で感じが違っていた。悪態をついて石毛家を出た後、何か大きく彼女を変えるような出来事でもあったのだろうか。

「テントの中がどうとか言っていたな。やはり確認してきた方が良さそうだ。このままそちらの様子も見に行こう」

そろそろ郵便桟橋のある浜に出ようかというところで、久志がそう言い出した。美千子も、土岐のその言葉は気に掛かっていた。

「美千子は先に戻っているか？」

「嫌よ。私も一緒に行くわ」

土岐のあの様子を見た後では、一人になるのは不安だった。

「そうか。諒は?」

「僕も行く」

諒も同じように感じていたのか、頷いた。

郵便桟橋のある浜辺に出て、嘉門たちのテントの方を見ると、その傍らに何者かが立っているのが見えた。

「おっ、誰か戻ってきているぞ。こりゃ杞憂だったかもしれないな」

久志がほっとしたような声を上げる。

こちらに背を向けていて、遠目ではよくわからなかったが、少なくとも嘉門ではないようだった。男だ。

「誰だ?」

だがすぐに、久志が訝《いぶか》しげな声を上げた。

最初は美千子も、それは阿久津か亀石のどちらかだろうと思っていた。

だが、近づくにつれ、そのいずれでもないことがわかった。

男が振り向く。

「あっ」

後ろから付いて来ていた諒が、真っ先に声を上げた。

「サイトウさん」

見たことのない男だった。年齢は二十四、五といったところか。

「諒くんか……」

そして男は諒の名前を呼んだ。

「知り合いか？」

久志が諒に声を掛ける。諒は小さく頷いた。

「K島の漁師さん？」

美千子もそう口にはしたものの、郵便桟橋に船は停まっていない。それに男は漁師のようにも見えなかった。

「テントの中にいるのは嘉門さんという人ですか？　何があったんです」

だが、諒がサイトウと呼んだその男は、久志と美千子が発した疑問には答えず、嘉門が使っていたキャビン型テントの入口を指差した。

入口のファスナーは半開きになっている。すでにこのサイトウという男は、中を検《あらた》めたらしい。

サイトウに促され、久志が訝しげな表情を浮かべてテントの中を覗き込んだ。

「うっ……」

そして顔色を変え、口元を手で押さえる。

美千子も後ろからテントの中の様子を見た。

ベッドの上に、下着姿の嘉門が仰向けに寝そべっている。

いや、よく見ると違う。シーツに接する背中側の皮膚はうっすらと赤紫色に変色しているようで、テントの中には何十匹もの蠅《はえ》が飛び交っていた。微《かす》かに腐敗臭も漂ってくる。

「どうしたの？」

「諒は見たら駄目」

諒が後ろからテントの中を覗き込もうとしたので、慌てて美千子は諒の視界を遮るようにして間に入り、その手首を摑んで入口から引き離した。

「これは……君がやったのか？」

「まさか。違いますよ」

久志の言葉に、サイトウが冷静な口調で返す。

「一応、中に入って調べてみました。僕は専門家でも何でもないからよくわからないが、首筋に指の痕《あと》のような痣《あざ》があった。首を絞められて殺されたんだと思います」

「とにかく、少し離れよう」

気分が悪くなったのか、久志がそう言って他の者を促す。

確かに、臭いだけで美千子は嘔吐しそうだった。

「ねえ、中に何があるの」

諒も薄々察しているようだったが、そう問うてくる。

「女性が死んでいるんだ」

久志や美千子の代わりに、サイトウが諒の方を見て答えた。

「嘉門さんだ」

久志が付け加える。

ぞろぞろと郵便桟橋の辺りまで引き返し、そこでやっと久志が足を止めた。

振り向いて、美千子はテントの方を見る。ファスナーを閉めてこなかったので、風で入口のシートが微かに揺れていた。

「あと二つ、テントがありますよね。そちらも念のため調べてみましたが、誰もいませんでした」

嘉門たちが倉庫に使っているというカマボコ型のガレージ用テントと、最近立てたらしい、ゲスト用のベルテントのことだろう。

「だが、誰かが何かを探して荒らしたような跡があった。心当たりは？」

「いや、待て。その前に、君は何者なんだ」

少し落ち着いてきた久志が、当然の疑問をサイトウにぶつけた。

「サイトウさんは、土岐さんや咲良さんがこの島に来る前から、ここに住んでいるんだ」

サイトウが口を開く前に、諒がそう言った。

「何だって？」

久志が驚きの声を上げる。

静かにサイトウが頷いた。

「諒は会ったことがあるのか？」

「前に、ロビンの手当てをしてもらった」

それで美千子は思い出した。ロビンが前脚に包帯を巻いていて、いったい誰に手当てしてもらったのだろうと不思議に思っていたが、些細なことだったので忘れていた。

「でも、どうしてこんな場所にまで出てきているんです？　ずっと人目に付かないようにしていたのに……」

「ちょっといろいろあってね……」

困ったような表情で、サイトウは髪の毛の間に指を入れ、頭を掻いた。

「嘉門さんに会わなければならない用事ができた。それで下りてきたんだが……。さっき、僕が来た時にはもうこの状態で……」

「本当か？」

疑り深い表情を浮かべて久志が言う。

「本当ですよ。一緒に死体を見たでしょう。すでに死んでから、二、三日は経っている」

「だからといって、君がやったわけではないということにはならない。数日前に嘉門さんを殺して、様子を見に来たのかも……」

「あなた……」

嘉門が殺されていること、そして見知らぬ男が、ずっと以前からこの島に住んでいたということに動揺してか、突拍子もないことを言い出した久志を窘《たしな》めようと美千子は口を開いた。

「僕は嘉門さんとは会ったこともありませんよ。少なくとも生きていた時には」

「信用できるか。第一、何でずっと隠れていたんだ。やましいことでもあるんじゃないか」

「父さん、やめてよ」

今度は諒が止めに入る。

「そう思うのは仕方ありません。だが、ちょっと冷静になりましょうよ。この栈橋に停まっていたボートはどこに行ったんです？」

「隠れて住んでいた筈の君が、何でボートのことを知っているんだ？」

また久志がサイトウの言葉尻を捉えて絡む。

「僕はあの辺りに住んでいるんです」

サイトウは郵便栈橋から見える断崖の上を指差す。

美千子はふと、以前にこの栈橋の辺りで感じた視線のことを思い出した。それは断崖の上から届いてきたように思っていたが、気のせいではなかったのか。

「嘉門さんが死んでいてボートがなくなっているなら、誰かが彼女を殺して逃げたと考えるのが自然じゃないですか」

「それはそうだが。すると亀石が……」

「いや」

そこでふと、サイトウが否定する言葉を呟いた。

「亀石さんではありません」

「何故そんなことが言えるんだ？　この島で、船の操縦をできるのは亀石さんだけだ。免許を持っているのだって……」

「だが、亀石さんではない。これは断言できます」

「会ったのか？　島の中にいると？」

サイトウは無言で頷いた。

「すると阿久津か？　だが、あいつは車の運転すらできないと嘉門さんが言っていたが……」

そこで話が途切れてしまった。

「ねえ、このこと、土岐さんには知らせないの？」

ふと諒が口を挟んだ。

美千子は久志と顔を見合わせる。先ほどの土岐の口調だと、すでにテントの中で嘉門が死んでいるのは知っているような素振りだった。

「いや、やめておこう」

久志が呟くように言う。

「とにかく、一度、見晴らし亭に戻って落ち着こう」

「サイトウさんも来る？」

不意に諒がそんなことを口にした。

「いや、駄目だ」

サイトウが返事をする前に、久志が言う。

「こんな、どこの何者なのかもわからないやつを、小屋に入れるわけにはいかない」

「だから父さん、この人は……」

「いや、君のお父さんの判断が賢明だ」

諒の言葉を遮り、サイトウが言う。

「次に、この島に誰かが立ち寄る予定になっているのはいつです？」

「二週間後くらい……。杉本というK島の医者が、照屋さんという漁師の船で来ると言っていた」

「そうですか」

サイトウが、ふと海の向こうに視線を向けた。

美千子もその方角を見る。水平線の向こうに、うっすらとK島の影が見えた。こんなに近いのに、簡単に連絡も取れず、移動する手段もないとは。

「それまでは、じっと我慢して、自分たちの身を守ることだけを考えた方がいいかもしれませんよ」

「死体は？」

「あのまま放置しておくより他ないでしょう。警察が島に上陸してきたら、いろいろと調べるでしょうし……。それとも、一緒に砂浜にでも埋めますか？」

「いや、やめておこう」

その作業を想像したのか、ぶるっと体を震わせて久志が答えた。

「諒くん、僕は例のガマにいる。その船が来るまで大人しくしているつもりだが、何かあったら呼びに来てくれ」

そう言うと、サイトウは踵を返して歩き出した。

離れて行くその背中を見つめながら、久志が諒に問う。

「何で今まで、島に他の人がいるのを黙っていたんだ」

「ごめん」

俯いて、諒が短く答える。

「あの人のこと、土岐さんや咲良さんは知っているの？」

「その二人は知っている。嘉門さんたちは、知らなかったんじゃないかと思う」

「まあいい。詳しいことは、見晴らし亭に戻ってから聞く。とにかく今後のことを決めよう。できるだけ三人一緒にいて、一人にならないようにした方がいいかもしれない」

それは美千子も思っていたことだった。

だが、嘉門を殺したのは、いったい誰なのだろう。

9

ずっと、魔が差したのだと思っていた。

自分は本来、人を殺めるような人間ではなく、不幸な偶然が重なって、今、こうして逃亡しているのだと、ずっと己に言い聞かせてきた。

だが、どうやら違うようだと公則は思い始めている。

自分は犯すべくして人を殺した。

そんな気がし始めていた。

雅美を殺した時もそうだった。

逆上し、我を見失い、気がつけば顔じゅうを腫らして死んでいる雅美がマンションの床に転がっていた。その最中の記憶は吹っ飛んでいるが、うとうとしている時などに、ふとフラッシュバックのように、鼻血を流しながら泣いて許しを乞う雅美の姿が脳裏に浮かぶことがある。その光景は、まるで映画の一場面を見ているかのように客観的で、他人事《ひとごと》のようにしか感じられなかった。

亀石の時もそうだった。

気がつけば自分は、もう動かなくなっている亀石に馬乗りになり、執拗に鉈を振り下ろし続けていた。亀石が括り罠にかかって転び、身動きが取れなくなっていたところまでは思い出せる。だが、そこから我に返るまでの数分間の記憶を、どうしても辿ることができなかった。

二週間ほど後には、島に船が訪れる。

嘉門を殺したのが誰なのかは知らないが、照屋の船がこの島に来て事件が発覚すれば、警察が上陸してきて、亀石や阿久津の行方が捜索されるだろう。亀石の死体はすぐに発見される筈だ。すぐにこのガマも、それから公則自身も見つかる。島から逃げ出す手段はない。もう観念するしかないだろう。だからこそ、公則は石毛一家の前に姿を現すことを躊躇わなかったのだ。長い逃亡生活の終わりが近づいている。

だが、不思議と公則の心は落ち着いていた。

自分の本性を知ってしまった今はむしろ、早く逮捕して、他の人に危害を加えなくて済むところに連れて行って欲しいとすら考えている。

雅美を殺し、死体を隠そうとし、発覚後は二年半以上もの間逃亡した。その潜伏中に、今度は別の男……亀石を殺した。素手で襲い掛かって来た相手を鉈で殺したのだから、公則の言い分がすべて受け入れられたとしても、おそらく正当防衛は成立せず、過剰防衛になる。それも警察の取り調べ次第では、殺人として起訴され、裁かれることになるかもしれない。

公則が死刑になる公算は非常に大きくなった。だが、以前のようにそれを恐怖したり、何としてでも逃げ続けようという気持ちは失せていた。

ガマに戻ってきてからも、公則はずっと、もやもやとそんなことばかり考え続けている。

体を起こし、公則はガマの外に出た。

空は突き抜けるような青さだ。昨年の今頃は、幾度も台風に見舞われて大変な思いをしたが、今年はまだ、何回か強い雨に降られた程度だ。

公則は断崖の上に立つ。以前のように、姿を見られないように腹這いに近い形で桟橋の様子を窺うような必要も、もうなくなった。

ふと、その桟橋の杭に、赤い布きれが結びつけてあるのが目に入った。

あれは、以前に土岐や咲良と取り交わした、エデンへの呼び出しの目印だ。石毛家が上陸してきた時に、この方法で呼び出されたことがあるが、その一度きりだったので、すっかり忘れていた。

訝しく感じながらも、公則は断崖から離れる。

エデンまで下りていくにしても、先に亀石の死体を確認しに行きたかった。あのまま放置してきてしまっている。

このガマに誰かが公則を呼びに来た時に、亀石の死体を見つけてショックを受けてしまうかもしれない。それに、せめて埋めるなり何なりしてやりたかった。

公則はそちらへと足を向けた。小動物の捕獲用の罠は、いずれもガマから半径二十メートル以内くらいに設置していたから、すぐ近くだ。

だが、亀石の死体はなかった。

場所はそこで間違いない。第一、地面に飛び散った血や、鉈を打ち下ろした時に削り取られた肉片の一部などが落ちている。亀石の足首を捕えた括り罠の細いロープが、木の枝にぶら下がって風に揺れていた。

一瞬、亀石が蘇生して逃げたのかと思ったが、すぐに思い直した。あれだけ斬りつけて、大量に出血していたのだから生きているわけがない。

よく見ると、周辺の落ち葉の上には、何かを引き摺った跡があった。

ほんの少しだけ、公則は野生動物の仕業を疑ったが、亀石のような体格の良い男を、丸ごと引き摺っていけるような、例えば熊のような動物は、この島にはいない。野犬が数匹がかりでやっても無理だろう。

そう考えると、亀石の死体は、人の手によってどこかに運ばれたと考えるべきだ。

誰がやったのだろうか。そして何のために？

落ち葉が擦れたり血痕が残っている跡を辿ってみたが、十メートルも行かないうちにわからなくなってしまった。

何となく気味が悪かったが、ひと先ず、エデンへと向かうことにした。

そして腰のベルトに下げている鉈の柄を握り、公則はその存在を確認した。

「サイトウくん」

エデンまで下りて行き、公則が小屋の中を覗き込むと、そこでは咲良が一人でテーブルに向かって腰掛け、ぼんやりとしていた。

「よかった。もう島にはいないのかと思っていた」

公則の姿を見ると、咲良はテーブルに手を突いて椅子から立ち上がる。

何だか放心したような表情で、あまり生気が感じられない。

「郵便桟橋の杭に赤い布が結びつけられているのを見て、下りてきました。咲良さん一人ですか？」

咲良がゆっくりと頭を左右に振る。

「寝室に土岐さんがいるわ」

それを聞いて、少し公則は緊張した。

土岐とは、海蝕洞で襲われて以来、会っていない。

「僕に用事があるのは、どっちです」

「助けて欲しいの」

咲良は目元にうっすらと涙を浮かべている。

「どういうことです」

些《いささ》かうんざりした気分で公則は答える。何かまた面倒ごとだろうか。

「土岐さんが、その……死にそうなの……」

「は？」

思わず裏返った声が出た。

「ずっと動けなくて、嘔吐と下痢を続けていて、目も見えないって……」

「いや、そう言われても……」

何でわざわざ自分を頼ってくるのかわからなかった。

咲良は、土岐から何も聞いていないのだろうか？

海蝕洞で土岐が公則を襲い、怪我を負わせたことについて。

「石毛さんのところとは、今、すごく険悪で頼れないし……」

下唇を噛み締めるようにして咲良が言う。

それは咲良の自業自得だろう。

「薬は持っているの？」

我ながらお人好しだと思いながら公則は言う。

咲良が顔を上げ、答える。

「あるんだけど、どうしても飲んでくれなくて……」

殺されかけはしたが、公則は土岐に恨みは抱いていない。

あの土岐の怒りは正当だった。

咲良に促され、小屋の奥に増築されている寝室に入ると、そこには衰弱した様子の土岐がベッドの上に横になっていた。げっそりと痩せ細っている。

「土岐さん、具合はどう？」

「……誰だ」

気配で咲良が誰かを連れてきたと察したらしい。横になったまま、土岐が声を出す。

「わかったぞ。サイトウだな。畜生っ、最初から二人で僕を殺すつもりだったのか」

土岐が恨みがましい様子で言ったが、声には張りがなかった。本当に弱っているようだ。それに目の周りがかぶれたように赤く腫れ上がっており、そのせいでかなり人相が変わっている。目が見えないようだというのも本当らしい。

「土岐さん、じっとしていて」

ふらふらとベッドから下りようとする土岐に、咲良が声を上げる。

土岐は足をよろけさせて転びそうになり、そして急に姿勢を変えたために気分が悪くなったのか、ベッドの縁に手を置いて、床に向かって嘔吐し始めた。

すでに胃の中身を吐き尽くしてしまっているのか、出てくるのは粘っこい唾液と、黄色い胃液ばかりだった。

「くそっ、僕に構うな！　ただでは殺《や》られないぞ！　出て行け！」

それでも土岐は悪態をついて手を振り回し、暴れている。

「一度、外に出ましょう」

見かねて公則がそう言うと、咲良が頷いた。

二人で寝室から出ると、リビングに使われているスペースへと後退する。

暫くの間は、弱々しいながらも土岐が暴れたり声を上げたりしているのが寝室の中から聞こえていたが、寝室から出てくる元気はないようだ。

「ずっとあんな感じなの。私が薬を飲ませようとしたり、食べ物を口に運んだりしても拒否するし……」

「それはつまり、咲良さんに何かされると思っているってことですか」

例えば、毒を混ぜたものを食べさせられるとか。

「たぶん……」

青ざめた顔で寝室の方を見ながら、咲良が言う。

「いつからです？」

「一昨日くらいから……」

すると、あの状態で二日もの間、栄養も薬も口にしていないということか。

「何でもっと早く他の人に助けを求めなかったんです？　いくら石毛さんたちと険悪だといっても……」

「だって……」

そう呟いたまま、咲良は黙り込んでしまった。

「……嘉門さんが死にました。知っていますか？」

ふと、公則はそう咲良に問うてみる。

咲良は小さく頷いた。

「土岐さんが、テントの中で死んでいるのを見たって……」

「阿久津さんと……それから亀石さんが行方不明なのは？」

「知りません。どっちみち、あまり付き合いもないし」

亀石の件は濁したが、阿久津については公則も不審に思っていた。もっとも、公則は阿久津とは直接会ったことはない。

「土岐さんは病気なのか、それとも何かに中《あた》ったのか……。心当たりは？」

「私は何も……」

その時、テーブルの端に置かれていた、籠に盛られた果物らしきものの山が公則の目に入った。

「これは……？」

思わず、公則はそのうちの一つを手に取る。

手の平大の大きさで赤く熟している。ぱっと見はマンゴーにそっくりだった。

「土岐さんがたくさん採ってきたの」

「食べたのか？　君も」

「私は……」

咲良は首を横に振った。

「採ってきた時はまだ青くて……。土岐さんは、堅くて苦いだろうからって刻んで炒《いた》め物にして食べていたけど、私は熟してからにしようと思って……」

何やら言い訳めいた言い方が気に掛かった。

「マンゴーの一種でしょ？　違うの」

「たぶん、ミフクラギだ」

それは、公則自身も注意し警戒していた果実だった。この島でも生えているのを見かけることがある。

目膨《みふく》ら木《ぎ》……オキナワキョウチクトウという植物の果実だ。

見た目がマンゴーに似ているので誤食されることがあるが、果実、樹皮、枝など全てが強毒性の植物だ。名前の通り、果汁などで濡れた手で目を擦るだけで失明することがあり、食すれば最悪、死に至る。

食べたのが二日前では、もう胃洗浄などを行っても遅い。公則は医者でも何でもないから、どう対処していいかもわからなかった。普通なら救急搬送しなければならない状態だったが、この島では無理だろう。

嘉門たちのプレジャーボートはないからK島には運べない。ボートには無線が積んであったかもしれないが、他に連絡手段もない。唯一、可能性のあった公則のインフレータブルカヤックは、土岐自身がずたずたに切り裂いてしまった。

「これ、毒なの?」

「ええ。知らなかったんですか?」

咲良の態度は明らかにおかしかった。本当に、土岐が自分で採ってきて自分で食べたのだろうか。

二人は島にきたばかりの頃はヴィーガンだった。ミフクラギのような、危険でいて、そしてこの辺りでは、比較的ありふれた植物の知識がないなんてことがあるだろうか。

「咲良さん、すまないが僕ではどうしようもない。K島から杉本医師が来るのを待つしかないと思うけど、何も栄養を取ろうとしないのでは……」

たぶん、土岐は咲良に再び毒を盛られるのを警戒しているのではないだろうか。

それにしても、この先、二週間近く、何も飲まず食わずでは中毒を起こしていなくても体力は持たないだろう。

その時、小屋の外から、ごろごろと雷の音が聞こえてきた。

公則は立ち上がり、空の様子を見てみる。午前中は良い天気だったのに、いつの間にかすっかり空は雨雲に覆われ、暗くなっていた。空気も湿気を含んで重くなっている。すぐにひと雨来そうだった。

あの状態の土岐と二人きりでエデンに残されるのは不安だというので、結局、その日はエデンに泊まっていくことになった。

寝室には二人分のベッドがあったが、咲良が土岐と一緒の部屋で寝るのを嫌がった。吐瀉物の臭いがひどく、土岐はずっと苦しげな呻き声を上げている。確かにその隣では寝られないだろう。

小屋のリビングの土間床にマットを敷き、咲良は寝息を立てている。

公則は椅子に座ったまま、テーブルに突っ伏して仮眠だけを取った。

明け方に目が覚めると、風雨が強くなっていた。これはもしかすると、台風が近づいてきているのかもしれない。

「土岐さん、具合はどうです」

そのまま眠くならず、そう声を掛けながら公則は寝室に入って行った。

土岐の様子が気に掛かったのは、ひと晩中、間断なく聞こえてきていた呻き声が聞こえなくなっていることに気づいたからだ。

扉を開いて中に入ると、微かに吐瀉物と排泄物の臭いが鼻腔に入り込んで来た。下着もシーツも、咲良が何度か替えてやっていたようだが、それも限度がある。

ベッドに仰向けになっている土岐は、見る影もなくやつれていた。

「土岐さん」

目を見開いて天井を見つめたままぐったりとして動かないので、公則は心配になり、もう一度、声を掛けてみる。

微かに眼球が動き、濁った色合いの瞳が公則の方へと動いた。

「話がある。こっちへ来てくれ」

そして掠れた声で言い、手招きする。

躊躇しながらも、公則は土岐が横になっている枕元へと行き、話ができるようにベッド脇にしゃがみ込んだ。

「嘉門を殺したのは僕じゃない。信じてくれ」

「ええ」

公則は頷く。最初から土岐のことは疑っていなかった。

「だが咲良は、嘉門を殺したのは僕だと思っている。警察が調べに入った時に、共謀して殺したと思われるのを避けるため、口封じにあんなものを僕に食わせたんだ」

あんなものとはミフクラギのことだろう。

「とにかく咲良のことは信用するな。君も気をつけろ」

長く話をするのも体力的にきついのか、土岐は最も伝えたかったらしいことを言うと、咳《せ》き込み始めた。

「机の上に置いてある僕のノートを見てくれ。そこに詳しいことをメモしてある」

「ノートですか?」

「表紙に、『イル・デュ・フィロゾフ』と書いてある」

「えっ? 何です」

外国語らしき部分の発音が、もごもごしていてよくわからず、公則は聞き返した。

「いや、だから……。とにかく表紙にフランス語が書かれているノートだ」

言い掛けて面倒になったのか、土岐は投げやりにそう言った。

「頼む」

「わかりました」

一応、そう答えて公則は寝室を出た。

リビングの土間床の上に敷かれたマットで、咲良はまだ寝息を立てている。

言われた通り公則は、土岐が書き物に使っていた机を調べた。机の上の本立てには、英語やフランス語の辞書や、おそらく哲学書であろう書籍が数冊、立て掛けられていた。その隅に、ノートが挟んであり、表紙にフランス語らしき綴りで題名が書いてあった。

おそらくそれだろうと思い、公則は椅子に腰掛け、ノートを開いた。

厚みのあるノートの半分くらいのページが、神経質そうな細かい字で埋まっている。

途中途中には写真なども挟まっていた。島に上陸したばかりの頃に撮ったものだろうか、咲良が黄色いビキニ姿で砂浜に立っている写真もあった。希望に満ちた、きらきらとした表情をしている。

一方で文章の方は、半分くらいは意味がわからなかった。難解な話をさらに難解に書こうとし、そこにさらにレトリックを上乗せして、書いている本人もわけがわからなくなっているのではないかというような文章だった。公則は冒頭の数ページ読んだだけで頭が痛くなってきた。

土岐が言っていたメモとはこれのことではないだろうと思い、ページをぱらぱらと捲《めく》って末尾のところを見た。そこには確かにメモ書きがあった。

長い文章ではないが、証拠として書き残しておこうとしたのだろう。おそらくミフクラギを口にする前に。

それによると、咲良が亀石に辱めを受け、その行為の様子をビデオカメラで撮影されたと書いてあった。嘉門の指示によるものらしい。

島の所有権や借地権を巡って、嘉門らと土岐たちが対立していたというのは知っていたが、嘉門は、土岐が島から出て行くことに応じなければ、その動画をネットの裏サイトに流すと脅迫していたようだ。

公則は思わず、横になっている咲良の方を見る。まだ起きてくる気配はない。

再びノートに視線を戻す。

そんなことがあった翌朝、咲良はエデンに戻ってきて土岐に助けを求め、二人は寄りを戻したらしい。土岐の主観で、神が与えたもうた僕たちへの試練がどうのこうのと書かれているが、そういう余計なところは読み飛ばしていく。

その日の深夜、土岐は嘉門と亀石を殺すつもりで動画のデータを奪うため、郵便桟橋にあるテントに行ったらしい。

強い風雨の夜だったが、郵便桟橋に出ると、そこでエンジン音とともに嘉門の所有するプレジャーボートが桟橋から荒れた海に出て行くのを見た。

K島の別荘に戻るために嘉門と亀石が島を離れたのだと思い、土岐は焦ったが、念のためテントの中を調べることにした。そこで嘉門が死んでいるのを発見した。

ずぶ濡れのまま、土岐はテントの中を捜索し、ビデオカメラとその中に差し込まれていた記録用のカードを発見した。再生して内容を確認し、土岐はまた逆上しそうになったが、嘉門はもう死んでおり、亀石や阿久津の姿はなかった。

土岐の書き残した文章を読むと、どうも土岐は、亀石が何らかの理由で嘉門を殺し、ボートで島から逃げたと思っているらしい。

だが、読んでいるうちに疑問が浮かんできた。島から追い出すためだけに、何故、嘉門たちはそこまで執拗な嫌がらせを行ったのか。

だが、その答えは少し先に書いてあった。

嘉門たちは、この島で大麻を栽培している。

グランピング施設の特別な客に、それをサービスとして提供するつもりだったようだ。土岐と咲良に島に居座られたのでは、いつまで経っても、その商売を始められない。

ガマに姿を現した時の亀石のことを公則は思い出す。よく覚えていないが、確かに亀石は妙なことをいくつか言っていた。逃亡犯である公則が島に潜伏していたことで、全国的に注目されたり警察に島を詳しく調べられたりするのは困るとか、そんなようなことだ。

亀石が、どうして公則を捕まえて警察に突き出したりしようとせず、殺そうとするような突飛な行動に出たのか訝しく思っていたが、これでわかった。

土岐のメモによると、すでにこの島のどこかに大麻プラントが開拓されつつあるらしい。実際の作業を行っているのは、阿久津と石毛久志の二人のようだった。

阿久津は殆ど奴隷のような扱いを受けており、久志の方は、秘密を守って嘉門に従うことによって、いずれグランピング施設が開業したら島の管理人として、口止め料を含むかなり高額の給金を約束されているらしい。

これらの情報を土岐のところにもたらしたのは、あのK島にいる杉本という医師のようだった。

少しだけ疑問が残った。土岐はプレジャーボートを操縦して島を出て行ったのは亀石だと思っているようだが、おそらく、この時点で亀石はもう死んでいる。そのことを知っているのは公則だけだ。

するとと嘉門を殺して、ボートを操縦して島から出て行ったのは阿久津か。だが、船舶の免許を持っているのは亀石だけだと聞いていた。あんな大きなプレジャーボートを、素人が動かすことなどできるのだろうか。

「サイトウくん、それ読んでるの？」

不意に背後から声がした。

慌てて公則は振り向く。いつの間にか咲良が目を覚ましており、マットの上で上半身を起こし、ぼんやりとした表情でこちらを見ていた。

「何となく手に取ってみただけです」

そう言って公則はノートを閉じ、元あった場所に戻す。

「それ、土岐さんが書いたのよ。出版して世に問うつもりなんだって。でも私には難しくて、何がなんだか……」

欠伸《あくび》をしながら咲良が言う。確かに、末尾にあるメモを除くと、ほんの数ページ捲ってみただけで、読むのが恐ろしく苦痛な内容なのはすぐにわかる。逆に言うと、あまり人に見られたくないメモを隠すにはうってつけだ。皮肉なことだ。

咲良は起き上がると、土岐の様子を見るためか、寝室に入っていった。

公則は素早くノートをもう一度手に取り、末尾にあるメモ部分の数枚のページを破って四つ折りにし、穿《は》いているズボンのポケットにねじ込んだ。これには咲良の名誉に関わることが書いてある。土岐も自分用の備忘のために書いておいたメモだろう。そんな気がした。後々、このメモを土岐がどうするつもりだったのかは知らないが、少なくともこれを書いた時点では、自分が生死の境を彷徨《さまよ》うようなことになるとは思っていなかった筈だ。

咲良はすぐに寝室から出てきた。

「土岐さん、死んでる」

「そうですか」

目の端に涙の雫を浮かべながら、咲良はテーブルに着いた。それが哀しみによる涙なのか、それとも単に欠伸でも我慢して出たものなのかはわからない。

「ねえ、私、妊娠しているかもしれないのよ」

不意に咲良がそんなことを言い出した。寝耳に水のような話だったので、思わず公則は咳き込みそうになる。

「まだはっきりとはわからないけど、杉本さんにその可能性があるって言われたわ。妊娠しているなら、間違いなくサイトウくんの子供よ。土岐さんとは、もう何か月もしていなかったもの」

「そうですか……」

どういう返事をしたらいいかもわからない。

「ノートの最後に書いてあったメモ、読んだのよね？」

公則はぎくりとした。察していたのか。

「じゃあ、私が嘉門や亀石に何をされたかも、知ったのね」

「ええ……」

「できれば私、そのことは誰にも知られたくない。可能なら、なかったことにしたいの」

とりあえず公則は頷いた。

「それから、もしお腹に赤ちゃんがいるのなら、私、産んで育てるわ」

「でも……」

「わかってるわ」

公則の言葉を制すように咲良が言う。

「イエスかノーで答えるだけでいいわ。あなた、逃亡中なのよね？」

「はい」

「犯罪者？」

「……ええ。人を殺して指名手配中です」

亀石を殺し、石毛家の人たちに自らの存在を明かした段階で、もう腹は括っている。今さら隠す必要はない。

「詳しいことは話さなくていいわ。それだけわかればいいの。もし私が妊娠していて、お腹に子供がいるなら、その子は土岐の子として育てる」

犯罪者の子供として育てるのは避けたいということだろう。

「次に照屋さんが来たら、自首するつもりなのよね」

公則は頷いた。

「だったら、二つお願いがあるの。私が亀石に何をされたかは、あなたは知らないことにして」

「でも、僕が黙っていても、亀石か阿久津が……」

亀石はもう死んでいるが、そのことは咲良は知らない。

「あの二人が、罪が重くなるようなことを、わざわざ自分から警察に言うと思う？」

「いえ……」

それはわからないが、公則はひと先《ま》ずそう答えておいた。

「それから、私とあなたの間に肉体関係はなかった。そういうことにして」

公則は頷く。これは咲良と公則が、頑として否定すれば、土岐が死んだ今となっては誰も証明のしようがない。

「これ……」

公則は、ズボンのポケットにねじ込んでいた土岐のメモを取り出す。

咲良はそれを受け取って一瞥《いちべつ》すると、テーブルから立ち上がり、部屋の隅にある竈でそれを燃やして灰にした。

「土岐さんのご遺体、どうしましょうか」

「放っておけばいいわ」

そして咲良は、溜息まじりにそう答えた。

10

「すまん、諒、少し静かにしてくれ」

リビングの土間床の隅に座り込んでウクレレの弦をいじっていた諒に向かって、少し苛々した口調で久志が言った。

「聞き間違えかもしれない。もう一度、言ってくれ」

「土岐さんが亡くなりました」

見晴らし亭を訪れたサイトウは、どうやらそれを伝えるために、わざわざ出向いてきたようだった。

諒はウクレレを壁のハンガーに掛けると、テーブルを囲んで真剣な表情で話し合っている大人三人の会話に耳を傾けた。

「どうして……」

美千子がショックを受けたようにそう口にする。

「オキナワキョウチクトウという植物の中毒です。未成熟の果実を炒めて食べたそうです。こっちではミフクラギとも呼ばれているんですが、ご存じでしたか？」

「いや……」

久志が答え、美千子が首を横に振る。

「この島にも生えています。果実の見た目はマンゴーに似ているから、間違えて食べたとしてもおかしくはない」

「咲良さんは平気だったの？」

美千子が口を挟む。

「彼女は口にしていないそうです」

「おかしいじゃないか」

「ええ、まあ……」

訝しげな表情を浮かべる久志に、サイトウは肩を竦めて曖昧《あいまい》な返事をした。

「そういう君は何で知っていたんだ。そのミフク何とかっていう植物を」

「僕は僕なりに万全を期してこの島に来ました。この地方に分布している危険な植物や生物についても、ひと通り調べてきましたし、図鑑も持っています」

むしろ、何であなたたちはそんなことも知らないんだというような感じに聞こえた。

「だったらサイトウくん、君が、その果実が危険だということを知っていて、土岐さんに食べさせるよう咲良さんに促したということだって考えられる」

「僕が土岐さんを？　何故です」

「諒から聞いた。エデンを出た咲良さんと一緒に暮らしていたらしいじゃないか。彼女を取り合って、土岐さんと揉めていたんじゃないか？」

その言葉に、サイトウはちょっと面食らったような表情を見せ、部屋の隅に座っている諒の方を見た。

「ごめん」

何となく申し訳ない気分になり、諒は謝る。

嘉門たちのテントの前でサイトウと会い、見晴らし亭に戻ってから、久志と美千子の二人から、根掘り葉掘りサイトウのことを聞かれていた。嘘もつけず、サイトウが逃亡中の殺人犯かもしれないという曖昧な憶測以外は、だいたい見聞きしたことは話してしまっていた。

「いや、いいんだが……咲良さんを取り合っていたとか、そんなふうに見えるんだな。その発想はなかった」

サイトウは驚いているような素振りを見せる。

「杉本医師の話だと、咲良さんは妊娠している可能性がある」

「そうなんですか？」

「咲良さんから聞いていなかったの？」

美千子が言う。

「君の子供かもしれないぞ」

そう言われ、サイトウは困ったような表情を浮かべ、肩を竦めた。

「誤解ですよ。僕と咲良さんの間には何もありません。妊娠しているというのなら、土岐さんの子でしょう」

そして少しの間の後、言葉を続ける。

「とにかく……土岐さんが亡くなったので、今、咲良さんはエデンに一人です。安全とはいえない。照屋さんの船が来るまでの間、こちらで面倒を見てあげてはもらえませんか」

「断る」

久志は即答した。

「あの女は家族を侮辱する言葉を吐いた。到底、許せない」

諒の方をちらりと見て久志が言った。諒がいない時に、何かあったのだろうか。

「でも、あなた……」

一方の美千子は、少し咲良のことを心配しているようだ。

「駄目なものは駄目だ。あの女は信用できない。家族の食事に何か危ないものでも混ぜられたらどうするんだ」

「何で咲良さんがそんなことをする必要が？」

すかさずサイトウが口を挟む。

「前にも、あの女の面倒を見るのを断っている。逆恨みを抱いているかもしれない」

頑《かたく》なに久志は拒否している。

「一人が危ないというのなら、君がエデンに一緒にいてやればいいじゃないか」

「土岐さんの遺体があるのにですか？」

「埋めてやればいい」

「お願いしても無理みたいですね」

諦めたようにそう言うと、サイトウは椅子から立ち上がった。

「嘉門さんが殺されて、阿久津さんも……それから亀石さんも行方不明だ」

亀石の名を口にする時、心なしかサイトウの声が少し小さくなった。

「照屋さんが来て、この事件が発覚すれば、警察に徹底的に調べられることになりますよ」

「だから何だ」

「嘉門さんが、この島でやろうとしていた事業のことは、僕も咲良さんも知っています。久志さんがそれを手伝っていたことも。警察を相手に、言い逃れはできませんよ」

「それは何かの脅しか？」

「違います。諒くんと奥さんが心配なだけです。この島に警察が来る前に、事情を打ち明けて、今後についてよく話し合っておいた方がいい」

「余計なお世話だ！　帰れ」

とうとう久志が激昂し、怒鳴り声を上げた。

テーブルの上に置いてあったコップを握り、中に入っていたお茶を、サイトウの顔にぶっかける。

「あなた」

「父さん」

美千子が声を上げ、同時に諒も立ち上がる。

「差し出がましいことを言いました。すみません」

だが、サイトウは手の平で顔を拭い、怒る様子もなくそう言うと、小屋の外に出て行こうとした。

「二度とその顔を見せるな！　次に会ったら殴りつけるぞ」

その背中に向けて、なおも久志は罵声を浴びせる。

こんなに苛々しているのは、サイトウの言ったことが図星だったからだろうか。

「くそっ、何なんだ……畜生っ」

サイトウが去った後も、暫くの間は久志はテーブルを拳で叩きながら、ぶつぶつと悪態をついていた。

「ねえ、あなた」

三十分ほど経ち、ようやく久志が少し落ち着いてきたところで、美千子が慎重な様子で声を掛けた。

「何だ」

「サイトウさんが言っていた、嘉門さんの事業って、何か違法なことなの？」

「うるさい。黙っていてくれ」

テーブルに着いたまま、ずっと頭を抱えていた久志が、取り付く島もない口調で返事をする。

「そういうわけにはいかないわ」

だが、美千子は引かなかった。こんなことは珍しい。

「以前、あなたと阿久津さんが、島の奥にある嘉門さんの畑で一服しているのを見たって諒が言っていたわ。そうよね？」

諒は頷いた。

「見ていたのか？」

顔を上げた久志は、すっかり青ざめていた。

「もう一度聞くわ。あなた、違法なことに手を染めているの？」

「やめろ。諒の前だぞ」

「だから聞きたいのよ。何か隠し事をしているなら、ちゃんと話して欲しいの。家族に嘘はつかないで」

「それは……」

視線を泳がせ、久志は何度も美千子と諒の顔を見比べる。迷っているようだった。

「……すまない」

そして観念したのか、そう言って項垂《うなだ》れた。

「秘密を守ってこの島の管理人を引き受ければ教員時代の三倍近い報酬を払うと言われ、大麻栽培の手伝いをした」

「父さん……」

すると、この島に来る以前には見たこともないような酔っ払い方をしていると思っていたのは、大麻吸引のせいだったのだろうか。厳しかった久志が、だんだんと嘉門たちの言いなりになり、下働きみたいな扱いに甘んじるようになったのも。

尊敬していた父への気持ちが崩れていくのを、諒は感じた。

「だが、それもこれも全部、家族のためにやったことなんだ。諒が成人するまでの数年の間だけのつもりだった。その間に金を貯めて、いざ島を出て元の生活に戻った時、再出発の資金にしようと……」

「警察に捕まるわね、きっと……」

美千子がぼそりと呟いたその言葉に、久志が口を噤《つぐ》む。

「あなたの言い訳は、いつもそればっかりね。家族のため、諒の将来のため……」

言いながら、美千子が手の平で顔を覆い、泣き始めた。

その時ふと、小屋の外にいたロビンが懸命に吠え立てる声が聞こえてきた。

項垂れている久志も、泣き続けている美千子も、動こうとしない。

だが、どうも変だと諒は思った。いつものロビンの感じではない。

「ちょっと見てくる」

そう言って諒は外に出た。

そして、小屋の隣に建てた納屋が燃え上がっているのを見つけた。

すでにかなり火が回っており、天井にまで至った炎が逆巻《さかま》くように屋根を舐《な》めている。

煙と一緒に火の粉が舞っており、このまま放っておくと小屋の方にまで炎が移りそうだった。

「火事！　火事！　納屋が燃えている」

慌てて諒は叫ぶ。

そして、炎の熱で歪んだ景色の向こう側に、人影が立っているのが目に入った。

阿久津だ。

だが、一瞬では誰だかわからないくらいに、異様な佇《たたず》まいだった。

殆ど全裸に近い格好で、下着しか身に着けていない。そのわりには何故か腰にベルトだけは巻いており、靴も履いていた。そして全身に白泥《はくでい》らしきものを塗りたくっている。左手には松明《たいまつ》、右手には薪割りに使う片手用の斧が握られていた。

「ははは、石毛のところの馬鹿息子か！」

諒の姿を見るなり、阿久津が大きく口を開いて声を上げた。

「この前はよくも僕の腹に蹴りを入れてくれたな！　大人を舐めやがって。頭をかち割ってやる！」

そう叫ぶと、阿久津は手に持っている斧を振り上げ、諒に向かって躊躇なく突進してきた。

あまりのことに諒は対処できず、そこに立ち竦んでしまった。

「諒！」

その時、小屋から飛び出してきた久志が、真っ直ぐに諒に向かって走ってくる阿久津の横合いから、肩口でぶつかっていくように体当たりを仕掛けた。

諒の目の前、数センチのところを空振りになった斧の刃が通過していく。

「阿久津か？」

地面に転がった相手の姿を見て、久志が困惑した声を上げる。

遅れて、美千子も小屋から出てきた。燃え上がっている納屋を見て驚いて声を上げ、そして倒れている阿久津の姿を見て狼狽えた表情を見せる。

「痛え……」

呟きながら、阿久津がのそりと起き上がった。

「おい、久志、お前、僕より後に入ってきたくせに偉そうなんだよ。あれこれ指図しやがって、この薄らハゲが。お前みたいなのが旦那じゃ、美千子さんが可哀そうだ。だから僕が幸せにしてやるんだ」

言っていることが完全に支離滅裂だ。

そんなやり取りをしている間に、納屋を燃やす炎の勢いはどんどん増している。そしてとうとう、諒たちが暮らしている小屋に寄りかかるように納屋の一部が倒れた。そして小屋の庇《ひさし》にあっという間に炎が燃え移る。

「諒、母さんと一緒に逃げろ」

小屋の外壁に掛けてあった、草刈り作業用の鎌を手にして構えながら久志が言う。

怪我を負わされるのが怖くないのか、その久志に向かって阿久津が躊躇なく襲い掛かった。

「あなた！」

声を上げる美千子の手を摑み、諒は走り出した。後からロビンが付いてくる。

だが美千子は、久志のことが心配なのか、何度も足を止めて小屋の方を振り返ろうとする。そちらからは、阿久津が発する奇声と、久志の怒号、そして金属や体のぶつかり合う音が聞こえてくる。

美千子を引っ張り続けて、何とか諒は郵便桟橋近くの砂浜に出た。

振り返ると、見晴らし亭のある高台の辺りから、狼煙《のろし》のように黒い煙が立ち昇っているのが見えた。

「サイトウさんを呼んでくる」

諒は美千子にそう言った。

久志がもし動けなくなったら、阿久津がこちらを追ってくるような気がした。

見つかったら、まだ子供の諒や、非力な美千子では何ともならない。この島で頼りにできるのは、後はサイトウだけだ。

「母さんは、嘉門さんのテントに隠れていて」

桟橋から見える嘉門たちの立てた三つのテントを諒は指差す。

メインのキャビン型のテントには、嘉門の死体が放置されたままだが、倉庫として使われていたカマボコ型のガレージ用テントと、ゲスト用のベルテントがある。他に身を隠せそうな場所は、この付近には何もなかった。

「でも……」

「すぐに戻るから」

その場にしゃがみ込み、諒はロビンの首回りをさっと撫でた。

「母さんと一緒にいてくれ。何かあったら、お前が母さんを守るんだ」

諒に付いてこようとするロビンに、言い聞かせるようにそう言うと、諒はエデンへと向かう道に入り、走り出した。いつもの倍くらいのスピードで、険しい藪の坂道を登って行く。

十分もしないうちに、上からサイトウが駆け下りてくるのが見えた。

「諒くん、どうした！　見晴らし亭の方で煙が上がっているのが見えたが……」

どうやら、エデンに戻る最中でそれを発見し、サイトウも引き返してきたらしい。

「阿久津さんが……」

言いかけて、諒は今はそんなことをいちいち説明している場合ではないと思い直した。

一刻も早く、美千子の元に引き返した方がいい。

「とにかく一緒に来て！」

諒のその様子に、危急《ききゅう》の事態だと察したのか、サイトウは頷いた。

踵《きびす》を返し、今度は来た道を駆け下り始めた諒の後を、同じくサイトウも走り下りてくる。

「母さん！」

嘉門たちのテントに辿り着き、声を掛けながら倉庫のテントとゲスト用のテントの中を見たが、美千子はいなかった。ロビンの姿もない。

「あっちにも誰もいないぞ」

嘉門の死体が横たわったままのキャビン型テントの中を調べていたサイトウが戻ってきて、諒に言う。

諒は呆然とする。郵便桟橋の近くで別れてから、おそらくまだ二十分も経っていない。

「何があったんだ」

「サイトウさんが帰って暫く経ってから、阿久津さんが来て……」

「それで？」

「納屋に放火されて、襲われました」

「久志さんは？」

「父さんは、阿久津を相手にして……」

「戻ろう。美千子さんは、久志さんを心配して見晴らし亭に引き返したのかもしれない」

諒は頷く。ここにいない以上、その可能性はある。

いや、そうでなかったなら、サイトウを呼びに行っている間に、阿久津と遭遇したということだ。そんなことは考えたくなかった。

今度はサイトウが先に立ち、見晴らし亭に向けて砂の上を走り出した。

もうずっと走りっ放しだったが、不思議と息は切れなかった。

「ああ……」

納屋はすでに全焼しており、炎の勢いは、諒たち家族が半年近くかけてコツコツと建ててきた見晴らし亭の小屋に移って、盛大に屋根を燃え上がらせていた。部屋の中の家具にも、火はすでに燃え移っている。入口の向こう側に、先ほど壁のハンガーに掛けたウクレレが見えた。ちょうど炎の熱で弦が切れ、ボディに反響して状況に不釣り合いな甲高い音色を奏でる。

消火の手段はなく、ただ見つめているより他ない。

その小屋の前に、久志が仰向けにこちらに頭を向けるようにして倒れていた。

上半身は、まるでバケツで頭から血糊《ちのり》を被ったかのように真っ赤だった。

「久志さん！」

サイトウが声を上げ、躊躇なくそちらに向かって走って行き、燃えさかっている小屋から少しでも遠ざけるために安全な場所まで引き摺り始める。

「父さん！」

諒も、慌てて久志の傍らに駆け寄り、サイトウを手伝った。

何度も斧での打撃を受けたのか、身に着けていた開襟シャツはずたずたに破け、肩口や額、頬の辺りは皮膚が口を開くように裂傷《れつしよう》になっていた。ズボンの裾と靴の端が、少し焦げて煙を上げている。

「諒……」

久志は、かろうじてまだ息があった。片目が潰れているのか、真っ赤になっている。

「美千子は……母さんは無事なのか……」

諒はサイトウと顔を見合わせる。

「こちらには戻ってきていないんですね？」

サイトウが確認する。

「諒……母さんは」

意識が朦朧としているのか、久志が同じ言葉を繰り返した。

諒は首を横に振るので精一杯だった。

「ああ……くそう……体が動かない」

久志が呟く。だんだんと声に力がなくなってきていた。

「父さん……父さん……」

狼狽えて、涙をぽろぽろと零し始めた諒と違い、サイトウは冷静だった。

「美千子さんは、阿久津に連れ去られたかもしれません。やつが隠れていそうな場所に心当たりは」

「大麻畑……」

久志が呟く。

「休憩したり泊まったりするためのテントがそちらにもある」

「だが、場所が……」

「僕、わかります」

困ったような声を出すサイトウに向かって、諒が言う。

以前にロビンがその場所を発見し、諒も二回ほど足を運んだことがある。郵便桟橋からは最も遠く離れた島の最奥部にあり、鉄条網で囲われている。プランターがたくさん並んでいて、手の平状に葉が広がった小さな緑色の苗が並んでいた。その時は、何でこんな不便な場所に菜園なんか作っているのだろうと思っただけだった。

やがてだんだんと久志の息がか細くなってくる。そして動かなくなった。

何もできない無力さに、堪らない思いが諒の胸の内に湧き上がってくる。ほんの一、二時間前までは、こんなことが起こるなんて思っていなかった。

だが、あまりゆっくりと久志の死を哀しんでいられる暇もなかった。

美千子を探しに行かなければならない。

阿久津は妙なことを言っていたし、もし美千子と遭遇していて殺すつもりだったのなら、その場でやっていた筈だ。

つまり、美千子は連れ去られ、阿久津と一緒にいる可能性が高い。

「残念だが、もう助かりそうにない。行こう」

サイトウも同じことを思っていたようで、そう言って立ち上がった。

そして、周囲をさっと見回し、見晴らし亭の庭の端に置いてあったスコップを手にした。砂利まじりの堅い土などを掘るときに使う、先端の尖った剣スコップというやつだ。得物に使うつもりだろう。

そして、腰のベルトに下げている鉈の入ったケースを外し、それを諒に渡す。

「念のため、諒くんはそれを持っていろ」

諒は頷き、それを受け取った。

緊張で、手の震えを感じていた。

11

「奥さん、ハグしてください」

「嫌よ」

「どうしてですか。前はあんなに優しかったのに」

心から哀しそうな表情を阿久津は浮かべる。

あまり阿久津を刺激したくはなかったが、それは嫌だった。

諒と別れた後、美千子は嘉門たちが倉庫に使っていたカマボコ型のガレージ用テントに隠れていたが、すぐに見つかってしまった。

久志がどうなったのかはわからないが、美千子と諒が見晴らし亭から逃げた後、早々に阿久津は後を追ってきたらしい。あっさりと見つかったのは、美千子がテントの中に入って行くのを、遠目に阿久津が見ていたからだ。

諒と一緒でなかったのは、却って幸運だったのかもしれない。

阿久津に向かって吠えたロビンが、もう少しで殺されるところだったからだ。

振り下ろされた斧でロビンは前脚に怪我をし、阿久津は弱ったロビンをテントの中にあった麻袋に入れ、この場所に持ってきていた。食べるつもりだと言っていた。止《とど》めを刺さなかったのは、殺してしまうと腐敗が始まるから、鮮度を保つためのようだ。

阿久津は、美千子には危害を加えるつもりはない様子だったが、諒には悪感情を持っているようだった。一緒にいたら、美千子は諒を守りきることができなかっただろう。それだけでも良かったと思うべきだろうか。

郵便桟橋から、たっぷり二時間近くも藪だらけの山道を歩き、この大麻畑に辿り着いた。美千子の方は体力的にかなり厳しかったが、阿久津はお構いなしで、強く美千子の手首を握ったまま、休憩なしでここまで歩いてきた。阿久津に握られていたところに、指の形で紫色の痣ができている。

見晴らし亭で見せたような凶暴さは美千子の前では引っ込め、阿久津は二人きりになるとまるで子供のように甘えてくる。

どうしてこの人は、こんなふうになってしまったのだろう。

気味悪さを感じながらも、ほんの少しだけ美千子は同情しそうになったが、その考えは振り払った。美千子のそういうところが、阿久津に付け込まれたのだ。

逃げ出さなければならないが、そんな勇気も、この大麻畑の入口で見た異様な光景のせいで、すっかり失せてしまっていた。

諒に助けに来て欲しい気持ちと、来て欲しくない気持ちが半々に錯綜《さくそう》している。

できるだけ早く、この島に警察が上陸し、この場所を見つけてくれるのを待つしかないのかもしれない。

大麻畑の片隅に立っているテントの中に、美千子と阿久津はいた。

郵便桟橋の近くに立っているものに比べると、かなり小さなテントだ。大人二、三人用といったところで、ただ阿久津と一緒にいるだけで息苦しくなってくる。

先ほどから、阿久津はずっと大麻らしきものを吸い続けている。スカンクという品種らしく、大麻に含まれる精神に作用する成分が高濃度で、このテントの周りにある畑で栽培しているのも、これと同様の品種だと、聞いてもいないのに説明してくれた。

嘉門が島の外から持ち込んでストックしていたものを盗んできたらしく、テントの中は、まるで靄でも掛かったように煙で白くなっており、独特のつんとした匂いがする煙を吸っているだけで、気のせいか、それとも何か実際に影響があるのか、美千子まで朦朧とした気分になってくる。

引っ切りなしに鼻と口から煙を吐きながら、阿久津は一方的に美千子に話し掛け続けている。

そのせいで、あれこれと知ることができた。

石毛家から追い返されたあの日、阿久津は失意のまま嘉門たちのテントに戻ったが、亀石はいなかった。嘉門の指示でサイトウに会いに行ったまま帰って来ないということだった。

この段階では、まだ多少なりとも阿久津はまともだったらしい。

具体的にどういうことなのかまではわからなかったが、土岐と咲良を島から追い出すために嘉門が取った何かの手段が、どうしても阿久津には受け入れがたいものだったらしく、それについて嘉門に意見し、説得しようとして、怒りを買ったらしい。

阿久津は、この島に於ける自分の待遇の改善も求めた。具体的には、亀石を解雇するか、自分を首にして島から解放して欲しいと訴えた。

だが、それも嘉門は却下した。阿久津は大麻栽培にも深く関わっている。一蓮托生《いちれんたくしょう》だが、阿久津のことは信用できないと嘉門は言った。

阿久津を自由にして、大麻について告発されることを嘉門は懸念していた。亀石と二人で、散々、調子に乗って阿久津を虐《しいた》げてきたことの結果だった。

そして阿久津は絶望し、自分の境遇を悟った。嘉門はもう、阿久津を自由にさせるつもりはない。不都合なことになれば、他人の目が極端に少ないこの島では、亀石を使って簡単に阿久津など始末できる。例えば、釣り磯に夜釣りに出掛けて、足を滑らせて海に落ちたとか、農作業中に熱中症で倒れたなど、やろうと思えば、やり方はいくらでもあった。

阿久津は、亀石が現れるまでは、ずっと嘉門の愛人だった。今こうして美千子に甘えてくるように、いくらでも甘やかし可愛がってくれる存在だった。

亀石がいなかったことも、阿久津の行動を後押しした。嘉門と一対一なら、いくら線の細い阿久津でも腕力で勝る。

気がつけば、阿久津は嘉門を扼殺《やくさつ》していた。

殺した後に少し冷静になり、阿久津は島から逃げることにした。

阿久津にとって、何よりも怖い相手は亀石だった。島の中にいては、どうしても亀石と顔を合わせることになる。嘉門を殺したことによって、今度は自分が何をされるかと思うと、阿久津はいてもたってもいられなくなった。

亀石がプレジャーボートのキーを仕舞っている場所は知っていた。それを持ち出すと、阿久津は操縦したこともないボートを、亀石が動かしていた時の見様見真似《みようみまね》で桟橋から発進させた。

だが、阿久津は車の運転すらしたことがなかった。真夜中で視界が悪く、最初はK島の明かりを目標にして直進していたつもりが、船がどちらの方角を向いており、自分がどの辺りにいるのかすらもすぐにわからなくなった。

加えて、その日は風雨が強く、海は荒れていた。ボートはどんどん思っていたのとは違う方向に押し流されて行く。波に翻弄《ほんろう》されて船体が上下左右に揺れ、転覆しそうになるのを必死になって持ち直そうとしているうちに、目前に岩陰が迫ってくるのが見えた。サーチライトのスイッチがわからず、真っ暗な中を航行していたので、フリムン島の周囲にいくつも点在している岩礁《がんしょう》を見落としていたのだ。

思わず阿久津は、それを回避するつもりで出力を調整するリモコンレバーのスロットルを最大にし、思い切り舵《かじ》を切るという間違いを犯した。

ボートは猛スピードで船腹から岩礁に激突した。エンジンが停止して船体が横倒しになり、すぐに沈《しず》み始めた。

その後のことはよく覚えていないという。ただ、阿久津にとって幸いだったのは、救命胴衣を着けていたことだった。

気がつくと、阿久津は仰向けに海に浮かんでいた。ボートはどこにもなく、周囲を見回すと、すぐ近くに島影が見えた。阿久津はそちらに向かって必死に泳いで行く。辿り着いたのは、結局、郵便桟橋だった。

それから人目を避けて大麻畑に隠れ、今の今まで息を潜めていた。

その間に、阿久津の心にどんな変化があったのかはわからない。

いや、元々、阿久津の心は壊れていたのかもしれない。大麻を覚えたのは、嘉門と知り合った十年ほど前からで、以来ずっと常用してきたという。長期に亘《わた》る大麻の使用が、精神に悪い影響を与えることがあるという記事を、美千子は何かで読んだことがあるのを思い出した。

嘉門を殺してしまったことで、阿久津の心の拠り所は美千子だけになった。

そして阿久津は、見晴らし亭に姿を現したのである。

「ハグしてもらえませんか」

「嫌よ」

話が途切れる度に、阿久津がそれを要求してくる。

その度に美千子は拒否しているが、そろそろ断るのも怖くなってきた。

阿久津の中に残っている僅かな理性を、美千子のその言葉が少しずつ削り取っているのがわかるからだった。

12

「これがそうか」

「はい」

抑えた声で話し掛ける公則に、諒が微かに頷く。

郵便桟橋からは殆ど島の反対側になる場所に、その大麻畑はあった。

位置に関する諒の記憶が曖昧だったため、見つけるまでに数時間を要してしまった。

フリムン島の周囲は、郵便桟橋の他は、公則がインフレータブルカヤックを隠していた海蝕《かいしょく》洞《どう》くらいしか海から上陸できる場所がなく、特にこちら側は、海に接しているのは切り立った十数メートルの断崖ばかりだ。

土岐と咲良の住んでいたエデンですら、余程の物好きでない限り足を運ぶことはないから、桟橋から二時間近くも険しい道を歩いてこなければ辿り着けず、何もないこの辺りまでは、まず人が入ってくることは考えられない。

それでも、大麻畑の周囲には等間隔で杭が打たれており、ちょうど公則の胸の高さくらいまで、何重にも鉄条網で柵が張られている。

柵の内側は、思っていた以上に広い範囲に亘って均《なら》されていた。

目測でおそらく三十メートル四方はあるだろう。これを阿久津と久志の二人だけで鋤《すき》取りしたとは思えない。元々、何かの施設があったか、二十数年前まで住んでいたというこの島の入植者が畑でも作っていたのかもしれない。だが、今はそんなことはどうでもよかった。

諒の話だと、以前は大量のプランターが並び、小さな苗が植えてあったというが、今は様相が違っていた。

大麻草の丈は一メートルを超えていた。見たところ、地面に直径一メートルくらいの穴を掘り、そこに栽培に適した土を入れて大麻草を植えているようだ。鉢などを大量に持ち込んで、桟橋からここまで運ぶのは大変だから、工夫したのだろう。

それらが二メートルほどの間隔で、縦横に整然と並んでいる。もっと狭い、家庭菜園レベルのものを想像していたが、思っていたよりもずっと本格的だ。

畑の周辺には、厚手のシートで作られた、簡易プールのような感じの円柱形の雨水タンクが五つほど設置されていた。おそらく一つ辺りの容量は千リットルはあるだろう。集水のためか、そのシートタンクの上にパイプで屋根が組まれており、雨樋《あまどい》が設置されていた。

これらに使われているパネル一枚、パイプ一本を運ぶだけでも、郵便桟橋との距離を考えると気が遠くなるような労力だ。殆ど奴隷に等しい働き方をしなければ、こんな場所にこんなものを作るのは不可能だ。

阿久津という男が、この島に来てから、他の者の目に付かないところで、どんな毎日を過ごしていたのかを想像すると、眩暈《めまい》がしそうだった。たぶん途中からは、久志も手伝わされていたのだろう。

大麻畑の周囲は密林になっており、公則たちも姿を隠さなければならなかったので、全貌を見渡すことはできなかった。

だが、畑の奥の方に小さなテントが立っているのが見えた。二、三人用の比較的小さなものだ。

とりあえず、目に見える範囲に人の姿はない。

「行くか。テントの中を調べてみよう」

いつまでもここで様子を見ているわけにもいかなかった。

かなり日が傾いてきている。歩き慣れた道ではないから、暗い中を帰るのは難しい。

剣スコップの柄の部分を握り、あまり物音を立てないように気をつけながら、鉄条網の柵伝いに移動し、公則は入口を探す。後ろを諒が付いてくる。

やがて柵が途切れている入口が見えてきた。

そこに、まるで門番のように案山子《かかし》が立っているのが見えた。

「待て」

いや、様子がおかしい。手で合図を送り、諒に止まるよう促した。

「嘘だろ」

思わず口をついて言葉が漏れた。

地面にトライポッド状に設置された土台の杭の上に、人の上半身を象《かたど》ったものが載っていると思っていたが、それは本物の人間の死体だった。

亀石だ。胸元から肩にかけて、見覚えのあるタトゥーがあるから間違いない。

胸郭から上しかなく、両腕もなかった。肋骨の内側にあったであろう内臓は取り除かれている。その空洞になった部分を、土台に差し込むようにして載せている。

死体を損壊することによって私怨《しえん》を晴らそうとしたのか、だいぶひどいことになっていた。頭皮は剝がされており、中途半端に捲れて、落ち武者のように髪の毛が後頭部にぶら下がっている。眼球はくり抜かれたのか、それとも自然に腐り落ちたのか、虚《うつ》ろになっていた。両耳の穴と、口から引っ張り出された舌に、何やら棒切れのようなものが刺さっており、趣味の悪い飾りのようになっている。大量の蠅が集《たか》って羽音を立てており、表面には無数の蛆《うじ》が蠢《うごめ》いていた。

脳裏にフラッシュバックする、浴室に横たわった解体しかけの雅美の死体の光景を、公則は必死に振り払う。

亀石の死体を持ち去ったのは、すると阿久津か。胸郭から上しかないのは、おそらく途中で重くなって半分は捨てたのだろう。

見た者を怯《ひる》ませるのには十分すぎる光景だった。正直、美千子がテントの中にいる可能性がなければ、このまま何も見なかったことにして引き返したいくらいだ。

背後で呻き声がし、公則は振り向く。

見ると、諒が草むらに向かって、盛大に嘔吐しているところだった。

「ここで待っているか?」

「いや、行く」

口元を手の甲で拭い、諒が言う。

なるべく亀石の死体の方を見ないようにして、公則は大麻畑に足を踏み入れる。

植えてある大麻と大麻に適当な間隔があるのと、いずれも一メートルほどの丈しかないので、比較的、見通しは良い。相手がどこかに隠れていて、いきなり襲い掛かってくるというような心配はなさそうだ。

大麻草の先には、花穂《かすい》のようなものが開花していた。周囲には独特のつんとした臭いが漂っている。青臭さの中に、ほんの少し尿臭が混じったような臭いだ。

気分の問題なのだろうが、それを嗅いでいるだけで、公則はだんだんと悪酔いしているような感覚になってくる。

やがてテントの前に辿り着いた。

出入口のファスナーはきっちりと閉められている。外から気配を窺うだけでは、人がいるかどうか判断できない。換気用の開口部から中を覗き込んだり、ファスナーをいきなり開くのは危険だった。阿久津が潜んでいたら、いきなり内側から刃物が飛び出してくるかもしれない。

「母さん、いるの?」

公則が迷っているうちに、先に諒が声を出した。

「諒?」

返事がした。美千子の声だ。

公則と諒は顔を見合わせる。

「今、一人？」

「ええ」

その返事に、慌ててテントのファスナーを開こうとする諒を、公則は制す。

「僕が開く。諒くんは、周りを見張っていてくれ」

有無を言わさずそう言うと、公則はテントの入口を開き、中を覗き込んだ。

狭い空間に、手脚を後ろで縛られた格好で美千子が横になっていた。ひと先ず、公則が懸念していたような、乱暴されたような雰囲気はない。

「阿久津は？　一緒だったんじゃないんですか」

余計な会話を交わしている時間も勿体《もったい》なく感じた。

「ええ。でも、どこかに出掛けたまま……」

「サイトウさん！」

見張りを任せていた諒が叫び声を上げる。

ひと先ず美千子はそのままにして、公則はテントの外に飛び出した。

見ると、先ほど諒と一緒に通ってきた柵の入口、亀石の死体のある辺りに、男が立っていた。

公則はこれが初対面だったが、阿久津だろう。

今、戻ってきたばかりというような様子だった。

体には白泥らしきものが塗られている。異様な風体だった。

「諒と……それから、お前は誰だ？」

こちらに向かって真っ直ぐ歩いてきながら、阿久津が言う。

「いや、わかったぞ。杉本が言っていた、この島に潜んでいる逃亡犯だな」

亀石も、それと知ったうえでガマに現れ、公則を襲った。阿久津も話は聞いていたのだろう。

「すると、亀石の馬鹿を殺《や》ってくれたのは君か。素晴らしい。感謝しているよ。正面からまともにやり合っていたら、僕では勝てなかった」

思い掛けず、阿久津は公則に友好的な態度を示してきた。

だが、公則は手に持っているスコップの柄を、強く握り直す。

「諒の方は、お母さんを取り返しに来たのか？　健気《けなげ》だな。こちらから行く手間が省けたよ」

よく見ると、阿久津は裸の体にベルトだけを腰に巻いており、そこに片手用の斧が差し込まれていた。

そして、手には一冊のノートが握られている。それには見覚えがあった。

「『僕たちは、この島でアダムとイヴになるのだ』……。うん、いい書き出しだ。すごく共感するよ。彼は失敗したみたいだけど、僕は実現するつもりだ」

表紙にはマジックインキで、フランス語のタイトルが書かれている。

見覚えがあるそれはエデンにあったノートだ。土岐が書き残したものだ。

「まだ拾い読みしかしていないけど、心に残るいい言葉がたくさん書いてある」

パラパラとページを捲りながら阿久津が言う。

「どうせなら生きているうちに、土岐さんとはゆっくりと話をしてみたかったな」

「お前、エデンに行っていたのか」

右手でスコップの把手《とって》を、左手で柄をしっかりと握り、公則は問う。

「ああ」

それでノートを持ち帰ってきたのか。エデンには咲良がいた筈だ。いったいどうなったのか。

だが、それを問う前に、阿久津がベルトから斧を抜いた。公則がスコップを構えたと見て、警戒したのかもしれない。

「エデンに住んでいたあの二人の代わりに、僕と美千子さんで、この島のアダムとイヴになろうと思うんだ。土岐さんの遺志を継ぐというのかな。きっとあの世で喜んでくれている」

「いい加減にしろ。照屋さんが島に来て異変に気づいたら、すぐに警察が上陸してくる。何をやったって無駄だ。すぐに捕まる」

阿久津が説得になど応じそうにないのはわかっていた。

あとほんの少し、ほんの十分でも早く美千子を発見していたら、縄を解いて、もうこの場所から逃げ出せていた。柵の外から様子を窺っているような暇があったら、さっさと調べに入るべきだった。だが、後悔は先に立たない。

「諒くん、僕がこの人を相手にしている間に、何とかお母さんと一緒に逃げろ」

そうするより他なかった。諒には鉈を手渡してある。縄はすぐに切れるだろう。

問題は、この大麻畑がぐるりと鉄条網で囲まれていることだった。それを乗り越えるのも壊すのも、現実には難しいだろう。

すると、ここから逃げるには、亀石の死体が飾られている出入り口を通るしかない。できるだけ阿久津をそこから引き離し、諒と美千子が逃げるチャンスを与えなければならない。

諒が早速、公則の背後にあるテントの中に飛び込んだ。

阿久津が動こうとするのを阻止するように、公則はその前に立ちはだかる。

左手に握っていたノートを放り出し、阿久津が走り込んできて、公則に向かって斧を振り下ろしてきた。

スコップの柄を横にして、公則はそれを受ける。そして思い切り阿久津の腹に蹴りを入れた。

呻き声を上げて阿久津は後退したが、倒れはしなかった。

これでは駄目だ。

意識してやっているのかどうかはわからないが、阿久津は柵の出入口を背にしたまま、公則の相手をしている。

再び、阿久津が斧を振り上げて襲い掛かってくる。先ほどと同じ動きだ。

阿久津には、亀石のように何らかの格闘技の経験があるわけでもないようで、攻撃は至って単純だった。これなら何度でも凌《しの》ぐことができるが、その分、阿久津を誘ったり挑発したりしてテントや柵の出入口から引き離すきっかけも摑めない。

数度、同じことを繰り返した時、背後でごそごそと音がした。

振り返るわけにはいかないので見ることはできないが、諒が手脚の自由になった美千子を連れてテントから出てきたのだろう。

その時、阿久津が思いがけない動きをした。

トマホークよろしく、手に持っていた斧を、思い切り投げつけたのだ。

それは公則ではなく、その背後にいる諒を狙ったようだった。公則の真横を、片手斧が回転しながら勢いよく飛んで行く。

背後で美千子の悲鳴が上がる。

それで思わず公則は振り向いてしまった。

やはりというか、諒を目掛けて投げられたと思《おぼ》しき斧は、大きく目標を外し、テントの幕に跳ね返って地面に落ちた。

諒は、美千子の手を引いてテントから出てきたところだった。

その時、腰の辺りに衝撃を感じた。

一瞬だけだが目を逸らした公則の胴に、阿久津が抱きつくようにタックルを仕掛けてきたのだ。

しめた、と公則は思った。これなら阿久津の動きを拘束しておける。

公則と阿久津は、絡み合ったまままもんどり打って地面に倒れた。

すぐさま公則は自分の足を阿久津の腰の後ろに回してロックし、スコップの柄で背中を固定して、阿久津が動けないようにした。

「逃げろ！」

そして諒に向かって叫ぶ。

一瞬だけ諒は躊躇する様子を見せたが、すぐに頷いて美千子の手を引き、大麻畑の出入口に向かって走り始めた。

阿久津が低い唸り声を上げる。五分でも十分でもいい。とにかくできるだけ長くこの膠着《こうちゃく》状態を続け、諒たちが逃げる時間稼ぎをしなければ。

ところが阿久津は、抱き合うような姿勢のまま、公則の耳に齧りついてきた。

「ううっ」

容赦なく阿久津は前歯に力を込め、公則の左耳を噛み千切《ちぎ》ろうとする。

まだ駄目だ。

公則は歯軋《はぎし》りして痛みを堪える。今、こいつを放してしまったら、すぐに諒と美千子に追いつかれる。

やがて耳が根元から裂け始めたのが感じられた。首筋を、血が流れていくのが感じられる。

どうせ自分も、この島に警察が上陸してくれば捕まる。雅美と亀石の二人を殺したから、死刑になるかもしれない。

だったらこんな耳などくれてやる。どうせもう価値のない命だ。それならせめて、諒だけでも助けてやらなければ。彼には未来がある。

そんなことを必死に念じながら、公則は痛みに耐える。

やがて公則の左耳が体から離れた。

それでも密着したままの公則に、阿久津が苛立った声を上げる。

「何なんだ、お前、いったい何なんだ！」

そして今度は、真っ黒に汚れて尖った爪を公則の右目の瞼に当て、指を入れて来ようとした。

さすがに狼狽え、公則の手が少しだけ緩んだ。

それを逃さず阿久津が暴れ出し、とうとう膠着が解かれた。

すぐに阿久津が、大麻畑の出入口に向かって走り出す。公則も慌てて起き上がり、それを追った。

出口間近の、亀石の死体のすぐ傍らで追いつき、公則は後ろから阿久津の髪の毛を摑む。

阿久津が振り向いて応戦しようとしたが、公則は髪の毛を摑んだまま、強引に阿久津を柵の鉄条網に向かって力任せに投げつけた。

コイル状に何重にも巻かれた有刺鉄線の柵に、阿久津が倒れ込む。

殆ど衣服を身に着けていないので、皮膚がまるで布きれのように鉄の刺《とげ》に引っ掛かって破けた。

体に絡みついた有刺鉄線を外そうと、阿久津がもがく度に傷口が増え、広がった。体に塗られた白泥と流れ出した血が混ざり、体をまだら色に染めている。

公則は、手に持っているスコップの剣先を、阿久津の喉笛に向ける。

ああ、またあの感覚だ。

さすがに三回目なので、どこか公則は冷静だった。
我を失う一歩手前。己が獣か悪魔と化す閾値《いきち》。狂《ふ》れ者となる瞬間。
覚えていたのはそこまでだ。
続いて手に届いてきたのは、尖ったスコップの先端が、喉を貫く嫌な感触だった。

エピローグ

■北郷咲良によるフリムン島事件に関する『独占手記』からの抜粋④

土岐氏が息を引き取った時のことを思い出すと、私の目からは今でも涙が溢れてきます。

毒性の強い植物を誤って口にし、次第に弱っていく土岐氏を目の前にしながら、私は何もできませんでした。

臨終の時、土岐氏は私の手をしっかりと握り、「二人の赤ちゃんを頼む」と私に言いました。S氏に妊娠の可能性は指摘されていましたが、その時はまだ、はっきりとはわかっていませんでした。でも、私も土岐氏も、私のお腹に新しい生命が宿ったことに確信がありました。強く手を握り合ったまま、私たちは涙を流し、やがて土岐氏は息を引き取りました。

島に住んでいた人たちそれぞれの証言に、少しずつ食い違いなどがあることから、私が土岐氏を毒殺したのではないかと、やはりネットなどで中傷する声がありますが、土岐氏の死に関しては警察が詳しく調べ、遺体は司法解剖も受け、中毒による事故死という結論が出ています。

　そういうネット社会の悪意や無責任さ、そして匿名性こそ、私や土岐氏が心から嫌うものでした。これに関しても、私は断固として法的措置をとっていこうと思っています。

　また土岐氏は亡くなる前、遺言のように、もし可能なら前夫のところに戻り、心から謝り、頼るのがいいとアドバイスをしてくれました。

　私が前夫から、関係の修復を求める手紙を受け取っていたのを知っていたのかもしれません。私は、とてもそんな恥知らずな真似はできないと躊《ちゅう》躇《ちょ》しましたが、前夫……いえ、今はまた夫となりましたが、夫はこの時の話を聞き、不幸な死を迎えた土岐氏に心から同情して、過去にあった私と土岐とのことは、全て水に流して許すと言ってくれました。

1

「佳苗は？」

「今日はピアノの稽古《けいこ》があるから、遅くなると思うわ」

「そうか」

ワイシャツの襟を立て、さっきから何回も杉本はネクタイを締めるのに失敗している。ノットは覚えているのだが、前と後ろの長さの調整が、どうしても上手くいかない。

K島の診療所では、ずっとアロハやTシャツにジーンズ姿で白衣を羽織《はお》って診察をしていた。いや、白衣すら面倒で着なかった日もあったくらいだ。

「お父様への挨拶が終わったら、今日は佳苗も一緒に三人で外食しましょうよ」

「いいね」

洗面台に備え付けの鏡を覗き込み、髭《ひげ》の剃《そ》り残しがないか杉本は念入りに確認する。何となく青髭《あおひげ》っぽくなってしまっているのは、他の部分がよく日焼けしているからだ。これはもう直しようがない。男性用ファンデーションを塗って誤魔化そうかとも思ったが、むしろネタになるから、これで笑いでも取ることにしよう。

長く伸ばしてひっつめにしていた髪も切り、白髪を染めてきっちりと七三にまとめていた。人間なんて見た目が八割だ。鏡の向こうの自分は、恐ろしくまともな人間に見える。

「土岐のことは残念だったね」

「いいのよ、あんな人」

杉本の腕に自分の腕を絡め、麻理子が口づけをせがんできた。

それに応じながら、杉本は考える。

土岐のやつは、何でこの生活を捨ててしまったのだろう？

麻理子は土岐の元妻、小学校四年生になる佳苗は、土岐と麻理子の娘である。

「そろそろ出掛けようか」

「そうね。大通りに出てタクシーを拾いましょう」

麻理子も今日はフォーマルなワンピースを着ている。自分の父親に会いに行くだけだというのに、念入りなことだ。

彼女の父親が経営する病院は原宿にあった。ここからなら歩いたって十五分か二十分程度の距離だが、そんな時も麻理子はいちいちタクシーを使う。そういう育ちなのだろう。

杉本にしては珍しく、タワーマンションの玄関を出る時には緊張が生じてきた。大丈夫。自分はコミュニケーション能力には自信がある。

これから麻理子の父親に会い、再婚の承諾を得るための挨拶をする予定だった。

それは同時に、麻理子の父親が経営する病院への就職面接も兼ねている。医局から文字通りの島流し人事を受けていた杉本にとっては、中央に返り咲くチャンスでもあった。麻理子の父親はそれだけの力を持っている。

杉本と土岐、それに麻理子は、学生時代からの友人だった。

よく一緒に遊んでいたが、どういうわけか麻理子は、気難しい面《つら》をした土岐に惹《ひ》かれ、そして交際を始めた。まだ若かったし、麻理子の周りには杉本も含めて軽薄な感じの人間が多かったから、ああいう思慮深そうな素振りをした人間に魅力を感じたのだろう。

苦学とまでは言わないが、杉本の実家は町の歯医者で、さほど裕福なわけでもなかった。若い頃に医学部への進学に挫折した父の願望に応えるため、杉本は子供の頃から猛勉強を強《し》いられていたが、念願かなって医学部への合格を果たしても、裕福な連中との格差を思い知らされただけだった。

だから、麻理子が欲しいと思った。だが、その時は叶わなかった。

土岐から、妻子と別れて不倫相手と無人島での入植生活を始めたいと相談を受けた時は、何と愚かなやつなのだと杉本は呆れたが、それを好機と考えた。

本当は面倒だったが、K島に程近いフリムン島のことを調べ、所有者の連絡先を突き止めた。

東京に住む島の所有者と土岐との借地権の交渉に同席するため、久方ぶりに杉本は上京した。島の所有者はK島の出身で、今も親戚がK島に数多く住んでいる。島で唯一の診療所の医師である杉本が身元を保証するのだから、交渉に於いてこれ以上、有利なことはない。

そして土岐には知らせず、杉本は、ほぼ十年ぶりに、土岐の妻となっていた麻理子と再会した。

麻理子は、土岐が不幸になることまでは望んでいなかったが、島での生活が破綻したり、二人が別れるなどして土岐が麻理子との寄りを戻そうとしたり、娘の佳苗との面会を求めてきたりすることを懸念していた。島での土岐の様子を知りたがるので、照屋から聞いた話や、土岐が何を購入したかなどを伝えるためにたびたび連絡を取り合っているうちに、麻理子との仲は急速に接近していった。

同じ頃、フリムン島でグランピング施設を開設したいという嘉門の相談を受けた。

以前、K島の嘉門の別荘で、来客が危険ドラッグの中毒で倒れたのを介抱してやり、口止め料をもらって急性アルコール中毒ということにして処理してやったことがあった。嘉門たちがどんな輩《やから》なのかは知っていたが、だからこそ、間に入ってやることにした。

杉本は何度も東京に行き、嘉門の夫が経営する不動産会社の担当者と一緒に、島の所有者のところで売買交渉の話し合いに同席した。もちろん、旅費は全て不動産会社持ちだ。

フリムン島の所有権が嘉門に移れば、いずれ土岐は島から追い出される。嘉門たちが、グランピング施設と称して何をやろうとしていたのかは察していたから、土岐の存在を野放しにしておくことは有り得ない。妙な正義感や倫理観に縛られている土岐が、嘉門たちの大麻栽培やグランピング施設の客への提供に加担するとは思えなかった。

東京とK島を何度も行き来する度に、麻理子との関係は深くなり、お互いに結婚を考えるようになった。土岐と咲良は、フリムン島を追い出されたら、もう行く当てがない。特に土岐は、親友だと思っていた杉本と元妻との関係を知って、深いショックを受けるだろう。その末路は憐れなものになる。そう考えていた。

つまり自分は、土岐を羨《うらや》み、嫉妬し、嫌っていたということだな。

麻理子の父親が経営する大病院へと向かうタクシーの中で、杉本はそんなことを思う。

土岐は殺されたのではなく、食中毒で死んだのだと聞いていた。

杉本は、島の所有権が移ったことを知らせるため、フリムン島に行った時のことを思い出した。

島に潜伏していた、サイトウ……いや、それは偽名で、本名は苅部公則というらしいが、その公則が住んでいたガマから、石毛家の見晴らし亭に咲良を連れて行った際のことだ。

「咲良さん、あそこに生えている果物、何かわかりますか?」

道すがらに見つけた木にぶら下がっている、鶏卵のような形をした手の平大の果実を指差して杉本は言う。七、八個、連なって生《な》っており、半分はまだ青く、半分は赤紫色に熟していた。

「え……?　マンゴーかしら。でも、葉っぱは枇杷《びわ》に似ているけど……」

「ミフクラギっていう木ですよ。こっちでは比較的ありふれた植物だが、猛毒です。稀に他の果物に間違えられて誤食されているから、気をつけた方がいい」

土岐と咲良が、もうヴィーガンをやめているのは照屋を経由して持ち込まれる買い物のリストで察していたが、敢えて注意を促すように杉本は言った。

「食べたらどうなるんですか」

「場合によっては死にますね。葉も枝も果肉も全部毒だが、特に種子の仁の部分の毒素が強い。昔はあれを小麦粉で練って毒団子を作り、殺鼠剤《さつそざい》にしていたっていうくらいですから、もし食料が小動物に荒らされたりするような被害があったら、試してみたらどうです」

「ええ……そうですね。教えてくれてありがとう」

杉本が島を去った後に、土岐が起こした食中毒というのが、ミフクラギによるものだったのかは杉本は知らない。

土岐との関係が悪くなっていた咲良に、わざわざそんなことを教えた自分に、何かの意図がなかったとも言い切れない。

だが、もう全部終わったことだ。

タクシーのフロントガラスの向こう側に、麻理子の父親が経営する病院の車回しが見えてきた。

カードで料金を支払い、タクシーから降りる頃には、杉本はもう、そんなことは綺麗さっぱり忘れていた。

2

「ただいま」

最近始めた牛丼屋でのバイトから帰ってきた諒は、アパートの階段を上ると、合い鍵を使ってドアを開き、部屋の中に入った。

奥から、ロビンが嬉しそうに吠えながら玄関に飛んでくる。前脚を片方、引き摺っているのは、阿久津にやられた怪我が完治しなかったからだ。

ロビンを抱き上げ、部屋の奥を覗き込んで、一応、確認してみたが、やはり母親の美千子はまだ帰ってきていなかった。

最近、美千子は音大時代の友人が開業しているピアノ教室で、週一回ではあるが講師のアルバイトを始めた。ＰＴＳＤの治療で相変わらず通院は続いているが、島から戻ってきたばかりの頃よりも、だいぶ明るくなった。

昔、久志と家族三人で住んでいた分譲マンションに比べると、ずいぶんと狭いアパートだったが、ペットＯＫで二間あるし、風呂も付いている。フリムン島での暮らしを思い出せば、蛇口を捻《ひね》れば水が出てくるだけでも、十分にありがたい。

久志の遺影が飾られている仏壇に手を合わせ、線香を上げると、諒は壁掛けの時計を見た。部屋でゆっくりしていられるのは一時間くらいか。

島を出てから暫くの間は、フリムン島を巡る事件で世間は大騒ぎとなり、生活が落ち着かないまま、諒は中学卒業の年を迎えた。

諒は文科省が行っている「中学校卒業程度認定試験」を受け、義務教育修了の資格を得ると、定時制高校に通い始めた。今日も夕方から授業だ。

ロビンにエサをやったら、自分も適当に何か食べてシャワーでも浴びようと思い、諒は冷蔵庫の中から冷凍食品のパスタを取りだしてレンジで温めた。

それを手に居間に入ると、食卓の上に雑誌が置いてあった。美千子が買ったものだろう。表紙には、フリムン島であった事件についての北郷咲良の独占手記を掲載と書いてあった。

パスタを食べながら、週刊誌を開き、諒はそれを読む。そこに書かれているフリムン島も、咲良という女性も、まるで諒の知らない別の場所、別の誰かのように思えた。

十ページ以上に亘《わた》る、長い手記は最後にこう結ばれていた。

『私は今、前夫と寄りを戻し、島で授かった赤ちゃんを二人で大事に育てています。赤ちゃんの父親は、逃亡犯だった苅部公則なのではないかなど、やはり根拠のない、心ない誹謗中傷や嫌がらせは今も絶えませんが、夫は我が子のように赤ちゃんを愛してくれています。私は今、幸せです。だからもう、あの島での事件についてこうやって語るのは、最初で最後にしたいと思っています。』……。

諒は雑誌を元の場所に置くと、服を脱いでユニットバスに入り、シャワーを浴び始めた。

あの島での最後の日のことが思い出される。

諒が美千子を連れて郵便桟橋まで戻ってくると、そこには照屋のものを含む二艘の漁船と、沖縄県警の船が停泊していた。

砂浜にはすでに咲良が下りてきており、事情を聴かれていた。

後から聞いた話によると、見晴らし亭の火災の煙が、K島からも見えるほど大きく狼煙《のろし》のように空まで伸び、海上で漁をしていた照屋が警察に通報し、同じく異変を感じて集まってきた他の漁師の船とともに上陸したらしい。

嘉門と久志の他殺体および土岐の変死体はすでに発見されており、現場は騒然としていた。上空にはヘリコプターまで飛んでおり、諒と美千子が別々に、浜で事情を聴かれている間にも、ひっきりなしに郵便桟橋にはボートがやってきて人が降りたり、また他の船と入れ替わったりしていた。

その日のうちに、上空からの捜索で、岩礁近くの深場に沈んでいた嘉門所有のプレジャーボートと、島の最奥部に拓かれていた大麻畑が見つかった。

捜索隊の手により、大麻畑で瀕死の状態で倒れていた公則と、阿久津と亀石の死体が発見された。

ロビンは、虫の息で倒れていた公則の傷口を、ずっと舐めていたそうだ。自力で袋の中から逃げ出し、怪我をしている公則を見つけて、ロビンなりに何とかしようと頑張ったのだろう。

諒がロビンと再会したのは、K島でだった。

ひと先ず収容された島の公民館で、ロビンの姿を見たとき、諒はたまらなくなって大声を上げて泣いた。どんなことがあっても涙は出てこなかったのに、この時ばかりは我慢できなかった。

狭い島の中で起こった、男女合わせて五人の他殺と変死。

東京での女子大生殺害事件後、二年九か月に亘って消息不明だった逃亡犯が島に長期潜伏していた事実と、その逮捕。

島内で秘かに栽培されていた、大規模な大麻畑。

どれか一つだけでも大きなニュースになりそうなものが三つも重なり、その不可解さも相俟《あいま》って、暫くの間は新聞もテレビもネットも騒然となった。

サイトウ……いや、苅部公則は、東京で起こした荻野雅美の殺人と死体遺棄・損壊の罪の他、亀石と阿久津の計三人を殺害したとして起訴された。嘉門と久志の殺害は阿久津による犯行、土岐は司法解剖の後、食中毒による事故死ということで決着した。

裁判では、亀石と阿久津の死に関して、殺人となるのか、過剰防衛による傷害致死になるのかが争点となったが、結局、亀石に関しては殺人、阿久津については諒や美千子の証言もあったが、正当防衛ではなく傷害致死と認定された。検察は死刑を求刑し、裁判員制度による評決の結果、死刑の判決を受けた。公則は控訴せず、刑が確定した。

公則がまだ未決拘禁だった時、諒は一度、会いに行きたくて手紙を書いたことがある。お礼が言いたかった。自分や美千子を助けてくれたことを。

公則がどんなに悪い人だったのだとしても、あの瞬間だけは違っていた。あの時の公則……いや、サイトウは、自分たちを守ってくれた。

面会しに行ってもいいだろうかと、公則の気持ちを問う手紙を、収監されていた拘置所に送り、返事は一週間ほどで返ってきた。

官製ハガキの裏面に、ごく短く、こう書いてあった。

『僕は愚か者でしたが、あなたはきっと立派な大人になってください。それが僕の望みです』

そして、あまりに余白の多いそのハガキには、会いには来ないで欲しい、もう手紙も出さないで欲しいと付け加えられていた。

シャワーを終え、ユニットバスから出て体を拭いて着替えると、諒はベランダへと続くアパートのサッシを開いた。外は快晴で、青空が広がっていた。

諒は部屋の隅に立てかけてあるウクレレを手にする。

島での誕生日にプレゼントしてもらったものは燃えてしまったが、日常が安定した最近、ふとまた弾きたくなって購入したものだった。

前脚を引き摺り、残る三本の脚でちょこちょこと歩いてきたロビンが、諒の傍らに座る。

ベランダに足を投げ出し、諒は拙《つたな》い手付きで、島でよく弾いていた『カイナマヒラ』を奏でた。

目を瞑ると、愚か者《フリムン》の島と呼ばれた、あの島の郵便桟橋が、夕焼けに染まる光景が瞼の裏に広がった。

本書は書き下ろし作品です。なお、この作品はフィクションであり、登場する地名や人物および団体、伝承、事件などはすべて実在するものといっさい関係ありません。

○参考文献一覧

『ガラパゴスの怪奇な事件』ジョン・トレハン著　高野利也訳（晶文社）
『ロビンソン・クルーソーの妻』マーガレット・ウィットマー著　小松錬平・小野幹雄訳（文藝春秋新社）
『逮捕されるまで　空白の2年7カ月の記録』市橋達也著（幻冬舎）
『新冒険手帳【決定版】』かざまりんぺい著（主婦と生活社）
『サバイバル読本 DELUXE』Fielder 特別編集（笠倉出版社）
『マリファナ　世界の大麻最新事情』（日経ナショナルジオグラフィック社）

切りとり線

あなたにお願い

この本をお読みになって、どんな感想をお持ちでしょうか。次ページの「100字書評」を編集部までいただけたらありがたく存じます。個人名を識別できない形で処理したうえで、今後の企画の参考にさせていただくほか、作者に提供することがあります。

あなたの「100字書評」は新聞・雑誌などを通じて紹介させていただくことがあります。採用の場合は、特製図書カードを差し上げます。

次ページの原稿用紙（コピーしたものでもかまいません）に書評をお書きのうえ、このページを切り取り、左記へお送りください。祥伝社ホームページからも、書き込めます。

〒一〇一―八七〇一　東京都千代田区神田神保町三―三
祥伝社　文芸出版部　文芸編集　編集長　金野裕子
電話〇三（三二六五）二〇八〇　www.shodensha.co.jp/bookreview

◎本書の購買動機（新聞、雑誌名を記入するか、〇をつけてください）

＿＿＿新聞・誌の広告を見て	＿＿＿新聞・誌の書評を見て	好きな作家だから	カバーに惹かれて	タイトルに惹かれて	知人のすすめで

◎最近、印象に残った作品や作家をお書きください

◎その他この本についてご意見がありましたらお書きください

100字書評

愚か者《フリムン》の島

住所

なまえ

年齢

職業

乾 緑郎（いぬい ろくろう）
1971年東京都生まれ。鍼灸師の傍ら、小劇場を中心に舞台俳優、演出家、劇作家として活動。その後、2010年8月、『忍び外伝』で第二回朝日時代小説大賞を受賞、同年10月『完全なる首長竜の日』で第9回「このミステリーがすごい！」大賞を受賞し小説家デビュー。他の著書に「機巧のイヴ」シリーズ、『ねなしぐさ　平賀源内の殺人』『ツキノネ』などがある。

愚か者《フリムン》の島《しま》

令和 3 年 1 月 20 日　　初版第 1 刷発行

著者———乾緑郎《いぬいろくろう》
発行者——辻 浩明
発行所——祥伝社《しょうでんしゃ》
〒101-8701　東京都千代田区神田神保町 3-3
電話　03-3265-2081（販売）　03-3265-2080（編集）
03-3265-3622（業務）
印刷———萩原印刷
製本———積信堂

ISBN978-4-396-63602-9　C0093
祥伝社のホームページ・www.shodensha.co.jp

祥伝社

四六判文芸書

ツキノネ

彼女を「そこ」から出してはいけない――

乾 緑郎

老夫婦惨殺現場で保護された身元不明の少女。
十九年前、ダムに沈んだ町を精密に描く天才画家。
その絵に魅入られる女性フリーライター。
三人が出会うとき、開くはずのなかった扉が開く。